关仁山◎著

日头

作家出版社

图书在版编目（CIP）数据

日夜 / 关仁山著 .—北京：作家出版社，2022.11
ISBN 978-7-5212-1987-6

Ⅰ.①日… Ⅱ.①关… Ⅲ.①长篇小说—中国—当代
Ⅳ.① I247.5

中国版本图书馆 CIP 数据核字（2022）第 156424 号

日夜

作　　者：关仁山
责任编辑：史佳丽
封面设计：回归线视觉传达
封面题字：关仁山
出版发行：作家出版社有限公司
社　　址：北京农展馆南里 10 号　　邮　　编：100125
电话传真：86-10-65067186（发行中心及邮购部）
　　　　　 86-10-65004079（总编室）
E-mail:zuojia @ zuojia.net.cn
http://www.zuojiachubanshe.com
印　　刷：三河市北燕印装有限公司
成品尺寸：152×230
字　　数：252 千字
印　　张：19
版　　次：2022 年 11 月第 1 版
印　　次：2022 年 11 月第 1 次印刷
ISBN 978-7-5212-1987-6
定　　价：53.00 元

不要说什么岁月静好，而是有人替你日夜兼程。

——题记

目录

第一章 爱情迷失的滋味

1

情感的困境，是最为折磨人的。蔡明月目前正在经受着这样的折磨。

不远处的咖啡屋，传来了暖心的轻音乐。但这依然抵挡不住腊月的冷风，稍稍一吹就寒彻入骨，像是在释放一种诉说不出的伤感情绪。冬青一点都不像人们口中那种不怕冷的样子，它的不再翠绿已经出卖了自身的焦灼不安。柳树胡乱摇摆着它的枝条，无助而又有些颓废。湖里的冰显得苍白无力，很有些不解风情的意味。尽管是周末，太阳却执意地不肯露头，可能是躲在暗处正处心积虑地想着要捣鼓出个使人惊叹的事情来。

天气的原因，翔宇公园里零零落落看不到几个人。树叶落光了，公园里只有挺拔的树干。蔡明月如果不是遇到情感问题，她断然不会孤独地走进翔宇公园。她失魂落魄地转了一圈，总共碰到了三个老人。碰到的第一个老人因穿得太厚而笨拙地边走边踢腿伸臂，另一个老人口吐如絮样的白气与寒冷对抗似的慢跑，再一个老人独自在一个凉亭旁边仿佛世界寒冷都不存在般地打太极。

蔡明月是典型的美女，大眼睛，高鼻梁，脸上皮肤光洁细腻，嘴角微微上翘，显出调皮的味道。她穿着中长款的羽绒服，脖子上缠着一条香槟色的围巾，两条直而修长的腿在湖蓝色带绒紧身长裤下释放着不一般的魔性，黑色中高帮女皮鞋富有美感地衬托着她的全身。即使此刻她的脸上满是泪痕，也不能遮挡她全身散发出来的那种美的气质。她在华龙卫健委工作，被称为单位的"一枝花"。她却是爱说爱笑的女子，平时单位里听到最多的就是她爽朗的笑声。她风风火火，性格刚烈而活泼，眉眼间都是骄傲与放纵，连她自己都无法相信，这样粗放的自己竟然会被突然失去的爱情打击得伤痕累累。

像是一场无可挽回非得结束在己亥年不可的恋爱，蔡明月深爱着的冯大兴只发了一条断绝关系的信息，就莫名其妙地消失了。她怎么能相信这是真的？她不相信，她只相信冯大兴是爱她的，深埋在他怀里的时候她感觉得到，那是一种对她无法抗拒的释放着熊熊火焰的爱。那么炙热的爱怎么会顷刻之间就熄灭了呢？一根细柴燃烧到灰烬还会保持一段递减的温度呢，何况这一场烈火般的爱情火焰根本就还在熊熊燃烧，怎么就突然到了冰点了呢？她无论如何想不明白，可她又哪儿都找不到她深爱着的人，这种无法承受的痛就像潮水般压在她的心底。

爱情真是一个太神秘的东西。它能让人变得快乐也能让人变得忧伤，能让人坚强也能让人软弱，能让人充满平静的幸福也能让人充满内心的挣扎。

这种煎熬，让蔡明月双颊有些塌陷。

已经被她的手攥得汗津津的手机安静地躺在她枣红色羽绒服的兜里，向她示威似的失去了以往的活力。母亲是整天忙到快不知道自己是谁的生意人，最近去了武汉谈生意。跟母亲离异的父亲只身去了美国，还鼓动她去美国生活，这让她极为苦恼。不是她多么爱国，而是她不喜欢别人安排她的生活。父亲在美国研究芯片，因为职业的缘故，他恐怕没有那样的闲暇时间照顾她，再说，明月已经在华龙有了自己的初恋了。

鸽子飞走的地方，滚动着枯黄的树叶。还有一些晚落的树叶，轻轻飘落下来，落在蔡明月的肩头。她抬手将树叶扒拉掉，自己险些栽个跟斗。

蔡明月的弟弟蔡猛是一名神圣的人民警察，他们共同的家对于弟弟来说已经没有多大的概念，母亲已经为他准备了结婚的房子，他平时住在局里，就算回也回自己的新房，享受一个人的快乐。弟弟现在对她在友谊医院的护士同学金小兰比较热衷，还期望她这个姐姐能促成他们的这段美好姻缘。

　　明月看见一对情侣亲密地从公园走过。她的眼睛就有了一层酸热，甚至咬住嘴唇想掉泪。

　　明月从新闻中看到，如今离婚率上升，结婚的人越来越少，社会上出现空巢老人，竟然还出现众多的空巢青年。不愿走进婚姻的年轻人越来越多，他们离开父母，在城市里打工，依靠网络慰藉情感。明月问过他们，他们回答说，当今最不靠谱的就是爱情了。明月在与冯大兴热恋中，她不能理解他们的心态。时代的情感魔咒，竟然落在她蔡明月身上了。冯大兴到底出了什么事呢？天下还能有什么大事，让他对形影不离的恋人不辞而别呢？

　　这几天的时间，蔡明月的心静不下来，也在单位待不下去，所有联系冯大兴的方式都尝试过了，凡知道与冯大兴有交往的人也都问过了，冯大兴却像消失在这个地球上一样，使她神经质地每分每秒都幻想着冯大兴为她亲手下载的铃声能在冯大兴的亲手拨动下动听地唱起来。那是一首特别好听、歌名叫 Rosas 的西班牙情歌，讲述初恋的爱情，非常打动人。正当她的泪水再一次冲刷着她深情的思念时，手机终于惊雷般响起来，然而湿漉漉的屏幕在颤抖的手上显示的名字却不是冯大兴的昵称"高兴"，而是她的同学金小兰。不接不好，接了她也没有说话的欲望，但她还是接通了。

　　"明月，我听说冯大兴去武汉了。"原来，金小兰是迫不及待地告诉她这个使她惊喜的消息。

　　"听谁说的？"金小兰一句话把她说话的欲望激起来了，"你快告诉我，听谁说的？"

　　"我来县里的医药公司办事儿，进来时有两个人在门口正谈医疗器械的事儿，我听到他们说了冯大兴的名字，还说他最近去了武汉。"

蔡明月一愣，"他干什么去了？"

"不知道，我不认识人家，总不能上前就去打问冯大兴吧，等我出来时两个人已经不在门口了，这不我就给你打电话了。"

蔡明月不依不饶地让金小兰快帮她再找找谈到冯大兴的那两个人。金小兰叹息说："既然冯大兴本人不告诉你，就说明有背着你的秘密，找到他也没用。你不可能叫醒一个装睡的人。"

蔡明月哀求说："小兰，你帮帮我。我们俩情感没有问题，一定是他出了什么大事。我要帮助他渡过难关！"

金小兰说："陷进爱情的人，智商就是零啊！"

蔡明月闭上眼睛，周围一片漆黑。

金小兰知道明月真实纯粹，没有一丝虚假成分。她真的体谅蔡明月此刻的心情，说帮助她问一问，她还真去打问了，结果没有打问到。

蔡明月心焦如焚，拨通了母亲冷婕的号码，问她在武汉有没有见到冯大兴。母亲的声音停顿了片刻，然后说没有看见，她声音严厉地警告蔡明月说："明月，我跟你说过多少遍了，以后不要跟我提冯大兴三个字！"就匆匆把电话挂断了。

蔡明月知道，母亲和冯大兴是同行，相互在生意上也有一些交集，还有，母亲知道她和冯大兴在谈恋爱后非常地反对，甚至动怒了。母亲有自己的考量，通过生意场上的事，母亲认为冯大兴是一个没有多大出息的人。所以，就算母亲真的遇到过冯大兴，可能也不会告诉她。

万般无奈之下，蔡明月把事情跟当警察的弟弟蔡猛说了。她当姐姐的，不到万不得已，不会在这事上求助弟弟。蔡猛非常焦急，答应动用朋友查找冯大兴。

蔡明月心中安稳一些了。

蔡猛回话了，没有结果。

蔡明月像吃了断肠草一样万念俱灰。后来，她去莲年青药店问过冯大兴的父亲冯世昌，冯世昌也说冯大兴去深圳谈生意了。明月管不了那么多了，她估计冯大兴一定遇到了困境，或是经营碰到难题，抑或是心灵受到重创。明月是好女人，好女人能够刺激男人的野心，也能抚平男人的伤痕。大兴，你在深圳等着我。蔡明月在心里说。她毫不犹豫地登上了飞往深圳的飞机。

可是，天有不测风云。美丽的生活成为遥远的风景，正如安宁的生活总是潜藏着危机。时光进入 2019 年 12 月底，武汉的新冠肺炎就已经开始进入了公众视野，武汉告急，新冠疫情暴发了。

2

田好停下汽车，匆匆上了二楼。

他是华龙卫健委疾病预防处有名的帅哥，高高个头，肌骨健壮，头发浓密、黑亮，举止洒脱有力，两只眼睛神采飞扬。这天早上，当他踏进办公室的时候，两个女同事正津津有味地谈论蔡明月被冯大兴抛弃的事。

田好一愣，这样的秘密，怎么会传出来了？

田好对蔡明月没有成见，但是，他对明月的恋人冯大兴嗤之以鼻。他与冯大兴是宝河同乡，两家恩怨说来话长。田好探着脑袋问道："哎，你们怎么知道明月与冯大兴黄了？造谣可不好啊！"女同事赶紧噤了口。有一位年龄大的妇女说："没有造谣，明月请假去深圳找冯大兴算账去了。八成这婚事就完了！"田好没有再听下去的欲望，只有开心满足。冯大兴本来就不值得蔡明月去爱，那是什么人品啊？

田好进屋并没有停下来的意思。办公室的窃窃私语的老大姐探出脑袋说："田好，明月是我们卫健委的一枝花，你田处长是第一帅哥，我看明月跟你挺般配。明月回来，大姐给你俩撮合撮合？"田好摇头冷笑说："别，我可不喝冯大兴的二锅头！"大姐捂着嘴嘻嘻笑了。田好大步流星地走了。这玩笑，田好早已习以为常了。两个女人都是快退休的人了，对田好这个年轻帅气的副处长并没有畏惧感，平常也是一副倚老卖老的姿态。前几年她们都争着给田好介绍对象，也不知怎么回事，她们又一个都介绍不成。后来她们清楚了，田好是一个有洁癖的人，她们介绍的都是一些与自己相似不拘小节的女孩儿，所以就没有耐心再给他介绍了。田好呢，是外表洁癖内心也干净的人，他从不计较一些小事情，就连大事情也不会轻易计较。

两个女人的神态看起来还是聊得那么起劲儿，一点都不带同情，仿佛在讲一个笑话。兴许她们并没有笑话蔡明月的意思，毕竟蔡明月是个活泼可爱没有任何心计的人，平时和单位里的任何人相处得都还好。田好认为，她们之所以有这样的态度，完全是因为她们内心对青春年华已逝的不甘心，是一种自然反应，由此来寻求一种心理上的平衡。卫健委年轻的未婚女子就蔡明月和夏诗瑶两个，还有刚刚来实习的肖俊月。卫健委年轻的未婚男子也不多，这样田好就格外引人注目。老大姐谈论别的女人也是一种乐趣，还是一种发泄，她们这样轻易地发泄出来有利于自身的心理健康。

田好走着，大姐继续在楼道喊，他只好站住了。其中一位胖大姐追过来问田好："田好，大姐刚刚说的事，你是装糊涂吧？你真不知道冯大兴抛弃蔡明月的事？"

"真不知道，我不感兴趣！"田好摇头说。

胖大姐说："明月多漂亮，你真没动过心？你还真想当空巢青年啊？"

田好嘿嘿一笑："嘿，大姐还挺时髦，知道网络名词，空巢青年。"

胖大姐说："咋不知道？我们儿子也单着呢。跟你一样，还不跟父母住一起。我和你姐夫愁坏了。你说这他到底是为什么啊？"

田好揶揄地笑了："大姐，你儿子想嘛，我怎么知道啊？你问过他吗？"

胖大姐埋怨说："人家忒有理。一个人上下班，吃饭靠外卖，有空和朋友聊微信，玩玩游戏。孤独得像一只猫。我担心他啊，永远空巢下去，空巢中年，最后成为空巢老年。那这一辈子可就惨啦！"

田好苦笑道:"大姐别急,空巢青年是个伪命题。他还小,等自己玩儿够了,就该成家立业了。我的一些同学,在北京当北漂,晚婚的人与压力大、房价高有关。"

另一个女人带着疑问凑了过来,还想问他什么,田好已经抬腿走出了办公室,到领导那儿报到去了。

一个女人对胖大姐说:"你儿子贪玩儿,田好跟大人似的,哪儿的条件都好。他怎么不搞对象呢?"

胖大姐对那女人窃窃私语:"田好这小子有前途。他出身中医世家,可他是个官迷,一心想当官。"

女人说:"当官跟谈恋爱不冲突啊!"

胖大姐嘿嘿笑着:"八成是没有碰上合适的,如果大官的女儿追求他,他注定乐意。"说着,晃悠着走了。

纷纷繁繁的2019年已渐行渐远。2020年1月8日,国家卫健委第二批专家组前往武汉,这说明国家对武汉发生的新冠肺炎事件非常地重视,华龙这里虽然领导在会上时不时地会提一下,但也没有当成重要的事情来做。此事也似乎没有影响市民的正常生活秩序,购置年货的热情逐渐高涨。

过了几天,2020年的1月13日这天,田好去了一趟友谊医院,向胡书记汇报了让他办的事情,胡书记非常满意,随后还亲自为田好倒了一杯茶,让他坐下来一起讨论一下武汉的新冠肺炎的事情。

田好毕业于华龙医科大学,父亲田润章是华龙中医药大学一位很有名望的中医教授,但他在工作上一点都没有依靠父亲的关系,而是通过正规考试考进的华龙市卫生健康委员会。他不想进医院当医生,不想半生都面对那些繁繁琐琐的病人,学医是被迫无奈才学的。他想进入官场,可能父亲太书生气的缘故,他从小就对官场特别地向往。最初他被分在办公室,出色的表现得到领导的赏识,一年后调进疾病预防处,现在成为单位最年轻的副处长。最近疾病预防处的正处长得病手术后休了病假,田好便全面主持起了处里的工作。

"今天国家卫健委召开了会议,部署指导武汉进一步强化社会管控措施，加强口岸、车站等人员体温检测，减少人群聚集。看来形势越来越严峻了，我们也不能掉以轻心。我想听听你对现实形势的看法。"胡书记开门见山地说，脸色异常严峻。

田好想了想说："武汉的情况危急了，只是我们系统明白，外界还不太清楚。国家首次遇到这种情况，各方面都在汇拢情况，会有果断决定的。现在，我心里也还没有谱我们到底应该怎么办。"

胡书记说："怎么办，我们得听市委的命令。市委听中央的号令。"

田好点点头，试探着说："反正我是听您的，您让我去，我就没有二话！"

"那就先观望一下。如果让你小子带队去武汉，你可不能给我掉链子啊！"胡书记半认真半开玩笑地说。他这个一把手也正是看好田好说话做事的作风，干什么都不藏着掖着，没有弯弯肠子，做事让人放心。

田好从胡书记办公室出来，想到办公室那两个女人可能还没有止嘴，就绕道回了自己办公室。在办公室他给父亲田润章打了个电话，问他在家没有，身体怎么样，如果在家他就回家吃晚饭。田润章听说儿子要回家吃晚饭特别高兴，说他现在就去炒几个小菜，一起喝点儿。

"这都快要过年了，阿姨还没有回来？"田好问。

"她啊，从杭州旅游回来了，但是，春节前回她塘沽娘家一趟，送点年货。明天回来过年了。"田润章说。

田好皱了皱眉头，没再问别的，父亲的家事，他不好多插嘴。他对继母英子经常外出旅游意见很大。父亲年纪大了，身边需要女人照顾，不然娶你有什么用处？田润章拿出来田好爱喝的"五粮液"，打开酒瓶，酒香溢满房间。田好又给妹妹田瑶打了个电话，问她能不能晚上回家一起吃饭。田瑶说她今晚值班回不去，田好嘱咐妹妹田瑶："马上过年了，注意保暖，千万别冻感冒了。"

母亲去世的时候，田好和田瑶都还在寄宿中学读高中，他们是双胞胎，所以上同一所学校同一个年级，只是不同班。学校放假时母亲无论多忙都会抽时间亲自去接他们，兄妹俩看到母亲都会像小孩子一样喊着妈兴奋地跑过去。妈妈也一样，看到两个宝贝向她奔来，满眼都是亮光，眼神都集聚在了他们的身上，像是身边的所有人和物都不存在了。这就是亲妈，自己的孩子无论长到多大都是小宝，回家把他们伺候得周周全全，走的时候吃的穿的都为他们准备得充充足足。自母亲离世后，这个家就再也回不到从前的温暖了，开始是怕父亲承受不了没有母亲的打击，他们有时间尽量陪在父亲身边，后来父亲娶了英子，英子的脾气又很古怪，他们就相继搬了出去，租房居住。

田好自己租，田瑶和别人合租。

田润章毕竟是亲生父亲，他不忍心看孩子们因为一个女人的到来都流落在外，就以田好的名字买了一套房，想让他们兄妹俩都住在那里，也算是自己的家，等田好结婚时就算是他的婚房。房子装修好后，田好搬进去了，田瑶说什么也不往里搬，她依然和同事合租在外面。作为当哥的，田好不忍心让妹妹住在外面，三番五次叫她搬回来，田瑶还是不肯去。她冲田好一噘小嘴说："哼，我才不去给你当保姆呢。"

实际田瑶不想住进去的原因是觉得不方便，都老大不小了，尤其谈情说爱不方便。后来田好又退了一步说："你是一个女孩儿，在外住着不方便，你住进来，我出去租房子。"

田瑶依然小嘴一噘说："哼，想得美，我才不给你看家。"

田好猜测着田瑶可能觉得父亲偏心不高兴，所以他说："那等哥有了钱，就给你买一套房子。"

田瑶这次不噘嘴了，笑着说："你从政了，也不经商，什么时候能够有钱啊？不过，有你这句话，我就知足了。你记着啊，我可真等着呢。"

田好点头说："我记着。"

田瑶说："怕是有了嫂子，你就不敢说了。"

田好举了一下拳头："你哥不是那样的软蛋。你哥是真正的男子汉！"

田瑶跳着脚走了，田好看着妹妹远去的背影，一股伤感之情涌上他的心头。他突然想象着兄妹俩还是胎儿时在母亲子宫里的情景，那应该是其乐无穷吧，距离那么近，相互依偎，或者是他把手塞到她的嘴里，也或许是她把脚蹿在他身上的场面。母亲尚在时，看到妹妹，他像平常家里的兄妹一样，没有产生过什么感觉，觉得不过是家里的一员而已，可此时却觉得他和妹妹是一体的，是永不可分割的一部分。

3

田家可谓是中医世家。

田好的爷爷在世时就是华龙宝河县的一名老中医，退休后隐居在蓟县的盘山，研究出了在华龙很有名气的"木兰茯苓汤"。"木兰茯苓汤"对百日咳、喉中出血及肺经枯燥有显著疗效。从小就跟着父亲上山采药的田好的父亲田润章对中药有着独特的研究，可以说是在中草药里埋着长大的，熏也熏出了对中药的热爱。田润章听从父亲的建议学了中医，上了中医药大学，后来在华龙中医药大学教学，退休后也没有消停，如今 70 岁的他专门设立了自己的工作室研究中药，坚信中药是我国的国粹，一心想把中药发扬光大。

田好虽受父亲的影响考了医科大学，实质上的内心世界和父亲并不在一条线上，父亲是想着发扬中医事业，而他是想着走仕途，企望着能在医学界的仕途上占有一席之地。这样的内心世界田好虽然没有向父亲透露过，父亲却能感觉得出来，所以他对儿子是有一定成见的，但这种成见不会影响他对儿子的父爱。

父子俩喝着小酒闲聊着天，自然而然地聊到了武汉出现的新冠肺炎。田好说到了国家卫健委今天召开会议，部署指导武汉进一步强化社会管控措施的事，父亲也感觉到了形势的严峻性。

"我预感武汉有一场硬仗，中药要发挥它应有的作用了，如果真是这样，我一定要让中医在这方面发挥它独特的魅力，也不愧于我研究了多半辈子中药了。"田润章和儿子干了一杯酒，一半担心一半激动地说。

"中药好这不容置疑，就是见效比较慢，如果这种病是急性的，它或许起不了作用。"田好信心不足地说。

"这可不像你一个学医的说出来的话，所谓中药治病慢，完全是广告商不负责的宣传，如果用药准确，比如小柴胡汤治少阳症，可以一剂就止其病。"父亲反驳着儿子的话。

"你说得有道理，我在这方面比起你欠缺太多了。"田好谦虚地说着，又为父亲倒了杯茶。

"你既然知道自己的不足，以后就多多向这方面努力一下，别光想着当官当官的，当多大的官算个头，研究出救人的中药才是超世之功。"父亲越来越得理不饶人，说得田好心里很不舒服。不过好不容易陪父亲吃顿饭，他还是没有继续发表自己的见解。

"现在这个社会，很多医生都打着中医的旗号治病，实际他们连中医之门都没入，看病开药完全是用西医的思维方式。中医和西医根本就是两种不同的理论体系，用西医的思维方式完全是庸医之举，疗效速度当然不行，所以真正懂中医的名声都被那些不懂中医的人给搞坏了。"父亲越说越激动。

父亲研究了多半辈子中医，中医就是他的命，如果有一个和他志向相投的人和他一起研讨，他三天三夜恐怕都说不够。

田好耐着性子听父亲说话，不时地去倒酒、倒茶。

"中医在内科疾病的治疗方面，保守地说80%比西医更有效更迅速，可是为什么中医没有西医有市场呢？我分析过这个原因，是因为中医有很好的疗效而没有很好的经济效益……"父亲似乎还不打算停止他的肺腑之言。

"爸，你先自个儿喝会儿茶，我去弄点儿饭。"田好起身去了厨房。

田好做了一盆炝锅面端上来，父亲和他一人吃了一碗。

"我得走了爸，明天还得上班，说不定这个年都要过不成了，真得做好心理准备。"田好说。

"别回那边了，就在这边睡吧。"父亲这时很慈爱。

"不了，还是回去，我手头还有点材料需要写一下。"田好说着，已经站起身来向外走了，到了门口边换鞋边回头问父亲，"爸，你最近血压控制得怎么样？"

"还是忽高忽低的。"田润章边收拾桌子边回答。

"那你可得注意点，我走了啊。"说着，田好开门走了出去。

1月20日晚，央视《新闻1+1》连线采访钟南山院士，他说"肯定存在人传人"。田润章从心底里同意。有人说不传人，这是不负责任的。两天后，国务院新闻办公室在发布会上传递出了一个鲜明的信号：原则上建议外面人不要到武汉，武汉市民无特殊情况不要出武汉。

看到这个信号后田好到了胡书记办公室，他建议提前组织去家属院进行团拜，慰问一下退休老干部，别等除夕再去，万一遇到突发事件，连给大家拜年的机会都没有了。胡书记采纳了田好的建议，当即吩咐办公室去买慰问品，并且在当天完成了团拜的这件事。

又过了一天，武汉疫情防控指挥部发布1号通告，1月23日10时起，机场、火车站离汉通道暂时关闭。1月23日也就是除夕的前一天，田好想，看来这个年真不能好好过了。

单位的气氛立刻变得紧张起来，卫健委整座办公楼里都失去了往日的活力。过年的喜庆瞬间就被这可恶的病毒给覆盖了，简直让人透不过气来。胡书记已经接到了上级打来的电话，要求华龙马上组织两支援助武汉医疗队。放下电话，胡书记马上在单位组织了一个紧急会议，当场就有十多个人主动报名参加，田好第一个报名。

一天之内，两支援助武汉医疗队就组建起来了，第一小分队队长是友谊医院一个叫田其的人，第二小分队队长就是田好，同事张维亮是副队长。

4

蔡明月到了深圳就给在武汉的母亲打电话，冷婕知道女儿去深圳找冯大兴，感到特别惊讶。女儿的性格和她有着相似之处，坚强而不服输，轻易不依赖别人，虽然和冯大兴谈了几年的恋爱，每次在她面前说起冯大兴的时候，总是说冯大兴怎么纠缠着她，一点都没看出来她对冯大兴有多少的依赖。现在冷婕才看出来，这方面女儿也和自己有点相似，善于伪装自己的脆弱，不想在别人面前表现出自己的不可以。看来爱情这个东西真不是个好东西，容易暴露自己的缺点。

"冯大兴有那么好吗？值得你扔下工作来找他？"冷婕冷冰冰地问。

"当然有了，妈你快说，我到深圳之后才听说他去武汉了，你在武汉见过他没有？"蔡明月着急地问。

问到这个冷婕感到心虚，当然见过了，还给了他一笔钱呢，可这不能说啊，这只能是冯大兴和她之间的秘密。

"我没见过，他不在深圳也不一定来武汉啊，或许还在华龙，只是躲着你而已。"冷婕故意绕着弯说。

"平白无故地他为什么要躲我？他一定没在华龙，我都找遍了，都说没有看见他。妈，你帮我打问打问好吗，女儿求你了。"蔡明月哭着说。

蔡明月从来没有求过母亲什么，她一直很懂事，冷婕做生意顾不上家，她也没有怨言，从小帮助父母带弟弟蔡猛，为了爱情，为了找冯大兴，她已经是没有办法了，她的心痛得要死，在这个痛得要死的心面前，她可以放弃自己的尊严。

"看你那没出息样，两条腿的男人不多的是吗？"冷婕训斥她。

"我就爱冯大兴，我就要冯大兴。"蔡明月倔强地说。

"好，我有时间帮你问问，你先找个宾馆住吧，妈现在武汉也没个固定的住处，你住下了就发个信息告诉我，我抽时间打电话给你。"
冷婕赶紧说。

"好的妈，你一定给我打问。"蔡明月还在哭。

蔡明月此时特别迷茫，她这是第一次来深圳，对这里一点都不熟
悉，当时一时性急地来了，就觉得冯大兴在深圳，她来到深圳就感觉
离冯大兴又近了一步，可冯大兴在哪儿她一无所知，她去哪儿找冯大
兴呢？她先找了个宾馆住下了，洗了个热水澡，然后就躺在床上拨那
个拨了无数遍的电话，结果电话里还是那个不想听的声音："你拨打的
电话已关机。"她又给冯大兴发微信，她期盼着冯大兴已经把她从黑
名单里放了出来，可她依然在冯大兴的黑名单里，她的话发不出去。
泪水又无声地从她的眼里滚了出来，滑过脸庞流到了脖子里。她突然
想起上大学时同宿舍的同学唱过的那首齐秦的歌《玻璃心》，她忍不
住嘶哑地唱了出来：

> 让我再一次握你的手
>
> 让我再一次亲吻你的脸
>
> 顺着我脸庞滑下的是我的泪
>
> 在我胸口跳动的是我的心
>
> 让我再一次握你的手
>
> 让我再一次亲吻你的脸
>
> 顺着我脸庞滑下的是我的泪
>
> 在我胸口刺痛的是我的心
>
> 爱人的心是玻璃做的
>
> 既已破碎了就难以再愈合
>
> 就像那只摔破的吉他
>
> 再也听不到那原来的音色
>
> ……

她越唱越痛，最后已经唱得泣不成声了。然后她去卫生间洗了把

脸，走出了宾馆。

深圳是一座美丽的海滨城市，紧邻香港，改革开放前沿，高楼林立，经济发达，是一座江、湖、河、城有机融合的城，人与山水和谐共生，是水上之城的灵动画卷。冯大兴经常到这里做生意。蔡明月也吃过多次冯大兴给买的"海鲜"，可此时的深圳在她的心里一点都不美，没有爱人的风景再美也不叫风景，相反，和爱人在一起，哪里都是风景。

"我的高兴，你在哪儿啊？"她在心里呼喊着。

没有人回答她，没有人懂她，没有人在乎她的眼泪，更没有人注意她一个人的内心恐慌，她眼里看不到任何东西，她只管走着，走着，她不知道自己到底要去哪里。

傍晚时她吃了一碗面，然后就又走回了宾馆，她累得躺在床上想睡一觉，可怎么都睡不着。头隐隐作痛，大脑除了"冯大兴"的名字什么都没有。这时她看到了母亲发过来的微信，问她住在哪儿了，怎么不告诉她。她一个字都不愿意写，一句话都不愿意说，她只给母亲发了一个位置。

蔡明月正在迷糊的时候，床头电话响了，她拿起来，传来母亲的声音："明月，你在吗？我是妈妈。"

蔡明月迷迷糊糊答应着。

"打你电话怎么不接，我是从前台上问的你的房间。"冷婕心疼地问，"吃饭了没？"

蔡明月看了一下手机，手机竟然没电了，她赶紧充上了电，万一冯大兴这个时候联系她呢，她责怪自己的粗心。

"吃饭没有？"冷婕又问了一句。

"吃了。"蔡明月说着又躺在了床上，"妈，你真的没有在武汉看到冯大兴吗？"她伤心地问。

冷婕深叹一口气说："真没有，我想如果他来武汉也是谈生意，我们的生意是有交集的，这么多天应该能碰到，可没有碰到，这证明他不在武汉，你赶紧回去上班吧，现在武汉不那么平稳，零零崩崩地一直有新冠肺炎病例出现，有人说传染有人说不传染，谁知道传染不传染呢，我谈完了也赶紧回去，可不能被传染上。"

"好吧，不找了，我明天回。"蔡明月说。

"你这傻孩子，世界这么大，去哪里找一个人。我明天就要到另一个地方办事了，可能不跟你联系了，你要好好地保护自己啊，今晚就说到这。"冷婕说完就挂了电话。

冷婕一直在劝女儿，但她的劝只是让女儿赶紧地忘掉冯大兴，别再找了。好像，在她心里，冯大兴是那么不配做她的女婿。

5

冷婕极其反对冯大兴和女儿在一起，这几年来女儿跟他谈恋爱，她也没有反对，一直在观望冯大兴这个人，看他在生意场上到底有多大的魄力，结果很不尽如人意。说真话，冷婕并不想让女儿找一个公务员，那点死工资在她看起来是没有多大出息的，她还是喜欢让女儿找一个做生意的人，但冯大兴不是合适人选。有时候她会故意舍弃一些赚钱的生意给冯大兴做，冯大兴一点也不客气，甚至连句感谢的话都没有，并且他办起什么事情都没有大的格局，总归在冷婕眼里是那种成不了大气候的男人。

在到武汉之前冷婕请冯大兴吃了一顿饭，在饭桌上她跟冯大兴坦白了自己的心思，"冯大兴，你得跟我女儿分手。"她直接说。

以她的分析，就冯大兴这个贪图便宜的人，她有把握让他离开，只是女儿被爱情迷惑着双眼，看不清冯大兴的为人。

"为什么？"冯大兴不解地问。

"不为什么，你们不合适，我给明月找到了更合适的人选。"冷婕认真地说。

"是谁？"冯大兴问。

"吕顺增的儿子吕小军，你比得了吗？"冷婕高傲地说。

冯大兴当然比不了。吕顺增是谁？那是在华龙的地产大亨，叱咤风云的人物，在人家面前，他只能算是一个小喽啰。但这不能说明蔡明月就会同意嫁给吕小军，也不代表吕家就会同意娶蔡明月。

"你这是一厢情愿吧，吕家怎么会娶你的女儿呢？你的女儿又不是仙女。"在冯大兴的心里，蔡明月的身份根本够不着进吕家的门槛。

"就冲你这句小看我冷婕的话，我也不同意你再跟我们明月谈下去，你必须和明月分手。"冷婕说。

"我要不分呢？"冯大兴也不服输。

"我肯定有办法让你跟她分，那时你可别怪我不客气。"冷婕狠狠地说。

"什么办法？"冯大兴浑身打了一个冷战。

"你自己也不想想，在经营医疗器材这方面，你干不过我的，只要我一句话，我会让你输得找不着北。"冷婕说。

冯大兴的确被冷婕吓住了。确实，冷婕的话一点也不言过其实，她确实有让他输得找不着北的能力。于是他心软下来，他想通过服软来让冷婕消气，他喜欢蔡明月，是真不想离开她。

"阿姨，我应该叫你一声阿姨，我相信你能，可是你不能那么做，我和明月是相爱的，你不能硬生生地拆散我们。"冯大兴心里害怕着。

"我今天约你就是想拆散你们的，我给你两个有利的条件，一是我会给你的公司注入一大笔的资金，二是我马上要去武汉谈几项合作的事情，我会留给你两项稳赚一百多万元的专卖，你回去好好想想，是这个合算还是一无所有合算。"冷婕说着，拿起包走人了，只留下冯大兴呆呆地坐在那里。

冯大兴想了多半夜，他当然是选择了后者，在他的眼里，利益胜过一切，他也相信，只要有了利益，自己的生意干大了，冷婕也就不会看不起他了，蔡明月还会是他的。想到这个，他冷冷地一笑，然后给冷婕打了个电话说，他同意和蔡明月分手。

就这样，冯大兴给蔡明月留下了一条绝情的信息就去了深圳，然后又到武汉见了冷婕。冷婕也没有食言，先是往冯大兴的账户上打了五十万，又介绍了两个客户给他。冷婕对那两个客户说，冯大兴是她分公司的经理，这样一来，人家也完全相信了。冯大兴一时还在得了便宜的兴头上，这种兴头压过了和蔡明月的爱情，所以比起蔡明月来，他倒是没那么痛苦。

武汉自新冠肺炎进入了人们的视野，整个城市就不再太平，只是国家还没有正式管控之前，人们还抱着侥幸的心理观望，并没有认识到它的严重。所以，生活秩序是有了些破坏，前期并没有乱套。可后来眼看着形势严重，冷婕也害怕了，赶紧给蔡明月打电话。

"明月，你得快点回华龙，我这里严重了，听说新冠病毒特别厉害。"冷婕焦急地说。

"你也回吧，我就回去。"蔡明月说。

这几天蔡明月走了几个经营医疗器械的地方，她在一个地方打问到了冯大兴的消息，那里有个人说，这一段时间确实有个叫冯大兴的人去过他们公司。蔡明月拿出手机让那个人看冯大兴的照片，那个人确定了就是他。蔡明月惊喜得心都要跳出来了，她不会就这样回华龙的。

"你别过来，武汉这么紧张，就算冯大兴在这里，他也会回华龙的，没有那么傻的人，在这里等死。"冷婕说。

"妈你回吧，我没有找到冯大兴，我是医务工作者，知道怎么保护自己，真是发生了疫情，我赶紧回单位。"蔡明月买好了回华龙市的机票。

冷婕嘱咐了一大堆，自个儿回华龙去了。蔡明月实际也意识到了武汉的严重性，她几天前出门时就在深圳的药店里买了两包口罩，这是她在上大学时就知道的常识，口罩能阻挡病菌进入鼻腔和口中，有效地隔离一些病毒。

冷婕前脚刚走，后脚武汉便在管控中封了城，一场没有硝烟的战斗就要打响。当晚蔡明月飞回了华龙，就听同事说单位组织了两支救援武汉医疗队的事，她当即给胡书记打了电话。

"胡书记，我回来了，现在武汉被封控了，有医疗队就想着我，我强烈要求参加咱们的救援医疗队。"

　　"好，我想着你，深圳还好吧？"胡书记说。

　　蔡明月说："深圳还好。"

　　胡书记对蔡明月非常地信任，她一向工作积极负责，也是单位重点培养的对象。本来已经被失恋折磨得精神萎靡的蔡明月，此时竟然一下子振作了起来。此时的蔡明月突然想到哈姆雷特说过的话："活，还是不活，这是个问题。"作为一个医务工作者，她的心里就一个字——救。在这样一个国家与自己都很特殊的时候，救别人同时也救自己。

　　救助他人以至任何一种生命，应当是我们的一种义务，而且经常是高于其他义务的义务。见死不救，显然有悖于人们基本的道德感情和责任。没有了爱情那就用繁忙来填充自己，心里有痛楚那就用"伟大的思想"来治愈自己。

　　"学医应该就是为了救人，自己虽然学医，可一直都做着和救人无关的事情，这一次终于要让自己所学的知识发挥它的重要作用了。救人是多么高尚的事情，比爱情要有意义得多，不是吗？"蔡明月安慰着自己，又在心里自问自答，"是的，救人比爱情重要一百倍。"

第二章　向着武汉出发

1

一切都安排好了，领导让大家下午回家收拾行李不要再来上班了，第二天一大早救援医疗队就出发。另一方面，几个医院正在紧张筹备车辆、药物、器材和装备，为打好这一场"新冠战"而铿锵有力满腔热血。

田好先跟妹妹田瑶打电话说了去武汉援助的事情，说临走前想和她一起回家跟父亲吃顿饭。

"我有紧急任务，回不去。"田瑶说。

"那就算了，我自己回去吧，你自己保重。"警察属于人民，不属于自己，田好很理解妹妹的忙碌。

"哥，你能不去就别去武汉了，那里太危险了。"田瑶担心地说。

"就是因为危险我才要去的，不是有那么句歌词吗，危难之处显身手，不危难怎么能显哥的身手呢，你说对吧？"

田好轻描淡写地说完，田瑶却在电话那头有了少许的沉默。田好不知道，田瑶在今夜将参加对"歌诗达赛琳娜号"邮轮排查工作。1月20日"歌诗达赛琳娜号"满载3706名游客和1100名船员，从华龙国际邮轮母港出发赴日本，在回程途中船上15人出现发热症状，高度怀疑和新冠肺炎有关，她现在正在待命。虽然这不是打仗，可危险程度也很高，因为现在谁也没有搞清新冠病毒到底有多大的威力，在没有搞清它的情况下，生和死也就谁也不能料定。

田瑶没敢告诉哥哥和父亲这个信息，就是怕他们担心她。她也没想到哥哥要去武汉更危险的地方去抗疫了，她心里特别地不安。

"怎么了瑶瑶，我是去救人，我学医不就是为了救人嘛，你应该为我高兴。"田好还开着玩笑哄妹妹开心。

"我是怕你真牺牲了。如果真牺牲了，那你承诺给我买房子的事情就落空了，哥你还是别去了，我真不能没有你。"田瑶这话似是在跟哥哥开玩笑，实际心里非常地担心焦急。

"看这话说的，哥哪有那么脆弱，说牺牲就牺牲的，这又不是去前线打仗，不会牺牲的。放心吧，哥懂得怎么保护自己，我还没有实现给亲爱的宝贝妹妹买房子的承诺呢，万一你嫁给一个一穷二白的老公那不就受罪了吗，我可不能牺牲。"田好被妹妹感染得心里特别难受，眼眶都有些憋了，"就算牺牲，怎么也得风风光光把你嫁出去后才能牺牲。"

"那好吧，我知道我也改变不了你，可是我不能回去，我今晚得值班。"田瑶情绪很低落地说。

"没事，那你忙吧，等我回来咱们再聚。"田好说。

"你一定要安全回来。"

"放心吧。"

挂了田瑶的电话，田好在自己办公桌的座位上呆坐了有十多分钟，他想了很多。这次虽然不是去前线拿枪打仗，那也是一场看不见硝烟的战争，试想一个拥有900万人的大城市就此被封禁起来，这在历史上都绝无仅有。可见要经历怎样的一场艰苦卓绝的抗疫斗争，那个新冠病毒到底厉害到什么程度，现在还不能拿出一个准确的词来形容，所以"生死未卜"这个词一直在他的大脑里旋转。

田好自然地想到父亲和妹妹，俩人是他唯二的至亲。他还想到了一个已经离他很遥远的人，那就是他的大学同学何小丽。何小丽纯净单纯，从来没有认为他有洁癖是一种坏毛病，而是觉得他爱干净讲卫生。何小丽是云南昆明人，在父母面前是一个独生女，所以尽管他们相爱过，一毕业还是分手了，为了把长痛化作短痛，双方商量着把对方的联系方式全部删除了。不过这已是过去了好多年的事情，想起来只是回忆一下，时间已经把这种爱的伤疤抚平治愈了，他丝毫不感觉到痛，反而是一种美好。

同室的那两个女人都不在，回家过年去了。她们岁数大了，孙男娣女都有了，一些事情一般不让她们参与。田好去关了办公室的门，然后从打印机的纸盒里抽了几张A4纸出来，又在抽屉里拿出一支笔，摘了笔帽，趴在桌上刷刷地写起信来。

　　亲爱的爸爸和瑶瑶：

　　　我之所以留下这封信，是因为对新冠病毒不太了解情况，不知道它的毒性到底有多大，我是怕万一我真出了事情，起码我还给你们留下了几句我想要说的话。

　　　爸爸，很遗憾我没有听从你的安排继承你的事业，我觉得我真不是能安心坐下来研究东西的那块料，我知道你看得出来我对仕途比较感兴趣，对我很失望。可是我不喜欢的事情就算强迫自己去干，又有什么效果呢？爸爸，你为中医贡献了多半辈子了，也算对得住咱家的祖宗和中医事业了，我希望你能停下来好好地休息一下，幸福健康地安度你的晚年。

　　　瑶瑶，哥哥平时不爱表达，其实从心里特别地爱你。我们一起来到这个世界，所以我一直都认为你是我身上不可分割的一部分，尤其是母亲离开了以后，这种感觉就越来越强烈……

2

田好写信正写到情到深处时，突然有人敲门，他迅速把信放进抽屉里，随后说了"进"，夏诗瑶便调皮地走了进来。夏诗瑶的名字虽然也带一个瑶字，可比起妹妹田瑶，她的性格可是矫情得多，这大概是因为她的父亲是一个画家吧，把女儿培养得有一股"画"风，总觉得她在画里一样，让人觉得没有真实感，一种不接地气的感觉。

夏诗瑶比田好小两岁，在办公室工作，她只上了大专，所以田好初到办公室工作时她已经在办公室工作了，现在仍然在办公室。她一直很倾慕田好，也向田好表露过自己对他的情感，只是田好一直装作听不懂也看不懂而已。夏诗瑶手里捧着一个木板样的东西，田好猜到了是一张莲年青年画。

夏诗瑶的父亲夏桂年是华龙当地很有名的莲年青年画的传承人，曾在市里举办过好几次画展，田好被夏诗瑶拉去观赏过她父亲的画展。田好夸赞过她父亲的年画，夏诗瑶承诺过要送田好一幅的，一直没有兑现。

"田好，我现在兑现我的承诺来了，你看，我让父亲专门为你父亲雕刻的，你看像不像你的父亲？"夏诗瑶得意地把画展现在田好的办公桌上。

这是一幅彩色的莲年青木版年画，题目叫《药神》，画面上的人神似父亲田润章，田好能看得出来夏诗瑶对自己的"别有用心"，也能看出来这是对自己的"诚心"。他被感动了，深沉地对她说："谢谢你夏诗瑶，我一会儿回家吃饭时就拿给父亲，他一定会爱不释手的。"

"那就好，那我就没有白费一片心。"夏诗瑶笑着说。

夏诗瑶没有马上离开，她靠在田好的办公桌边上，似乎有什么话要说又不敢说，田好看得出来又不便问，随手拿起这张画装作研究起来。

生在华龙的田好对莲年青年画还是有所了解的。它的制作方法为"半印半画"，即先用木版雕出画面线纹，然后用墨印在纸上，套过两三次单色版后，再以彩笔填绘。其制作出来的成品既有版味、木味，又有手绘的色彩斑斓与工艺性，因此，民间艺术的韵味浓郁，富于中国气派，与苏州桃花坞年画并称"南桃北柳"。

夏诗瑶看田好对自己并不热心，于是就直说了自己的心思："田好，我也报名参加援助武汉医疗队了。"

"批准了吗？批准了我们就是战友了。"田好竟然用了"战友"这个词，夏诗瑶一下子就被逗乐了。

"好的，我再找一下领导。毕竟我也是呼吸专业的啊！"夏诗瑶说着，竟然在田好跟前妩媚地转了一个小圈，长发一时飘到了田好的脸上，她似乎是故意为之。

"去武汉不是旅游，是新冠疫情，人命关天的事，父母也不一定舍得，不要轻易就做决定，认真考虑考虑，和家人商量一下。"田好躲开了脸，朝她极其认真地说。

"我已经考虑过了，只要你支持我，我死都不怕，父母那里不用商量，我自己的事情完全可以自己做主。"夏诗瑶的脸上写着坚毅，眼神里写着对田好充满向往的情感。

"期待你啊！"田好说。

夏诗瑶蹦跳着走了。田好明白，他跟夏诗瑶之间不可能发生什么，这个女孩儿根本不是他喜欢的类型，尽管他们是同学，懂专业，但是，她做事有些太自私。

夏诗瑶一走，田好把她送的画往正前方摆了摆，苦笑了一下，又从抽屉拿出那封没写完的信继续写，写着写着，他的思维就回到了他和田瑶的小时候。

"哥，我们是一个人吗？"田瑶小时候稚嫩的声音从遥远的过去穿越过来。

"我们不是一个人，我们是双胞胎，但是我们从还是小细胞时就一起生活在妈妈的肚子里了，当然我们是最近的，像一个人一样。"田好拉着田瑶的小手这样回答她。这个问题他同样也问过爸爸，答案也是爸爸告诉他的。

"那妈妈的肚子里怎么会装得下我们两个人呢，妈妈的肚子没那么大啊？"田瑶仰着可爱的小脸问他。

他比田瑶只早出生那么几分钟，可在田瑶身边他总是一个小男子汉，像是一位大哥哥一样，妹妹非常地依赖他，像是他无所不能、无所不知。

"那时我们还很小，嗯，就像地上的小蚂蚁一样，我们还能在妈妈的肚子里打仗呢，只是你不记得而已。"田好认真地说。

"哥哥你记得吗？"田瑶问。

"哥哥当然也不记得，是爸爸给我说的，爸爸是个大教授，他什么都懂。"田好答。

"那爸爸怎么不跟我说这个呢？"田瑶接着问。

"因为你是女孩子，女孩子跟男孩子不一样，有些东西不能知道的。"田好答。

"为什么呀？"田瑶总像是十万个为什么，一直没完没了地问。

"没为什么，不该问的别问，你真烦，哥都不喜欢你了。"田好小大人似的对妹妹说。

田瑶一时沉默无语了，一边走一边踢着脚下的小石头，一副有心事的样子。

想着想着，田好不禁笑了起来，于是赶紧接着写他的信。

之所以要写这封信，是因为他不能保证自己这次能安安全全地回来，武汉究竟是一场什么样的"战役"，谁都无法说清，所以他越写越觉得信的沉重，不知不觉地流下了酸楚的泪水，滴在了 A4 纸上。他赶紧用纸巾轻轻地按住泪水之处，然后拿掉纸巾扔到垃圾筐又继续往下写。

3

一封信应该没有那么难写，可这封信，应该算是一份遗嘱吧，特别地不好写。田好一边写一边回忆，仿佛回忆是一把已开弓的箭，任何人都挡不住似的，一支支冲田好的大脑射来。他又想到了母亲，想到了母亲的那种痛更让他难以自控。

母亲在世的时候，他们兄妹俩就是她的整个世界，只要他们说想要什么、想吃什么，母亲都会想尽办法去弄到。田好从来没有想过母亲会那么早地就离开他，所以他只是依附于她，还没来得及想着怎么孝敬她这个问题。母亲临终前一手拉着他一手拉着田瑶，痛苦地说："妈妈舍不得你们啊，妈妈对不起你们。"

田瑶哭得撕心裂肺："不，妈妈，你不能走，你不能离开我们，不行，妈妈，你必须留下来，我不能没有你，我不想做一个没有妈的孩子，没有妈我会被人欺负的，妈妈我害怕。"

母亲的泪也不住地在淌，可她任凭心里再伤痛，身上已经被病痛折磨得没有力气了，她拼着最后一丝力气对田好说："好好，你是家里的男子汉，以后无论怎么样都要保护好妹妹，不能让别人欺负妹妹。"

田好眼泪汪汪地点着头，他也想大叫着"妈妈你别走"，可他最终还是没有叫出来，紧接着妈妈的手就无力地从他们的手中滑了下去，她去了另一个世界。

好长一段时间，这个家是没有笑容的，父亲没有，田瑶没有，他更没有，但他有一种使命在身，那就是保护妹妹。可一直以来，妹妹比他还要坚强，根本不需要他的保护，尤其是她当了人民警察后，练就了一身的硬功夫，三五个男人都打不倒她，倒是显得自己不那么硬气，像是没有男子汉气概一样。

"这次到武汉就是我显现男子汉气概的时候了，我不能比一个女孩子还没有出息。"田好在心里暗下决心。

这样想着，田好的信就铿锵有力地不停顿地写下去了，整整写了四页。写完信，他把信叠成了一个千纸鹤的模样夹进了抽屉里的工作本里。这种千纸鹤的折法还是小时候妹妹田瑶手把手教他的，那时他学了很久，妹妹还说他真笨。想到这个，仿佛又看到了妹妹小时候那种缠着他的神情，那张漂亮得好像一捏就能出水的小脸蛋。

田好又把抽屉和桌子完完整整地收拾了一遍才准备下班。他爱整洁和干净，其实并不乱，但他每天下班之前都要归整一下，文件整齐不整齐，电脑上有没有灰尘。当收拾完这一切，他准备回家的时候，田瑶又把电话打了过来。

"哥，你今晚还是回去看看老爸吧，替我敬老爸一杯酒，我怕这个年我也不能回去过了。"田瑶有些伤感地说。

"你不回去我也不想回去了，反正老爸有英子阿姨陪着，他不会寂寞的，我打个电话给他，你也抽空打个电话，别让他老人家担心。"田好说。

"我知道，我已经打过了，听起来老爸不是很高兴，所以我才给你打电话让你过去的，你要不想过去就算了，如果去一定要替我敬老爸一杯酒，记住了啊。"田瑶嘱咐他。田好说他记住了。

往常兄妹俩都是回家过除夕的，无论怎么样，他们都会和父亲一起吃一顿团圆饭。除夕，在每一个中国人的心中都有着特殊的位置，每当此时人人便感慨人生急促，回首岁月如诗。大年三十，过去一年，所有的遗憾与困苦，都将在此时放下，新的一年，所有的幸福与奋斗，都将在此刻拾起。特别是没有母亲后，一年之中对父亲越来越少的陪伴仿佛只有在这一晚能弥补出来，可今年，看来要过一个特殊年了。

田好明白，田瑶现在忙，可能也是针对武汉出现的新冠疫情而言的。田瑶是一名光荣的人民警察，她也会面临"奔赴前线"，所以他心里也对妹妹有着担心，只是他没有说出来。

挂了田瑶的电话，田好又坐在办公桌前发了一会儿呆，究竟为什么迟迟不愿意离开单位，他也说不清，就是想多坐一会儿。这时夏诗瑶却急匆匆地闯进了他的办公室，她脸蛋涨得红通通的，显得特别兴奋，看到她送的版画摆在那么重要的位置自然是更加兴奋。

"田好，我告诉你一个好消息，领导批准我参加你们的医疗队了。"她激动得竟然把手搁在了田好的肩上。

"哦，说说你是用什么方式俘虏领导的？"田好开玩笑地问。

"这个嘛，你看看就知道了。"夏诗瑶伸出了三个手指。

三个手指上都还带着红色的针眼，"你这是写血书了？"田好吃惊地问。

"是啊，我拿采血针把自己的手指扎破了，一个手指上的血不够又扎一个，扎了三个总算写完了一纸请战书，拿给领导后，领导感动了，立刻就同意了，还夸我好样的。"夏诗瑶自豪地说。

"勇气可嘉，值得夸奖，那手指一定很疼，快去消消毒抹点药吧。"田好确实被夏诗瑶的这种勇气感动。

"有你的关心我就一点都不疼了，我去收拾东西了啊。"夏诗瑶像燕子一样轻快地飞了出去，田好却暗自哭笑不得。

4

夏诗瑶刚走，胡书记就打电话叫他过去一趟，说有事情跟他商量。田好以为领导一定是跟他说夏诗瑶参加援助医疗队的事，不料领导说的不是夏诗瑶，而是蔡明月。

"田好，蔡明月前些天去了深圳，她打电话给我，想参加咱们的医疗队。"

田好一愣："从深圳回来了吗？您答应了吗？"

"我同意了，把她分在了你的队里。"胡书记说。

胡书记说到蔡明月，田好就想到了办公室的那两位女同事议论她的事。"她到深圳干什么去了？听说冯大兴在深圳卖医疗器材，难道她被冯大兴抛弃一时受不了，到深圳去找他了？"田好在心里嘀咕着。

田好对蔡明月印象并不好，原因不在于蔡明月，他是反感她的男朋友冯大兴。冯家也是中医世家，上辈子就为中药的事情跟田家结下了冤仇，这个事情华龙整个中医界都知道，但谁是谁非别人并不清楚，或许连他和冯大兴这辈人都无法真正地清楚。

田好本来和冯大兴是不想记仇的，他和冯大兴很小的时候就跟着各自的爷爷上山采药经常见面，并且从小学到高中都在同一所学校里上学，也可以称之为互相看着对方长大的。虽然他们没有在一起玩耍过，对方什么秉性也知道得一清二楚。田好认为冤仇是上辈子结下的那就是上辈人的事，跟他们这辈人没有关系，完全可以一笑泯恩仇做一对好兄弟。可冯大兴不行，他不这么想，他认为祖宗的仇就是世代的仇，他与田好不共戴天，永远都不能成为好朋友。

冯大兴在上学时常对同学们讲冯家与田家的世仇，还散布谣言说，田好家祖传下来的"菊花清肺"就是田家的祖宗偷的他们冯家祖宗的方子，田家害死了冯家的祖宗，他把田家说得像是祸国殃民的绝世大盗。田好再窝囊也是一个男儿身，他实在受不了这种侮辱，有一天去找冯大兴讲理。

其实，田好从父亲田润章那里知道一些田家和冯家的恩怨旧账。中医真正传承，仅仅限于在田好父亲田润章这一辈上。田好、冯大兴这一代年轻人对中医渐行渐远了。

田润章在华龙中医药大学当教授，退休以后，还继续留校搞科研。田好理解了父亲，同时也敬佩父亲。父亲田润章一生清贫，却是爱中医如命。在"文化大革命"中，父亲因研究中医被红卫兵揪斗，被当作反革命关了起来。他为了抢救保存爷爷留下来的中医书籍和药材标本，忍受了侮辱和鞭打，最后被绑在烂泥里跪了一天一夜，染上了重病，加之长期得不到医治，身体垮了下来，但是父亲的精神却感染鼓舞他和妹妹。

冯大兴的父亲冯世昌在华龙莲年青开了药房，开始只卖中药，后来挺不住了，虽然挂着中药牌子，却是中药和西药一起卖。

"冯大兴，你能不能不成天地在同学面前瞎说，你要是真无知，就听我把咱两家的历史说说。"田好像是一位勇士一样的姿态。

"我瞎说了吗，你们家祖宗是大强盗，你就是个小强盗，以后你的外号就叫'小强盗'，我让我的好朋友都这么叫你。"冯大兴强硬地说。

"你才是个'小强盗'。"田好真是气急了，扑过去和冯大兴厮打起来。

要是就冯大兴自己，以田好的个头并不一定吃亏，可这时偏偏来了几个冯大兴的帮手，冯大兴一声令下，他们把田好按住，狠狠地打了一气，田好是浑身带着血回家的。当时田好的母亲气坏了，赶紧给田好的父亲田润章打电话，田润章回是回来了，可看到田好是皮外伤，并没有表现出有多着急多气愤，他问清了怎么回事后，让田好不要去招惹冯大兴了，还用"清者自清，浊者自浊"来跟田好解释。

"本身清白的人，即使他不说澄清自己的话，他也是清白的；而本身是坏人的人，即使他对一件自己做的坏事百般抵赖，他骨子里还是一个坏人。"父亲说。

当时的田好当然理解不了这句话，既然父亲不支持他再招惹冯大兴，他也只能忍受着这种委屈。为此，母亲还和父亲吵了一架。看到父母为自己的事儿吵架，田好害怕极了，以后再也不招惹冯大兴了，那一伙人叫他"小强盗"，他也只能忍着，像是没听到一样。这样的无视倒是止住了冯大兴，觉得唱独角戏不好玩儿，他们渐渐地也就相安无事了。

冤家总是路窄，上了大学后田好才摆脱了冯大兴那张叫人不舒服的脸，没想到多年后他竟然又和自己的同事蔡明月谈起了恋爱，有事没事总爱到单位里露个脸。有一次冯大兴来找蔡明月，跟田好走了个冲脸，田好不想理他，他却有意挡在他面前，讽刺着田好说："田好，你没想到吧，我把你们单位的大美妞蔡明月搞到手了，你嫉妒吧？"

"错，我不羡慕，她是你的明月不一定是我的明月。"田好冷笑着说。

"你这个'小强盗'还想得到明月啊，你能得到个小星星就不错了，或许你连个小星星都得不到。"冯大兴嘲讽着。

从小冯大兴就不把田好放在眼里，现在他还是这样地不放在眼里，田好真是挺生气的，但他不能做"狗咬狗一嘴毛"的事情，对于这样的无赖他只有敬而远之，他说："好，我什么都得不到，你赢了，再见。"

田好转身走了。实际上，无论冯大兴在他面前怎么高傲，田好都没有半点嫉妒他，从心里还很看不起他，认为他作为一个男人没有一点心胸和格局，成天表现的就是小商人的那副嘴脸。蔡明月看起来确实算是个美女，就是说话做事太粗糙，虽然成天"叽叽喳喳"像个小鸟一样，可一点都没有小鸟依人的样子，她根本不是田好喜欢的类型。所以这个时候胡书记对他说把蔡明月归在他队时，他感到浑身不自在。

"我不同意她进我的医疗队，蔡明月身在武汉多日，谁能保证她身上没有携带上病毒，如果她真的携带了，那进入咱们的医疗队就是一颗定时炸弹。"田好这话说得正当有力，当然这跟喜欢不喜欢也是两码事，他分得清轻重，病毒才是他最担心的事情。

"这个事情我已经想过了，你让她按规定做核酸检测，证实没有感染病毒再进队。"胡书记说。

"那也可以把她分在另一个医疗队，为什么非得分在咱们的队里呢？"田好还是不太情愿。

"你看你说的，蔡明月是咱们单位里的人，怎么能分在外人的队里呢？你不要再推辞了，就这么定了，我看得出来，她是一个非常靠得住的同志，一定会成为你的左膀右臂。"胡书记态度坚定。

"那好吧，我只有遵命。"田好只好无奈地接受了。

"这就对了，她是我们的同志，困在了武汉，又回不了华龙，她想参加我们的援助行动是值得赞扬的事情，还有办公室那个夏诗瑶，一个娇娇嫩嫩的小女孩儿，竟然写了血书来请战，我深感震惊，所以说现在的女子可不得了，都堪比古代的花木兰。"胡书记绕过办公桌，上前拍了拍田好的肩膀说，"田好啊，你这次的任务很重，不仅仅要打好这场没有硝烟的疫情之战，还要照顾好身边的这些女同志，我看这两个女孩儿都不错，通过这次接触也选择一个，回来我亲自给你主持婚礼。"

田好坚定地说："谢谢胡书记，我全力以赴，保证完成任务！"

"我相信你。"胡书记紧紧地握了一下田好的手。

这一天是 2020 年 1 月 24 日，农历己亥年的除夕，也是武汉封城的第二天。为了不扩散新冠病毒，似乎全国都实施了严防和封闭状态，没有特殊情况，谁都不允许随意去外地。这是历史上第一个如此安静的除夕，阴森、神秘而又充满期待。站在玻璃窗前远远看着没人的街道，人们像极了趴在窗沿上向外注视的猫咪。

庚子新年，城内城外少了无数阖家团圆，江北江南多了众志成城，华龙的两支援助医疗队向着武汉的方向出发了。

世界很大，幸福很小。在这没有硝烟的战场，有人安居于室，却有人负重前行了。

5

田润章已经把过年的"年货"准备好了，可一双儿女都打电话说有紧急任务不过来了。尤其儿子田好，要去支援武汉抗击疫情，这让他为儿子感到骄傲，同时又担惊受怕。说真话，有时候他真的很后悔娶了英子，因为这个女人的到来，导致两个孩子跟自己的距离渐行渐远。儿子轻易不在家住，女儿也不住，都像是长了翅膀的鸟，长大了，"扑棱"一下子全飞了。可是这能怨两个孩子吗？他坚持娶了这么一个不怎么懂事的女人，是他自己导致的。

所以这一夜，他真是无法入睡，他从家里出来到了大学校园里的实验室，仿佛只有这个实验室才能装得下他心里的委屈和对儿子的心疼与牵挂。他什么都不想做，又什么都想做，就呆坐在桌前发呆。到了后半夜，他在实验室的床上躺了下来，他开始想这次新冠肺炎的事，"孩子都不顾一切地'参战'了，自己也不能享受太平，自己是一个老中医老教授，不更应该积极为国家为人民做出贡献吗？"这样想着，田润章又从床上坐起来，去拿了一本专门写各种瘟疫的书籍，认真地读了起来，读着读着，困了，就闭上了眼睛。

这个除夕之夜，华龙市新型冠状病毒感染的肺炎防控工作指挥部接到"歌诗达赛琳娜号"邮轮的告急消息。华龙战区打响迎战发令枪——不能让这艘巨轮成为海上孤舟，不能让全船人的健康安全没有保障，华龙与"赛琳娜号"同在，与船上的近5000人共命运。

面对重大突发事件，果断决策、科学处置，检验着执政者的初心和使命，检验着城市治理体系和治理能力。"歌诗达赛琳娜号"邮轮是否按原计划靠岸？一旦确认疫情，病人怎样救治？全船人怎样隔离或留观？如何保证全体游客安全有序下船？怎样做好善后处置？判形势、调资源，抓关键、定预案。

25日凌晨1时，"华龙战区"发出作战指令：按照有关管理规定，"歌诗达赛琳娜号"邮轮停驻锚地暂不进港；立即组织专家、医务工作者登船采样、开展流调，第一时间掌握现场情况，为进一步决策提供依据；华龙国际邮轮母港全部邮轮航线即日起停航，开航时间依据疫情情况而定。

当人们阖家守岁时，阻击疫情的战场迅速铺开，指挥员、战斗员各就各位……问题和解决方案不断在指挥中枢和神经末梢间传递……速度中体现力度，力度中诠释态度，态度中饱含温度。田瑶就是这场阻击疫情战中的一员，她已经跟别的同事一样，带着使命，勇敢地出发了。

就在同一时间，华龙前往武汉的援助医疗队也按时向着武汉的方向奔去。

田好在车上刷着手机上的新闻：武汉市权威部门发布了参照北京小汤山医院模式建设火神山医院的消息。信息中还透露，火神山医院建在知音湖附近，但该湖并非武汉备用水源地，同时医院的施工建设及后期使用将确保不造成环境污染。消息还称，在这个除夕之夜，为与病毒抢时间，早日建成医院，施工人员就已经在工地上备战，他们的年夜饭都是在工地上吃的盒饭。目前已投入了上千人上百台（套）机械设备，按照两班倒方式日夜不停施工，并调集2000名人员组成后备队伍，可根据现场需要随时投入战斗。

看来这场疫情之战不仅仅是医务人员，建设者们也摩拳擦掌将全力以赴。在这样的信息中，大家看到的不仅仅是危险，还有全国人民团结一心众志成城的伟大力量。国家有信仰人民才有力量，这种信仰给予了中国人民巨大的迎战灾难的力量。奔腾在一车人身上的热血使他们无法再安静。

"我们唱歌吧，我现在简直无法形容一颗躁动不已的心。"一个叫崔建的人激情澎湃地喊了一句。

"好啊，我们唱《团结就是力量》吧，现在唱这首歌正合适。"有人应着崔建的话说。

"好啊好啊，唱起来，精神鼓起来。"又有人在喊。

"好，我开头，团结就是力量，一二三——"崔建唱了起来。

紧接着车内响起了雄壮的歌声：

团结就是力量
团结就是力量
这力量是铁
这力量是钢
比铁还硬比钢还强
……

团结就是力量，意味着人不能失去力量的源泉，不能失去赖以生存和发展的必要环境。此时大家的心被一根绳紧紧地串在一起，拧成了一股不可抵挡的力量，失去了这股力量和源泉，你纵有"力拔山兮气盖世"的能耐，也终有失败的时候。

第三章　新冠病毒在蔓延

1

十五个小时后，华龙市的两个援助医疗队顺利到达武汉。在出发的队伍里，田好看见了夏诗瑶的身影。

武汉原本是一座充满江湖气息和市井氛围的城市，一边是飞速发展现代化高楼大厦，另一边是街巷里弄的人间烟火，在这里轻而易举地就能找到文明城市背后温馨的故事，既平凡又美好。可是此刻的武汉却因为新冠病毒，整个城市都干净、冷清得让人心碎。

华龙两支医疗队被安排妥当后，简单地吃了点晚饭，便赶到了武钢第二医院，晚上8点他们要进行一个临时培训，主要是训练防护服的穿戴和护理知识，当然也包括怎样保护自己不被感染。蔡明月得知消息，化悲痛为力量，马上赶到武钢医院找田好报到。

"田队长，我来了。"蔡明月拼命地掩饰着自己的悲伤，尽可能地装作意气风发的样子。

"明月，欢迎你！听说你去深圳刚回来就报名参战了？"田好望着蔡明月说。

"是啊，出差了。"蔡明月为难地说。

"你都瘦了，是不是有什么不开心的事？"田好问。

"没事，我去深圳找冯大兴，可是没找到。你如果有他的消息告诉我。"蔡明月委屈地说。

“你们出了什么事儿吗？”田好虽然没有吼，却也说得很没有情面。

“不知道为什么他失联了。不管他了，只有通过在武汉救助病人排解烦恼了。”蔡明月解释着。

夏诗瑶远远地看到田好和一个身材高挑的女子说话，醋意大起，三步并作两步向他们跑过来，当她认出是同事蔡明月时大吃一惊，“明月，你穿得太少了，武汉挺冷的。”

“谢谢你的关心，我去了深圳，那边热，回来就没北方的概念了。”蔡明月在卫健委的综合监督处，平时与夏诗瑶接触不多，但还算熟悉。

“收拾好，我们投入工作了。”田好对夏诗瑶说。

实际上，在单位里，因为蔡明月无论从美貌还是气质，都压夏诗瑶一筹，她对蔡明月藏有嫉妒之心。蔡明月是北京医科大学的毕业生，而她夏诗瑶只毕业于一所普通的专科学校，文凭上的差距就让夏诗瑶在心里自卑许多。还有，蔡明月像是在领导面前很受宠的样子，经常给领导出谋划策，领导还觉得她的谋和策很对，有次在全体大会上还表扬了她。可夏诗瑶偏偏又是一个极想在别人面前表现得特别清高的人，所以在外人看起来，她又显得很做作。

看到眼前的这种情况，蔡明月很知趣地说：“田队长，我知道你不喜欢冯大兴。他是他，我是我，希望你别因为他对我产生偏见。”

这句话看起来很生硬，但从蔡明月的口中吐出来却是那么轻盈，一点都没有怪罪谁的意思，反而显得她很懂事很善解人意。刹那间，田好第一次对这个女孩儿的真诚产生了好感。田好说：“不会的，我希望我们每一个同志都勇敢，都平安，给华龙人争光！”

不管夏诗瑶再有多少不乐意，田好已经跟蔡明月走出去好远了。看着两个人的背影，夏诗瑶在嗓子里“哼”了一声也离开了。

“冯大兴不知为什么一下子就失踪了，就是要跟我分手，也不知道什么原因，我听说他去深圳了，就过去找他了。”蔡明月说。

“那你找到了吗？”田好问。

"没有，一直没联系上。"蔡明月沮丧地说。

"现在过年了，也许他早就回华龙了，他那么精明的人，不会留在那里。你被这个问题困扰时，还来武汉，值得赞赏！"不管对蔡明月什么印象，她总是个女孩子，田好还是比较理性的。

"你是队长，这里的工作你尽管吩咐。"蔡明月说。

"我相信你的能力。"田好说。

蔡明月忽然很脆地叫了一声："谢谢！你们男人能干的事情我们女人就能干，我也是学医的，留下来也为国家为人民做点贡献，让自己活得有点价值，省得我成天为爱情死去活来的。我一是救人，二是救己。"

虽然在一个单位，田好和蔡明月在工作上并没有多少交集，蔡明月现在的这一段话让田好对她有了一种另眼相看的态度，他甚至觉得冯大兴那样的人根本配不上蔡明月这个女子。

"哦。"田好没有再说别的。

"我听冯大兴说起过冯家和田家过去的事情，他说你们田家很不堪，我觉得不管有多么不堪，那都是上上辈子的事了，用不着把仇恨记到现在。"蔡明月能说出这样的话，田好真的很意外。

"我也是这样想的，可是冯大兴不这样想，上小学时我就想跟他成为朋友，可他不肯，还找人打我，后来就打消了跟他成朋友的念头。"田好说。

"如果我能见到他，能和他再继续下去，我一定好好劝劝他，恐怕是没有这个机会了。"为了不让田好看到自己发红的眼眶，蔡明月低下了头。

田好感觉得出来她和冯大兴一定出了大问题，却不敢直接问，只是安慰她："一切不好的事情都会过去的，就像现在的武汉，虽然面临着大的危难，可总是会过去的。"

"我找到他也不是非得跟他再相处下去，我就是想弄个明白，到底是什么原因让他说离开就离开呢，他明明是爱我的啊。"蔡明月毫无掩饰地说出了自己的心里话。

这个女孩儿很真实，一点都没有夏诗瑶那样的做作。明月跟冯大兴也不是一路人啊，她怎么跟他恋爱上了？田好心里这样好奇地想。

……

1月25日大年初一的晚上，经过短暂的培训。大年初二，华龙两支医疗队分别进入了两个医院的红区开始工作。

2

武汉的疫情愈来愈惨烈，不断有重病患者死亡。田好带领着他的队员奋战在最前线，时时刻刻都在与时间赛跑，除了夏诗瑶累得时不时牢骚几句，别人没有一个有怨言的。蔡明月的表现最突出，总是冲在危险的前沿，仿佛以这种昂扬的斗志抵制爱情的折磨。

蔡明月的举动，田好都看在了眼里。

整个武汉已成为一座静城，门店关闭，只有救护车和捐助给武汉的救灾物资车进进出出。医院内在经历一场严峻的"战役"，像田好和蔡明月他们这样的白衣卫士正在这场浩大的疫情战役中争分夺秒、浴血奋战，不顾自身安危守护国人的生命安全。震撼催泪的救治故事一幕接着一幕，有些被记者抓拍到发到网上，引起了全国人民的关注，全国人民都揪心地祈祷着疫情不再蔓延，捐助物资一批又一批从各个方向运往了武汉。

这个紧急时刻，田好看见了报道，故乡宝河出事了，百货大楼的一个售货员出现疑似新冠症状，宝河第一时间封闭了百货大楼。2月1日，疑似病例转为确诊，宝河区发布了第一例新冠肺炎确诊病例通告。因涉及百货大楼，海滨街道也第一时间用隔离安全带在百货大楼周边设置了警戒线，对百货大楼严格实施封闭式管理。

宝河在全方位寻找密切接触者和1月19日至1月25日在百货大楼购物者，将所有密切接触者、宝河区百货大楼员工及感染时段到此的顾客作为隔离管控的重中之重，全部进入医学观察隔离所。

宝河的"防疫战"全面打响，华龙市委市政府直接指挥，宝河区委区政府主抓一线作战，各级党政干部全员上阵，进行万人大排查，全区拧成一股绳全力以赴。蔡猛作为华龙市公安局的一员，第一个报名参加支援宝河抗疫工作，来不及向家人通话，他就出发了。

在车上，蔡猛想跟母亲说一下他报名去宝河百货大楼抗疫的事，在微信上都把字打出来了却没有发出去。母亲在1月23日武汉封城之前赶回来正在居家隔离，并且因为她一个人，整个小区都被管控起来了。她做生意在外面跑习惯了的，一下子被隔离起来，门都不能出，压抑得都要疯了，昨天才给他打电话疯叫了一回。还好社区建立了一个群，如果需要什么，比如买吃的用的，只要在群里说一声，有专门的志愿服务者帮助办理，所以蔡猛省了事儿，不用担心母亲的吃喝问题。

蔡猛从母亲那里得知姐姐去深圳找冯大兴的事，后来又得知姐姐参加了华龙去武汉的医疗队，从心里敬佩姐姐。他早就下定了决心，如果需要公安上"抗疫一线"，他将第一个冲锋陷阵。他做到了。平时姐姐比母亲还要关心他，很久没见到姐姐了，他想给姐姐打个电话说几句话，想到姐姐正在武汉红区可能不方便接电话，就又放弃了。他给姐姐发了一条微信，把他去宝河抗疫的消息告诉她，然后嘱咐姐姐一定小心加小心，保重自己的身体，安安全全地回家。

蔡猛和同事到达宝河时，天上飘起了零零星星的雪花，后来雪花越来越大，在夜晚时竟然演绎成一场暴风雪了。这个暴风雪的夜晚，宝河区统一行动安排涉及百货大楼人员进行核酸检测，从华龙调动来的警察立刻上岗维持秩序。

现在所有的警察都穿着防护服上岗了，群众正聚集在隔离点的门口排队检测，看起来群众非常守秩序，脸上都写了平静，实际他们的内心特别煎熬。

武汉疫情的暴发已经让全国人心惶惶，担心这可怕的病毒突然降临到自己身边，个个内心都十分惊恐，警察稍一松懈就会发生队伍骚乱。人一恐慌就容易愤怒，一愤怒局面就不好控制了，要真混乱起来，在这个关键时刻很可能就会酿成祸事。

真是怕什么来什么，本来好好的，突然有一位老人高血压犯了，站也站不稳，旁边的儿子扶住了父亲。看到父亲的难受样，这个儿子开始发牢骚大叫："检测太慢了，为什么不多开几个窗口，这样下去要出人命啊，你们赔得起吗？"

蔡猛离他们最近，他也看到了老大爷是真的很难受，马上劝说："这是突发事件，也没有经验，所以才这样，别着急，来，让你和大爷先来。"

蔡猛引导着父子俩往前排，这个儿子不知哪儿来的那么大脾气，一边扶着父亲往前排还一边怒骂："我爹要是死了非找你们算账不可，你们都啥鸡巴玩意儿，自己穿着防护服，让老百姓这么遭着被传染的风险。"

这个男人这样一说，排队的人群里就真的骚乱起来，说什么的都有，牢骚满腹，仿佛全世界都欠他们的。

"别这样说，大爷不会有事儿的，做完赶紧让大爷回去休息，休息一下就好了。"蔡猛安慰说。

蔡猛从没见过这样的阵势，从心里对这个话语难听没完没了的男人嗤之以鼻，要放在平常说不定拳头都会上去，可现在不行，自己是人民警察，是来维持秩序的，现在秩序本来就有点混乱了，可不能再惹事端。

这人听了蔡猛的劝说不但不消气，反而气更大了，放开父亲上前要打蔡猛，被旁边一个老大娘挡住了，"大国，不许这样的，人家在维持秩序，还安排你和你爹排在前边，你怎么能这样不讲理？"

"关你他妈的屁事儿，他是你儿子还是你孙子？"大国瞪着凶巴巴的眼睛冲老大娘喊道。

用这样的粗话骂一个老人，蔡猛感觉这个人真是太欠收拾了，他强忍着愤怒对大国说："你太不尊重老人了，老人说这话是对你好。"

蔡猛的话一出口，大国的拳头已经落在了他的肩上。顿时，队伍开始混乱，站在蔡猛左边的同事看不下去了，上前抓住了大国的手说："你知道不知道这样对人民警察是违法的，我们都是警校毕业的，不是打不过你，而是这个时候不能跟你动手，我奉劝你赶紧归队扶你父亲去做核酸，你瞧现在大爷是被旁人扶着呢，你还有一点尊老之心没？！"

同事替自己说话，蔡猛的心才平和起来，可大国任何话都听不进去，挣扎着嚷："放开我，你他妈什么破人民警察，你这是欺负我们手无寸铁的老百姓。"一边嚷着，他还用脚踹对方。

"大国，你小子捣乱捣够了没？你信不信我抽你个兔崽子，人家是华龙城里来帮忙的警察，你跟人家要什么穷横，快去扶你爹做核酸，都什么时候了还胡闹，再胡闹看我回头怎么收拾你。"

这个时刻，只听一声喊破喉咙的大叫从排队的人群里钻出来。大国顿时蔫了下来，乖乖地归队了。

天亮了，检测的长队依然缓缓推进。太阳从天际上抛洒出万道金光。

3

蔡猛这一天过得既累又气，自己是来"献身"的，没想到居然被打了还不能还手，这窝囊气使他一回到休息处就牢骚没完没了。

"真他妈的倒霉，碰到这么一个傻二货。"蔡猛说。

"从小说梦想着当警察，因为警察威武，谁也不敢欺负，谁知道根本不是那么一回事，连个小老百姓就能欺负咱，还不能还手，真是后悔死当初考警校了。"一位同事说。

"可不是嘛，现在老百姓比谁都厉害，咱们是为人民服务的，一服务不好就是挨剋的料，受气包。"又一位同事说。

"人家打咱没事，要是咱打人家那就不行了，会受到全世界的鄙视，我也后悔当警察了，真不如当个卖菜的。"再一位同事说。

……

自己人被人欺负，同事们都在嘴上为警察打抱不平。但是又能怎么样呢，也只能过过嘴瘾。

同事们刚把防护服换掉，就看到有一个人向他们走来，手里还拎着两箱牛奶。蔡猛认出来了，是把蛮横的大国喊蔫了的那个人，"你们谁是被大国打了的那个警察？"他走近了问。

"我是。"蔡猛回答，"怎么了？"他疑惑地问。

"我来瞅瞅，大国那小子是个二愣子没轻没重的，瞅瞅有没有被他打伤？"那人说着把两箱牛奶放在地上。

看到有这样体谅他们的人，蔡猛的心里一时舒服多了，赶紧说："人民警察哪有那么容易就受伤的，没事没事，快把你的牛奶带回去，我们不能收老百姓的东西。"

"这牛奶你都收下，不算贿赂，就算我来慰问一下，我是宝河城关镇的支书，叫姚居德，女兆姚，居家的居，品德的德，大国是我们镇上的人，他打了你我有责任，所以专门过来看看，你没事就好。"姚支书的这些话说得蔡猛都觉得不好意思了。

"没事没事，真没事，不需要你慰问的。"蔡猛推托着说。

"那可不行，拿来了就不会拿走了，你们不怪我这个支书当得不好我就很感激了，我以后得在教育像大国那样的人上下大功夫，没文化就没素质，要提高素质还得教他们学文化，可让他们学文化那也是一件很难的事。"姚支书说得语无伦次，都把自己说笑了。

蔡猛想到自己还不知道要在宝河待多长时间，很有可能再出现状况需要他帮忙，于是说："真是不打不相识，以后认识了你，我们的工作可能就好干多了，我能留你个联系方式吗，万一再有处理不了的事我就找你。"

"有有有，来，我先加你的微信，然后从微信里把电话发给你。"可能这个宝河的镇书记也想跟华龙的警察交上朋友，主动加了蔡猛的微信，还相互留下了手机号码。

这件事就这样让蔡猛心里不再有堵。在加姚支书微信的时候，蔡猛看到有两条信息，一条是母亲发来的，一条是姐姐发来的。当时没有时间看，姚书记一走，他就躺在床上赶紧看起来。姐姐的信息没什么，只是鼓励叮嘱，还说了武汉目前的形势，而母亲的信息让他惊慌不安。母亲在微信中说："猛猛，我被确诊为新冠肺炎患者，已经住进友谊医院医治，生死未卜，请你先不要把这个消息告诉你姐姐。"

　　蔡猛一下子就慌了起来。原来新冠肺炎离自己如此之近，母亲居然也被传染上了。他一下子从床上坐了起来。

　　"怎么了蔡猛？哪里不舒服吗？"一个同事问。

　　"我妈被确诊是新冠肺炎了。"他喃喃地说。

　　"啊？"大家异口同声，惊慌失措的样子。

　　"放心吧，我没事的，她从武汉回来一直隔离着，我也没有回过家。"蔡猛赶紧说。

　　大家又一下子松了口气，纷纷安慰他说不会有事的。正在蔡猛不知所措时，金小兰给她发来了微信。

　　"蔡猛，我刚得到消息，阿姨没有生命危险，她是轻症患者，你放心吧。"

　　"你确定？"蔡猛回过去问。

　　"确定啊，这事儿我能跟你开玩笑吗？我现在就是她的护士。"金小兰说。

　　蔡猛这才稍稍缓了一口气，他又担心起金小兰来，"小兰姐，这几天太忙了，我也忽视你了，你也在'抗疫前线'，你千万要注意安全。"他关心地说。

　　"嗯，我知道。阿姨感染新冠肺炎的事先不要对你姐说，她在武汉不一定好过，我怕她会吃不消，不要再为她徒增烦恼了。"金小兰说。

　　蔡猛说着"好"，又很在意地问："你就不关心关心我，我今天挨打了，挨了一个二百五的打。"

　　"怎么回事，没事吧？"金小兰问。

　　"没事没事，二百五嘛，我不跟他一样，他们镇支书已经给我来道歉了，没事了。"蔡猛说。

"好了蔡猛，我不能跟你聊了，我刚下班，很累，我赶紧洗洗吃点饭。"金小兰说。

蔡猛发过去一个笑脸和一个拥抱的表情。虽然金小兰并没有回他什么表情，但他心里也美美的，只要金小兰肯和他说话，他就觉得很美。

4

在这个特殊时期穿戴防护服是一件非常严谨的事情，稍有不慎就会铸成不可挽回的大错，这是特殊工作的需要。蔡明月性格比较粗放，每次都穿得不到位，作为队长田好每次都会记着矫正她。这天早上华龙第二医疗队刚进入红区，队长田好就看到蔡明月手套上有个东西黑乎乎的，胶皮还粘了起来，他马上叫住了她："蔡明月，你的手套是不是没有戴好？"

听到这话蔡明月马上看自己的手，果然是自己没有上胶皮带，她赶紧上了，但嘴上还没有服气，"这应该没多大事儿吧？"

"我已经说过你多少次了，穿防护服一定要严谨，一点都不能马虎，咱们现在是与病毒打仗，稍有漏洞我们就会被它打败。"田好严肃地说。

"我知道了。"蔡明月嬉皮笑脸地答。

"严肃点，就是因为你的不严肃导致你每次穿防护服都有漏洞，你这是对自己的不负责，也是对大家的不负责，今天提出严厉批评，今后如果再出现马虎现象，你就得退出我的这支医疗队。"田好字正腔圆毫不客气地说。

蔡明月低下头不再说话，而是默默地哭了。这些天表面上看她似乎比开始的时候开朗多了，实际她内心还是煎熬痛苦的。三年多的感情哪能说忘就忘，她只不过是用这种方式来掩盖自己的悲伤。再就是，田好这些日子对她有了明显的关照，夏诗瑶时不时就醋意大发讽刺她几句，明月知道夏诗瑶是田好的同学，一直追求田好，她不想让夏诗瑶看她的笑话，装也得装出来自己是幸福的女人，是大度的女人。现在田好一本正经的严厉批评让她很不开心，尤其是如果再出现马虎现象就让她退出医疗队的话，伤了她的心。一时新伤旧愁一起涌上心头，眼泪止不住地就淌了下来。

看到蔡明月难过地默默流泪，最得意的是夏诗瑶，但她却故意上前安慰："你可别难过了，田队长这是对你好，你就是个马大哈，而田队长可是个有洁癖的人，我可了解他了，他心细如丝，以后你可得注意自己。"

夏诗瑶说这话是有言外之意的，这谁都能听得出来，她在用暗语宣示她的主权，在说明她跟田好的关系不一般。田好当然听得出来，但是他不愿意跟她再说什么。这夏诗瑶，你跟她说得越多她越撑劲，她愿意自己唱独角戏就让她自己唱吧。

这一天，医院另一支援助医疗队出了事情，一个叫麦红艳的护士因为穿防护服的疏忽而被感染，顷刻之间，她从一名护士变为了患者，而她所在的医疗队全部撤退隔离。此刻蔡明月才明白穿好防护服的重要性，她终于不再纠结田好对她严厉的批评，从心里还很感激他。如果不是田好每次的指正和严厉的批评，自己就可能成为麦红艳第二，自己的医疗队也会前功尽弃。

麦红艳所在的那个医疗队被撤离之后，又重新补充了另一支山东援助医疗队，由于没有实战经验，山东医疗队的队长给已经下班的华龙医疗队队长田好打电话，说碰到一点棘手的问题不知道怎么处理，问他能不能再去一趟帮帮忙。田好二话没说穿好防护服就去了红区。

原来是一个新冠患者发生了点情况，也不是大的情况，田好给他做了处理。但让田好意外的是，这个新冠患者不是旁人，而是蔡明月一直都找不到的冯大兴，而冯大兴一直都闭着眼睛，像个死人一样任他们摆布，闭嘴不讲一句话。

"不管对方是谁，在病人面前我就是医生，是医生就必须恪守医德。"这是田好的真实想法。他第一眼就看出了眼前的病人是冯大兴，但他当时并没有相认，而是仔细地做自己应该做的事情，当一切都万无一失后，他才跟冯大兴说话。他跟冯大兴说话是因为蔡明月一直在找他，她还专门去了深圳。田好不是让他难堪，如果不是因为蔡明月，冯大兴闭着眼睛就让他闭着好了，他不会叫他睁开眼睛。

"冯大兴，你睁开眼睛。"田好支走了山东队队长。

冯大兴已经被病痛折磨得精神萎靡了，每天都有身穿防护服就露一双眼睛的护士在他眼前晃来晃去，他从来不用在意对方是谁，为了活命他只管听话，叫做什么就做什么就好。按说田好的声音他肯定能听出来，偏偏田好这几天由于上火嗓子有点哑失去了本音，他也就没听出来。原以为他会把眼睛睁开，然而他并没有，只是轻微地摇头。

"冯大兴，我是田好。"这句话无异是一声惊雷，冯大兴浑浊不清的眼睛瞬间睁开了。

他注视着防护镜里的一双熟悉得不能再熟悉的仇人的眼睛，满脸写着惊恐。

"华龙组织了两个援助武汉医疗队，我是二分队队长，你也不用用这种眼神看我，现在我是个医生，最起码的医德还是有的，再说我也不像你，跟我心里全是仇恨，我跟你没仇，不会害你的，如果在我能力范围之内有需要的话，我还会全力以赴去救你。"田好安慰着他，病人这时必须保持平静才行。

冯大兴在他的话中果然平静了许多，又把眼睛闭上了。

"我现在想问你一句，你为什么和蔡明月分手？"田好把话引到想知道的正题上。

看到冯大兴还是沉默不语，田好接着说："蔡明月去深圳找了你，没有找到，她回华龙后就报名参加了我们的小分队。你想见她吗？"

这个消息让冯大兴又重新睁开了眼睛，"你千万不要告诉她我在这儿，求你千万千万不要告诉她。"他用沙哑的声音祈求着田好。

"这究竟是为什么？我平常看你挺爱她的，为什么说分手就分手，连个理由都不给对方，一日夫妻还百日恩呢，你们都三四年了吧，不应该啊，你有难言之隐吗？"田好每天和蔡明月一起，他看得出蔡明月隐藏在内心深处的悲痛，所以他想弄明白这其中的隐情。

"求你不要逼我说这个，我也不会对你说，总之你一定要保密我在这儿，什么也不要让明月知道。"

从小到大，田好第一次看到冯大兴这么楚楚可怜，也是第一次听到冯大兴向他说这么软弱无力的话。

冯大兴是个病人，田好不能再问下去了，他点了点头，"我就在这个医院，有什么事情要对我说，你就找别的护士给我传个话，我就来看你。"田好说了这话，又嘱咐了他一些平时应该注意的事情，就走了出去。

冯大兴是沮丧的。黄昏了，当他无意从窗口望了望窗外，晚霞在天边结起了红云，一朵朵红云里有一群白鸽在飞舞着。他的眼睛湿润了。

5

好事不出门，坏事传千里。

田家和冯家有恩怨，这在华龙的中医界人人知晓。甚至传得走了样。两家人都是中医世家，一山容不下二虎，二虎见面必然会争斗一番。祖宗的恩怨只是传说，田好和冯大兴这辈不一定都清楚，不过从上上辈起，田家和冯家的事情他们这一代年轻人大体是知道的，两家在中医界都有名望，结下梁子在所难免。

说起田、冯两家的恩怨，在各自口碑中见分晓了。田润章坚守中医医德，老子英雄儿好汉，以田润章的意愿，田好应该继承中医，可是，田好参加工作，与中医越来越远。冯家也是中医世家，冯家人冯世昌和冯大兴，没有离开医界，但是，他们的人变了，变得虚荣、轻狂、狡诈、嗜钱如命。抛开两家恩怨，唯有一个天女菊花的美丽传说在宝河一带广泛流传。

那时的宝河和蓟州并不属于华龙直辖，还分别是华龙的两个下辖县。蓟县开始于汉朝，发达于唐朝，在清朝时极为兴盛，是佛教文化和皇家文化共融的圣地，历史上众多帝王将相、文人墨客曾纷纷到此处游览。康熙皇帝在祭祖过程中曾多次经过蓟州，并登临盘山，他第一次来到盘山就对这一带的奇峰怪石赞叹不已，第二次游览盘山时已经对盘山的风景流连忘返，还下令在盘山建立了行宫。乾隆皇帝曾32次游历盘山，为之写下了1300多首诗词，"早知有盘山，何必下江南"就出自乾隆之口。

盘山境内生长着一种特别好看的野菊花，这在北方燕山山脉很不多见。当时的皇帝非常爱赏菊，每年都在这里举办菊花节，和这里的百姓一起赏菊。宝河县有一个村叫小靳庄，小靳庄有一个叫田大牛的壮汉非常孝顺，他的母亲得了肺病，一天比一天重，已经奄奄一息，眼看就要丢命。这时田大牛听说燕山一带有一种天女菊花能够治肺病，还能医治眼病，于是他把母亲拜托给村里百姓，和发小冯茂带上干粮登上了燕山，沿着燕山去找那种叫天女的菊花。功夫不负有心人，田大牛和冯茂最终在盘山上找到了天女菊花，他们采摘了许多天女菊花，还小心地将天女菊花移植到了宝河的家中。

天女菊花治好了母亲的肺病，让母亲起死回生，田大牛也因此迷上了对中药的研究，多年后研制出了"菊花清肺"中药配方，治好了当地很多得肺病的老百姓。后来田大牛把种植天女菊花的技术传授给了当地的穷苦百姓，自己专门研究起中药来，研制出一系列以天女菊花为主的中药配方，在当时产生了很大的影响。田大牛在当地开了一个田家"菊花清肺"中药店，让冯茂给自己当帮工，"菊花清肺"就此流传下来。

田大牛和冯茂就是田好和冯大兴的祖先，两小无猜的两个人后来因为"菊花清肺"结了仇，因而分道扬镳。分道扬镳这件事的传说是这样的：乾隆皇帝有一次来到宝河附近游玩，可能伤了风，咳嗽起来。跟随皇上出宫的秦御医听说了当地一个中药店的田医生很神，还研制

"菊花清肺"，就让人去药店找田大牛开了药方，按平时的习惯找冯茂拿着药方给配了中药。谁也没有料到就是这几服中药惹了大祸，皇帝吃了不但没好起来，咳嗽还越来越严重，竟然还咳出了血。皇帝特别地愤怒，认为田家药店就是骗人的，骗老百姓也就算了，居然骗到了大清皇帝这里，皇帝当即下令对田家满门抄斩。秦御医是一个忠厚之人，他在当地听到过百姓对田大牛的评价，田大牛是一个安分守己心地善良之人，也确实用自己研制出来的配方治好了很多当地百姓的病。情急之下秦御医把责任揽到了自己的身上，说是自己对皇上的病情没有查清而说错了病症，才导致皇上的病情加重，和药店没有半点关系，要斩也应该斩他。秦御医深得皇上的信任，既然秦御医这样说，皇上也就消了一半的气，收回了田家满门抄斩的命令，等待秦御医重新用药治疗。

秦御医迅速对剩下的几服中药进行了分拣和分析，结果发现这几服中药中有两种中药跟田大牛开的方子不一样，他问了去抓药的那个人是不是田大夫亲自抓的药，那人说不是，是他的小伙计抓的。这其中肯定有诈，秦御医带着剩下的几服药亲自到了田大夫的药店，装作让他出诊亲自把田大牛从药店里引出来，一直拐到一个胡同才说了事情的真相，他把几服药展开给田大牛看，田大牛立刻明白冯茂从中做了手脚。

田大牛早就看出来冯茂对他有怨气。

当初冯茂陪田大牛一起去盘山采到了天女菊花，"菊花清肺"虽然是田大牛研究出来的，可他冯茂起着舍命陪君子关键性的作用，所以成果不应该是田大牛一个人的，应该是他们俩共同来分享的，无论名声和得到的报酬田大牛都应该和他平分。尽管田大牛已经在经济上让他生活无忧了，冯茂还是没有知足，可能在嫉妒中他想让田大牛身败名裂才这样做的。田大牛突然想到了平时一些药方失灵的事，那也应该是冯茂动的手脚，但是万万没想到，这一次的手脚竟然动到了皇上的头上。要不是有这么好的一个秦御医袒护他，他和他的家人早就不明不白地成了刀下之鬼。他下跪对秦御医感谢了救命之恩，又亲自为皇上抓了几服药，完全是根据自己开的方子抓的，皇上吃了一服就见好转，吃了二服就不再咳血，吃了三服就咳嗽减轻，吃到六服就完全好了。

田大牛这里，他给了冯茂一笔钱把冯茂解雇了。冯茂深知其原因，可还是不甘心，跟田大牛久了也懂得了一些中医之道，也开起了一家"菊花清肺"中药店，还到处宣扬"菊花清肺"是他研究出来的，是田大牛偷了他的配方。

6

田家和冯家祖宗上留下的旧仇还没有化解，紧接着在田好和冯大兴爷爷那辈又添了新仇。田好的爷爷田仲儒当年在北京卖草药的时候，遇到了一个神奇的中医韩中河，这个老中医祖上当过宫里的御医，还被同仁堂高薪雇用过。田仲儒在他开的药店内看到了他摆着的各种中药，配方繁多，像一条中药的长河。韩中河把药店交给妻子打理，没事了就独自坐在房间研究配方，为此熬白了头发，熬尽了心血和生命。但是他的苦功没有白费，最终熬出了许多光彩夺目的人间中医珍宝。

田仲儒被这位老中医的研究成果深深折服，有一次向这个药店交了中药后，他找到韩中河老先生的屋里，真诚地跪在老先生的跟前喊道："师傅，收我当徒弟吧。"

韩中河轻易不收徒，何况是一个自己并不了解的外乡人，所以没有答应，看田仲儒不走，他叫下人将他推出了门。田仲儒对中医已经到了痴迷的状态，还是不肯走。韩中河不屑一顾地说："你一个卖药的能会什么，回家好好采药吧，采了药尽管送到我这里。"

田仲儒还是不肯走，那是在寒冷的冬天，正赶上那一夜大雪纷飞，他就在韩中河药店的门口跪了一夜，已经像个雪人一样冻僵了。

韩中河一大早推门出来就看到了他，赶紧叫店里的伙计把他抱到了屋里，经过几天的救治，终于保住了田仲儒的命，只是没有保全他的身体，田仲儒的右手手指头被冻坏了，切掉了两个。韩中河彻底被田仲儒感动了，便收下了他，后来成为了他最得意的徒弟。

田仲儒在京城跟着韩中河老先生学了两年后，回到宝河老家一边开药店一边开始研究祖宗留下的"菊花清肺"，他把先前的药方重新做了调整，"菊花清肺"有了进一步的提升，效果更好起来。

田家和冯家都是从宝河小靳庄搬到县城的，又都在城里开着中药铺。由于田仲儒在京城当过名师的徒弟，所以配方方面比冯家要高出好多，药材越卖越好，钱财也滚滚而来。按照传说中的故事，冯家本来就没有真才实学，是靠偷来的一点技术做起了中药事业，肯定生意比较惨淡。这样一来，冯大兴的爷爷冯相国就怀恨在心，一心找机会报复田家。

机会终于来了，城里的财主赵财神的儿子得了病，据说是吃了田家开的几服中药后吐血而死，赵财神派家丁将田家的药铺砸了个稀巴烂。田家不想受这不白之冤，就和冯家打起了官司，结果冯家给审判人员送了大礼，田家官司也没打赢，这就导致田家衰败了。田家一衰败，冯家就红火了起来。可田家明白这是冯家的阴谋，冯家人挑唆说财主儿子是吃田家药死的。自此田家和冯家的仇就越来越深了。

历史是一位评判师，是非曲直自有时间进行评判。无论怎样个说法，天女菊花是盘山上极其珍贵的中药材，是一般菊花所不能比的，在润肺生津方面效果极佳。田家在上上辈被冯家打倒也只是一时，田家借助自家的医术，不久就在当地站立了起来，祖传药方"菊花清肺"在那一带也占有一席之地。

中医真正的传承，仅仅限于上上辈和上辈的事。田好的父亲田润章在父亲的影响下发奋读书，力争在医学界留下成就，为父辈争光夺彩，考进了中国最早建立的中医高等院校之一的华龙中医药大学，后被中医药大学留用，一直工作到退休。他在中医界也是响当当的人物，刊发过上百篇中医药方面的论文，退休后还放不下中医事业，继续留校搞科研。田润章一生清贫，却是爱中医如命。在"文化大革命"中，田润章的父亲田仲儒因研究中医被红卫兵揪斗，被当反革命关了起来，为了抢救保存祖上留下来的中医书籍和药材标本，老人忍受了侮辱和鞭打，最后被绑在烂泥里跪了一天一夜，染上了重病，加之长期得不到医治，身体拖垮而身亡。但是祖上的精神永远激励着田润章，他的精神又感染鼓舞着他的一双儿女田好和田瑶。

冯大兴的父亲冯世昌也学了中医药，只是他上了一所普通的学校，也没有写过很有力度的论文，但他改变了祖上的作风，真心地研究起中医药来，也诚心实意地想把中医药做好，想很好地传承下去。他在华龙莲年青开着一个大药店，开始只卖中药，后来挺不住了，中药和西药一起卖。如今冯家在当地也算有钱人，表面上看起来比领死工资的田家要风光许多。

田好和冯大兴这一代年轻人跟中医已经渐行渐远了。

田好是被父亲逼着学医的，父亲也逼着他学中医，他却选择了西医，他不喜欢研究中医那些稀奇古怪伤死脑筋的草药。田润章气炸了肺，吼道："不孝的逆子！"田好威逼父亲说："爸，这要被您看成不孝，我就不学医啦！"父亲这才妥协了。田好毕业后也不想进医院当医生，他觉得当医生太烦，就考进了卫健委，一切按部就班，没有什么可以描述的。

而冯大兴距中医已经远得没有边儿了，但是他的路却走得比田好精彩许多。冯大兴在很小的时候由于父母离异弱小的心灵受到伤害，性格暴躁，怪癖很多，他对任何事都不感兴趣，却痴迷弹弓，他成天拿着自制的弹弓打鸟，长期下去把打鸟的技术练得炉火纯青，一打一个准儿。所以，冯大兴选择考上警校当了警察。当了警察他才知道，原来当警察并不好玩儿，并不是像打鸟那么简单，想打哪只打哪只，身穿警服虽然威风，可也是为人民执法，纪律严明，他谁也不能打，打了别人自己就要挨打，自认为成天受一些窝囊气。他一气之下骂了句"老子不干了"，就辞职下海经商去了。由神通广大的父亲冯世昌引路，冯大兴经营起了医疗器械，一路上顺风顺水，财源滚滚。

不久，冯大兴就成立了自己的公司，财大气粗，走起路来虎虎生风。

真是冤家路窄。

冯大兴在武汉染上了新冠病毒，他顿时失去了往日的风采，分到田好手里，更让他难以接受。他颓废的表情中又蒙上了一层睡不醒的倦意，双眼萎靡，没有任何事情能够让他激动起来。他可能还想到了死亡。是的，人病倒了，死亡随时在身边发生着。田好知道冯大兴幽默，一语既出，满座开怀，今天他与平时却是判若两人。

为了不让田好看笑话，冯大兴只能强挺着。

冯大兴的手机屏保是蔡明月的照片，他经常掏出来偷看。田好是他的医生，他躺在病床上没法在田好面前威风了，只能让田好看他的笑话，也许还会在田好的注视下扭曲痛苦地死去。这只是冯大兴的想法，田好不这么想，他不是落井下石的那种人，作为一个医生，救死扶伤是他的天职，他希望冯大兴能尽快好起来。田好作为蔡明月的同事，他也愿意冯大兴与蔡明月在武汉重归于好。

尽管这样，田好第一次看到冯大兴，还是吃了一惊。看到躺在病床上的冯大兴，他对冯大兴的那种看不起就已经转化为可怜和同情了。田好穿着白色防护服，脸上扣着塑料头盔，冯大兴是看不清他的脸。他不愿意让冯大兴知道，免得节外生枝。他在冯大兴的窗前，呆愣了一阵，两人对了一下眼神，田好就轻轻离开了。

过了两天，田好继续查床，忽听有人喊道："田好，田好！"田好惊讶地扭了头，听见是冯大兴喊他，走过去说："这位病人，你有什么要求？"

冯大兴极为恼怒，大声吼："医生，我要换病房！"武汉的刘医生说："这位同志，你吼什么啊？没有素质。你身边不就是田医生吗？"冯大兴哭丧着脸，抬了一下手，指着田好的脸："他不是好人，我担心他害了我！"

田好强忍着说："冯大兴，你爱治不治，不治就去死啊！这里床位非常紧张。"冯大兴脸涨红了："紧张怕什么，我出钱。"

田好说："你以为这是在华龙啊？你以为这是平常住院啊？你好好

配合治疗吧，我提醒你，扰乱我们的工作，是犯罪！"

　　冯大兴不吭声了，额头冷汗涔涔。他的眼神里闪着凶光，这就是他在冯家继承过来的性格，基因里带来的东西是改变不了的。

　　田好没有搭理冯大兴，继续检查病人。忽然，他的脑袋轰然一响，刚才冯大兴嚷嚷着换病房，是不是听说蔡明月在这里工作，要故意躲避着她呢？这是一个棘手的问题，他必须搞清楚冯大兴的真实意图。

　　冯大兴脸上表情异常复杂。他对田好说："田好，我有个请求，我住院的事，不能告诉蔡明月。"

　　田好没有表情："那我明白了！"

第四章 爱与病毒同行

1

傍晚时分，太阳落下去了。

蔡明月脱掉防护服回到宿舍的时候，身体非常疲劳，照了照镜子，脸上被口罩勒出两道深深的印痕。她又想冯大兴了。这狗东西在哪儿啊？然后她就想母亲冷婕了。明月记得，她和母亲最后一次联系还是在大年初一，田好的医疗队到来之前，那时母亲还好，居家隔离，就是觉得无聊，违规到外边喝酒应酬。母亲是个生意人，在经济上蔡明月很放心，她不会愁吃愁喝，所以之后就再也没跟母亲联系过。那一次母亲在电话里还安慰蔡明月，说冯大兴那个人德行不强，没什么值得遗憾和痛苦的，希望女儿放下过去的感情重新再来，她还专门为女儿选择了一个合适的人选，就是华龙地产大鳄吕顺增的公子吕小军。母亲做医疗器材生意，和冯大兴有利益上的冲突，所以她一直说冯大兴这不好那不好的，蔡明月认为这很正常，这并不代表冯大兴就真的不好。

蔡明月深深地爱着冯大兴，冯大兴也为她付出了很多，她能感觉出来冯大兴是真心爱她的，所以她的心里是容不下别人的。吕小军那个人蔡明月听说过，是一个很低调的人，名声还不错，如果真的见面交个朋友可以，发展成恋人关系结局会很悲惨。蔡明月身上有浪漫情怀，她不像母亲那么认钱，对钱财的追求不是太热烈，她美好的未来就是和冯大兴一起过日子，当一个贤妻良母。如今这个愿望成了奢望，她已经看不见自己的未来了。

冷婕在生意场上听说的吕顺增，深知他在整个华龙都是叱咤风云的人物，所以想尽一切办法参加了一场有吕顺增的生意酒席。在那场生意酒场上，冷婕向吕顺增频繁敬酒，施展了自己中年妇女的风姿，好话说尽，还当场要了他的联系方式加上了他的微信。冷婕没有想到，吕顺增虽然在房地产业纵横驰骋，做人却没有那么高高在上，很随和，冷婕每次给他发个微信他也会回过来，她问好他也问好，不过冷婕有好几次想请他吃饭都没有请得动。冷婕是个单身女人，和丈夫离婚这十多年虽然活得不那么沧桑，寂寞无奈的时候还是有的。像吕顺增这样的大亨还是有魅力的，他越低调她就越觉得他有魅力。

冷婕虽然五十岁的人了，身材高大，皮肤白嫩，风韵犹存。在一些生意场上，她还是有自信的，可在吕顺增跟前，她就变得卑微了许多。在津门，吕家的实力太强大了，他不仅在华龙，在上海浦东和杭州都有地产楼盘。为了和这个地产大鳄能有着近距离的关系，她就想着撮合女儿和吕顺增儿子吕小军的事。她也尝试着向吕顺增透露这样的信息，夸赞自己的女儿多么漂亮和机灵，在大学里就是学生会干部，还说如果嫁到他家一定是他的左膀右臂。没想到吕顺增并没有反对这件事情，还说，这是件好事啊，如果孩子们都愿意我没有意见。从此后冷婕就把这件事记在了心上，一定要促成两家的秦晋之好。只是蔡明月还深陷在和冯大兴的感情旋涡里拔不出来，她也知道这事儿不能太急，小不忍则乱大谋的道理她还是懂的。

大年初六是母亲的生日，蔡明月就是再累，下班也没忘跟母亲打个电话，可是这一次电话却没有打通，电话那头一直在说着电话已经关机，晚上她又拨了几次还是关机。她给母亲发了一个微信，微信也没有动静。第二天一大早，蔡明月再次拨母亲的号码还是关机，她有一种不好的预感，难道母亲出事了？她赶紧与弟弟蔡猛联系。蔡猛的电话是通了，他却一直不接。蔡猛不接电话她明白是怎么回事，只要通着就说明他没事，只是穿着防护服执勤不方便接电话而已。没有办法，她只好把电话打给了她的同学金小兰，她这才知道母亲被确诊了新冠肺炎，已经住在友谊医院了。

蔡明月惊呆了，死死咬住嘴唇，已是满脸泪水。这是非常时期，她也无法照顾母亲，连在华龙的蔡猛也不能去医院看望。

"阿姨是轻症，没有生命危险的，她怕你不放心才没有告诉你。有我在，你放心吧，我会替你和蔡猛好好地照顾她的。"金小兰安慰她说。

"小兰，这事你不该瞒着我，当天你就应该告诉我。"蔡明月用餐巾纸擦了擦眼睛，有些埋怨地说。

金小兰絮叨着说："你最近失恋了，身心本来就很疲惫了，又在支援武汉，我和蔡猛是怕给你再增添新愁才商量着瞒着你的，你千万不能怪蔡猛，他去支援宝河百货大楼抗疫去了，他也是为你好。"

金小兰虽然还没有和蔡猛确立关系，可他是蔡明月的弟弟，既然和蔡明月是一对好姐妹，金小兰自然也把蔡猛当成弟弟疼。也是由于她总认为蔡猛是弟弟，所以才很难突破亲情之桥进入爱情之网。

开始的几天，大家真是累得筋疲力尽，如果是在华龙，很有可能回到家里脸不洗衣服不脱倒在床上就睡着了。现在却不行，就算再累也要小心脱掉防护服好好地把自己消消毒，再洗个澡才能上床去睡。一个宿舍四个人，大家拥挤在一起，所以大家更显得疲惫，尤其是还没有从失恋中挣脱出来的蔡明月，脸上出现了一种病态的苍白。可她并不像夏诗瑶那样时不时请会儿假找个地方休息一下，而是一直用坚定的姿态工作着。

这晚该蔡明月值夜班了，田好走过去问她："你坚持得住吗？"

"坚持得住，没有问题，这是最考验人的时候，田队长你就放心吧。"蔡明月朝田好神情坚定地点了一下头。

通过这几天的接触，田好对蔡明月已经有了重新的认识，并且产生了好感。明月说她母亲在武汉被传染了新冠。她还能够坚守岗位，做得更加细致。甚至蔡明月刚刚的这句话让他心里产生了心疼之感，

"明月，你母亲的事，我都听说了，你是坚强的战士。我为你骄傲！

不过，我看你的脸色太难看了，我和你换班，我值夜班，你值白班。"田好对蔡明月说。

"田队长，我没事，你不用和我换，放心吧，我不会脱岗的。"蔡明月内心感动，嘴上却叫了个田队长。

"既然我是队长你就得听我的，我命令你回去休息，明天值白班。"田好虽然以前也对她非常地严厉过，但眼前的严厉却带着关怀。

"我真的没事，同志们都在拼命，救人要紧啊！"蔡明月说。

田好突然射出冰雹一样的话："不听命令你就退队！"

蔡明月愣了愣，田好真的生气了，她这才乖乖地走了。

田好望着她娟秀的背影消失在夜幕中。田好的魄力，这次得到了印证。随队的老医生说，他身上有田润章的硬骨和霸气。其实，田好也是一个非常有才华的人，他在学校里学的医学知识在此时发挥了作用。他思维缜密，防护把关滴水不漏。他经常给大家开会，调整治疗方案。他讲起话来，滔滔不绝，有时还来点冷幽默，让大家放松神经。在管理人的方面，田好也有着相当的才能，做什么说什么都张弛有度，该热情时热情，该冷酷时冷酷，副队长张维亮非常佩服，所以他和田好在工作上也配合得非常默契。

田好对蔡明月的特殊关照，让精明的张维亮看出了秘密。这天早上在操作间换防护服的时候，张维亮直言不讳地问夏诗瑶："诗瑶，跟我说实话，你是追随田好才来武汉的吧？"

"是啊，他是我的偶像，怎么，你吃醋了？"夏诗瑶开着玩笑也不拐任何弯弯。

张维亮旁敲侧击地说："你真傻还是装傻？你没看见田队长跟蔡明月现在有点想着火的现象吗？"

夏诗瑶说："你个小白脸，别看你是副队长，你懂什么？"

张维亮也不生气，嘿嘿一笑："你啊，不撞南墙不回头，人都变得神神道道的了。有你后悔的时候！"

"没有的事儿，蔡明月有对象了，听说是大老板冯大兴，我还听说她到武汉就是来找冯大兴的。"夏诗瑶根本就不相信。

"可是你忘记了一句古话，英雄难过美人关啊。"张维亮确信他的感觉。

夏诗瑶嘻嘻一笑，"那你说，我和蔡明月谁更美？"夏诗瑶带着调皮的口气问。

张维亮说："我不评价，情人眼里出西施，男人一旦喜欢上一个女人，丑也就变成了美，如果不喜欢，美也会变成丑。"

夏诗瑶笑得更开心了，"你这话已经说明了我比蔡明月美，田好不会看上蔡明月的。"夏诗瑶边说边换好防护服转身走了。

"这就是沉浸在爱情里的女人，智商等于零。"张维亮独自嘀咕了一句也向外走去。

说归说，但接下来的日子夏诗瑶就仔细观察了，一到蔡明月值夜班，田好就和她换班，总是替她值夜班。好像这个医疗小队只有蔡明月需要照顾似的。她心中忐忑不安了："难道田好真喜欢上了蔡明月？"夏诗瑶越想越觉得恐惧。所以等她看到蔡明月被田好替回来后，气得把自己的喝水杯都甩了出去，幸好她的杯子是不锈钢材质的保温杯，这才免得报废。

蔡明月也猜得出来夏诗瑶不高兴了。起初，蔡明月不知道问题出在哪里，后来张维亮一提醒，蔡明月就恍然大悟，她再也不让田好替她的班了。其实，这不是什么秘密了。这件事，明月不丢人，尴尬的是夏诗瑶，人人都笑眯眯地看着夏诗瑶，冷嘲热讽。是啊，谁都看得出来田好根本不喜欢她，她却热脸贴人家冷屁股。还是一个傻女人的单相思，认为田好是她的人，蔡明月对她的自以为是很反感，可仔细想想，自己不也一样是因为寻找冯大兴而被困在武汉的吗？可能冯大兴真的已经不爱她了，才那么绝情地离开了她，而她还总觉得没有结束和冯大兴的爱情，认为冯大兴还是自己的人，每天用紧张危险的工作化解对冯大兴的思念。想到这些，她顿时理解了夏诗瑶，从地上把夏诗瑶甩出去的杯子捡了起来。

"累了一天了，早点休息吧。"蔡明月承认说出这句话是发自内心的，至于夏诗瑶相信不相信，她已经不在乎了。

夏诗瑶没有睡意，闷闷地坐着，眼睛里一点神也没有。想着怨着，任凭泪水混合着疲倦和委屈，纵横涌流。

2

让伤痛潜伏起来，也是一种幸福。即使蔡明月和蔡猛姐弟俩都惦记着母亲的病，他们也帮不上半点忙，幸好有金小兰在。金小兰竟然在这一刻体现了金子般的价值。蔡猛第一次看到金小兰是在姐姐上高二的时候，那是个周末。那个周末姐姐过生日，而母亲又去了外地出差，所以姐姐就叫了几个女同学到家里来给她庆祝生日，其中一个就是金小兰。那时蔡猛上初三，正情窦初开，他第一眼看到穿着一袭白衣的金小兰就非常喜欢，觉得她是从天上飞下来的仙子。

金小兰长得并不是特别漂亮的那种，眼睛不大，鼻梁不高，甚至也不是樱桃小口，要一样一样地看，没有一样五官说得上完美，可不完美的五官配到一起却形成了一个看起来像荷花仙子的模样。蔡猛一直觉得这非常神奇。这种神奇一直深深地吸引着蔡猛，他暗下决心，长大了一定要娶到金小兰做媳妇儿。蔡猛上了高中那一年，有一次金小兰到他们家来玩儿，蔡猛问她："小兰姐，你觉得什么样的男人才最有魅力？"

可能当时金小兰也没多想，就当是正常聊天，"警察，我从小就喜欢警察，如果不是我的成绩差，我都打算考警校了。"金小兰这样回答。

蔡猛笑了笑没有再问什么，因为他已经选择好了自己前面的路，他觉得自己已经有了远方。三年后，在母亲极力的反对下，蔡猛还是果断地报考了警校，并且被警校顺利录取。母亲是做生意的，她尝到了做生意的甜头，认为做生意来钱来得快，比挣死工资要强得多，所以她希望蔡猛能报个学市场营销的大学，毕了业能和她一起创业，母子俩同心协力努力干几年，在华龙也做个能露脸的人物。蔡猛让她彻底失望了。

可以说蔡猛从小就是为金小兰而努力的，金小兰却始终逾越不过亲情的那道坎。在蔡猛眼里，金小兰是梦中情人，而在金小兰眼里，蔡猛是弟弟。金小兰也曾谈过一个对象，她还故意把这个消息对蔡猛说了，她是想用这种方法告诉蔡猛他走错了方向，她可能会去寻找属于自己的爱情。蔡猛呢，还真没有阻止她的恋爱，"只要你幸福就好。"这是蔡猛当时唯一的一句话，而他的脸上滑下了一串让金小兰心疼的泪水。从此金小兰再也没跟任何人谈过恋爱，也没和蔡猛谈，她在慢慢地转变思想，她相信会有一天，她眼里的蔡猛不再是弟弟，而是一个她所爱上的警察男友。

现在有金小兰在母亲的身边，蔡明月和蔡猛没有什么不放心的，他们在心里都很感激金小兰，尤其蔡猛，就算是金小兰要他的命，他觉得自己也会毫无怨言地给出去。蔡猛对金小兰的爱日月可鉴，然而他又是一个不喜欢总在嘴上表达出来的人，他也不是成天缠着金小兰的那种人。

2月5日凌晨，一名曾到过华龙宝河百货大楼购物的新型冠状病毒肺炎确诊病例出现急性左心衰竭、急性冠脉综合征，经友谊医院奋力抢救无效死亡，成为华龙首例死亡病例。

知道这个消息后，蔡猛害怕起来，他担心母亲轻症转化为重症。他每天都跟金小兰联系，就是躺在床上睡觉之前简单地聊上几句，金小兰一直在告诉他，他的母亲没有问题。蔡猛感觉很踏实，人生无常，谁知道谁沾了谁的光？等疫情过去，他想要好好爱小兰，拥有她是一生的幸运、命运的赐福。可这个晚上金小兰要值夜班，聊天是不太方便了，他也睡不着，于是他就提出替别人值夜班站岗。他下岗的时候，再跟金小兰细聊。

春天的雪花飘了起来。华龙的春天没有下过这么大的雪。

蔡猛值夜班，黑暗对于警察有一种亲切的陌生感。可是，今天雪里天气特别冷，身子被冻得哆哆嗦嗦，目光冰冷，空洞的眼神散落在飘雪的路灯下。他跺了跺脚，脚都被冻得没有了知觉，他一直在执勤岗位的附近跺来跺去，不敢走远，生怕会突发什么状况。即便空城，还是有胆大的人走动。凌晨的时候，他看到有一个人从远处向这边跑来，近了才认出来居然是他的女同事纪幽兰。

"幽兰，怎么回事？半夜里不睡觉跑到这里来？"蔡猛疑惑地问。

"你不是也在这里挨冻吗？"纪幽兰很调皮的样子。

"我在值班站岗，你该在宿舍睡觉。"蔡猛干巴巴地说。

纪幽兰想再往蔡猛的前边凑，蔡猛及时地制止了她："别再往前走了，你没有穿防护服，你知不知道这很危险的？"

"我不怕，病毒早冻死了。"纪幽兰倔强地说。

蔡猛认真地说："你说错了，你没看见中医专家田润章的专访吗？专家说，越冷新冠病毒越他娘的活跃！听说，天一热，病毒倒没了。"

纪幽兰嘿嘿笑道："你懂得真多。天气快快暖和起来吧。记得那年闹'非典'，三个月就过去了，估计这次啊，天热了就结束了。"

蔡猛知道纪幽兰喜欢他，可他心里除了金小兰谁也装不下了。"别胡闹了，快回去睡吧。"蔡猛把话说得特别硬气。

"不嘛，我要陪你，回去我也睡不着，还不如陪你一起在这里挨冻，这样我心里也会好受一点。"

纪幽兰真是太任性了，这是蔡猛很反感她的地方。

"你说你傻不傻，这么冷的雪天你不想钻在暖和的被窝里睡觉，却非愿意出来替别人值班，学习雷锋好榜样啊，你可真大公无私，我都开始讨厌你了——"蔡猛越是不喜欢她这种瞎关心的牢骚，她牢骚得越是没完没了。

"有完没完你，我就是傻，就是想学习雷锋好榜样，就是大公无私好了吧，你快回去吧，现在要真冻感冒发烧了可是件大事儿，非得隔离你不可，你懂吗？"蔡猛的这句话起了作用。

"好好好大哥，你厉害，我走，我走行了吧。"她狠狠地瞪了蔡猛一眼牢骚着说。

"我比你小，我不是你大哥，你是我大姐。大姐，快回去睡吧，晚安。"蔡猛朝纪幽兰耍了句贫嘴，纪幽兰朝他"哼"了一声，然后顶着雪花往宿舍跑去。

这次支援宝河抗疫原则上是不让女同志去的，纪幽兰任性，非去不可。她在领导面前说，去的都是男同志，男同志都粗枝大叶，万一穿不好防护服被传染了怎么办，所以非要有一个女同志跟着不可，女同志心细如发，既能帮助穿防护服，还能适当地照顾男同志，何乐而不为？领导听纪幽兰这么一说，觉得很在理，就同意了她和另一个叫楚默默的女同志一起跟着蔡猛他们来了。

实际上谁心里都明白，两个女同志任性地非跟着一起来，并不是她们真的想参加抗疫，而是她们心爱的人都在抗疫的队伍里。楚默默和其中一个男同志是真的在谈恋爱，正情到深处，舍不得分开。纪幽兰不同，她是剃头挑子一头热，她爱蔡猛爱得不得了，蔡猛的心却另有所属，她还挺自信，说只要蔡猛不和别人结婚她就有信心慢慢俘虏他的心。蔡猛摆脱不了她，也想不出好的办法摆脱她，只能由着她的性子来。蔡猛这样想，你爱干吗干吗吧，我不上你的套就是了。

蔡猛清晨回到宿舍时，发现脚已经冻伤了，麻木红肿，几个警察叫起来，一片嘘声，几个战友轮换着从外面捧回雪来，说冻伤要用雪来擦。纪幽兰用雪一遍一遍地搓洗他的脚，当他的脚终于暖热一点，便开始了一种难以忍受的疼痛。脚缓过来后疼痛也逐渐减少，战友让他钻进被窝，然后把暖水袋放在了他的脚下，过了两个钟头，蔡猛的脚才回到了正常状态。所以从这天起，再出去值夜班的男同志都穿上了厚厚的棉袜子，是两个女同志专门买回来的。

蔡猛又惦念母亲了。他赶紧跟金小兰通微信——

3

武汉的冬天也是湿冷，夜里值班非常难受。田好一如既往地让蔡明月值白班，这让明月沉了脸。田好万万没有想到，活泼美丽的蔡明月，当着众人爆发了。明月冲着田好嚷道："田队长，你不能再照顾我啦！我拒绝你的照顾！你应该把这值夜班的机会让给夏诗瑶！"

田好被她的怒吼惊呆了。她疯了吗？

众人的目光齐刷刷投向田好。事情来得突然，田好没有精神准备，只有耐心说服："蔡明月，你是什么意思？我照顾你难道犯了错吗？"蔡明月毫不示弱地说："我们是在武汉救援，这是一场战斗，战场上不能有偏向。我身体好了，能够值夜班，喜欢夜班，我记得一句诗，黑夜给了我黑色的眼睛，我却用它寻找光明！"夏诗瑶和张维亮带头鼓掌了。田好目光里充满责怨，也充满深情。蔡明月一直闷闷不乐，终于大胆发声了，说明她走出了冯大兴的阴影，这就是成果。田好说："我们抗击疫情，要同舟共济，不能共济了，谈何同舟？好吧，我之前让明月值白班，是考虑她身体虚弱，既然她行了，就成全她，这种精神大家都要学习。"蔡明月说："谢谢田队长！"夏诗瑶望着田好，愣怔着："队长，我怎么安排？"田好说："夏诗瑶同志，你不想值夜班吗？"夏诗瑶慌了，牙疼似的从齿缝里挤出一个声音："我，我，我听队长安排。我既能同舟，也能共济！"张维亮放肆地大笑了。田好忽然明白了什么，瞪了张维亮一眼，把怒火撒向夏诗瑶："夏诗瑶，你是队长还是我是队长？这是战场，千军万马，主将一人，你继续值白班。散会！"人们都散光了，夏诗瑶还呆呆地站在那里。

这一天夜里，医院转来了两位病人，一位老先生和他的小孙子。这位老先生是武汉当地的一位老中医，名叫胡其鼎，武汉发生新冠肺炎疫情后，他一直在尝试用自己的医术治病救人，由于防护措施不到位，老先生被传染了，而后又传染上了他在家中的小孙子。

田好首次离开夜班，回到宿舍睡觉了。他的这个举动，平息了队里许多的流言蜚语。

蔡明月等人在夜班里接收了这两位病人。胡其鼎是个脾气暴躁的老头，如今发不了火，说话都嘶哑，明月判断他已经转为了重症。蔡明月听说是老中医，对老人非常敬重，细心地照料着他和他的小孙子，喂饭、喂药、倒尿盆。临近天亮的时候，老人需要上呼吸机了，蔡明月赶紧上呼吸机。胡其鼎老人气管呛住，咳嗽起来，别人在躲闪，蔡明月却第一个冲上去了，双手摁住呼吸机。白天交接班时，田好听说了夜里的抢救，对蔡明月比较满意。

看来明月压抑的木性还原了。在单位接触中，田好知道明月性格豪爽，爱情受到挫折，才造成她萎靡不振的。田好继续治疗胡其鼎老人和孙子，通过治疗，小孩子渐渐好转，老人却呼吸困难，肺堵住了，呼吸机失灵。令人悲痛的事不幸发生了，胡老先生的病情迅速加重，在一阵紧急的抢救之后，还是带着悲痛离开了他钟爱的中医事业和他心爱的小孙子。

田好眼睁睁地看着胡老先生的生命终结，心情非常沉重。他把老中医的不幸，电话告诉了远在华龙的父亲。

蔡明月接班的时候，听说这个消息，几度哽咽。她没有恐惧，只是心痛。让蔡明月痛上加痛的，是因为她的母亲也正在这种痛苦中挣扎，而她的恋人冯大兴还不知道什么情况。明月仔细收拾了胡其鼎老先生的遗物，手机、水杯，按规定装进一个塑料袋里，大家集体鞠躬默哀，含泪送别。

胡老先生去世的这天，田好的脚在不停地跑前跑后时崴了，脚腕肿得老高，连走路都成了困难，只能坐在医院的办公室指挥。这晚正赶上田好值夜班，这正是一个表现的机会，夏诗瑶自告奋勇地站了出来。

"今晚我来替田队长值夜班，谁也别跟我抢。"夏诗瑶有点小兴奋并且挺着高耸的胸脯说。

蔡明月根本没想到夏诗瑶会充当替别人值夜班的角色，这是明显地在讨好田好，有点让她看不惯。

"今晚我来替田队长值班吧，你那么小鸟依人的身体，能值自己的班就好了，不用你替。"蔡明月微笑着对夏诗瑶说。

"看你这话说的，好像你是田队长的什么人似的，不用我替，这样的话你没有资格说，我就替定了，你怎么着吧？"夏诗瑶得理不饶人，几天的怨气终于找到喷发的机会。

"夏诗瑶，我这是对你好，你怎么不识好人心呢，作为一个比你大两岁的同事，我是心疼你才说这个的。"蔡明月讥讽着说。

夏诗瑶哼了一声，忽然冒出一句："凡是需要镀金的，都不是金子！"说完，转身走了，让蔡明月摸不着头脑。近日夏诗瑶跟蔡明月很是较劲，动不动就在蔡明月跟前显示一下她在田好那里说话的分量。蔡明月也看出来了，她是为田好替她值班这事耿耿于怀，她不好针对田好，只能针对她。本来不想跟她计较的，可她根本不知道收敛，得寸进尺，像是自己怕了她似的，所以面对夏诗瑶语言上的攻击，蔡明月就适当地反击她。

"我能怎么着你，我也替定了，那咱俩一起替田队长值，一个人多冷清，正好有个伴，是件好事。"蔡明月阴阳怪气地说。

看到这场面，跟前的几个人都知道是怎么回事，都在偷偷地笑。田好不说话，就瞪着双眼看她俩到底能闹到什么地步。这是田好自己的事，田好不说话，大家也不敢随意站出来说话，两个女人为队长争风吃醋，万一猜不对田队长的心思说得不对了，那是一件很尴尬的事。

夏诗瑶大概觉得这样杠下去未必能赢得了蔡明月，像没心没肺的小孩子一样立刻转变了说话的口气，"我说我的明月姐姐，我的蔡大姐姐，你刚刚失恋，我知道你的男朋友抛弃你了，我也能看出来你心里很痛苦，你只是在表面上掩饰着，这个时候我不能让你来替田队长值班，"说到这里，她还上前挽住蔡明月胳膊摇晃着，"你就把机会让给我吧，我知道你会理解我的。"

夏诗瑶说话的口气是变了，可姿态太高调了，当着好几人的面她竟然这样地揭了蔡明月的短，这叫蔡明月太失面子，蔡明月实在忍无可忍了，"不让，我今天替田队长值定了，你也知道我失恋了，失恋的人就得用忙碌来填补心里的痛苦，你不知道吗？"蔡明月扯开夏诗瑶抱着自己的手臂愤怒地说。

"怎么什么都有你，我都说我值了，你非得跟我抢，你就是想用这种方法讨田好的好，你想抢功。"夏诗瑶说起话来真是一点都不知道讲分寸。

田好看夏诗瑶越来越不像话，还有点撒泼的味道，在心里对她更加反感了，"夏诗瑶你过分了。"他说道。

"我怎么过分了，我说的全是实话！"夏诗瑶很不服气。

蔡明月懂得适可而止，此时她已经使自己平稳了下来，她平静地对夏诗瑶说："其实没有你想象的那样不堪，田队长替我值好几个夜班了，我替他值夜班是天经地义的，跟抢功扯不上边，大家都在疫情的最前线，都是英雄都有功，这功根本不用抢，你说不是吗？"

"就让蔡明月替我值吧。"田好顺着蔡明月的话说。因为蔡明月的这番话又让田好高看了一眼。

夏诗瑶气得把头扭到一边不吱声了，蔡明月虽然在话语上赢了夏诗瑶，在心里也觉得过不去，她趁机又上前安慰了她："夏诗瑶你可不能生气，田队长这是需要你，你看他的脚肿得都像馒头，需要你去给他消肿呢，你正好可以发挥发挥在学校里学到的医学知识，你看多么好的机会。"

这句话特别受用，夏诗瑶的脸瞬间就从苍白变得红润起来。

替田好值班的这天晚上，等终于忙完了一个阶段，病人都休息下时已经到了凌晨。蔡明月轻轻地走到窗前，一股忧伤之情涌上心来。望着窗外空荡荡的城市，望着空荡荡城市之中那些明亮的灯光，忧伤之情越来越重。街道不远处竖着一个硕大的广告牌，以前可能真的是广告，此时却写着"中国加油　武汉加油"八个闪闪发光的大字。这几个字让她倍感温暖。

以前，明月的眼前总是出现幻觉，有冯大兴的身影。如今，他的形象越来越模糊，甚至渐渐远去了。有什么比抢救人的生命更重要呢？贪欢等于负债，贪恋也是一样。从此以后，她跟冯大兴真的分手了，还能够像以前那样相信爱情吗？因为爱情是美好的，她是相信的。只是需要警惕男人，爱情永远不会欺骗你，只是你误解了爱情。

4

华龙宝河百货大楼传染的新冠肺炎病例数量急剧上升，从 2 月 1 日确诊第一例新冠肺炎至 2 月 10 日，已经导致 32 例被感染，患者集中到友谊医院救治，包括从武汉回津的冷婕。此时的宝河，格外引人注目，这县里超过一万人被居家隔离。按照华龙市和宝河区疫情防控指挥部的要求，海滨街道在百货大楼周边的南街、东街、串城河街三条道路上设置了四处硬围挡，形成了新的疫情封控区域。

华龙公安局已经派人驰援宝河，这一阵子，又来了一些警察。蔡猛在宝河值班站岗，如今又接收了新的任务——负责把阳性患者从宝河隔离所转运到华龙的友谊医院。虽然这个任务艰巨而又危险，蔡猛却非常高兴，因为他有机会到友谊医院看到母亲和金小兰。报社的记者追着要采访他，他说太忙拒绝了。他觉得自己说什么都是多余，人民警察就是为人民冲在前面。

但是，蔡猛雪夜值班的照片还是登上了《华龙日报》。

蔡明月从手机里看到了这张照片，可惜弟弟穿着防护服，她看不到弟弟的脸。但是，蔡猛的名字格外醒目。

蔡明月感动于弟弟的坚毅性格，这个从小就失去父亲、在两个女性之间长大的男孩儿，蔡明月一直担心他没有男子汉的气质，现在看来完全可以放心了，他很男人，是一位合格的人民警察。

在友谊医院，蔡猛穿着防护服，依旧不能见到母亲。这让蔡猛极为遗憾，尽管母亲病情来回反复，还没有生命危险。在回蔡猛信息时，蔡明月除了赞扬还有一番叮嘱，要他一定注意保护自己，还承诺无论遇到多大的困难也要让金小兰成为自己的弟媳；夸他和小兰都是好样的。这对蔡猛来说无疑是最大的奖赏，他热血沸腾浑身是劲儿，在疫情的"战场"上越战越勇。

那　夜，蔡明月失眠了，她由弟弟联想到了身在美国的父亲。父亲离开家的时候她十三岁，弟弟十岁，这么多年来，他只在多年前回来过一次，与他们也是匆匆一见，饭都没顾上一起吃。但这不说明父亲无情，不能否认父亲还是爱他们的，父亲一年总会给她和弟弟打几次电话问问情况，还告诉他们有需要他的地方尽管说，他一定尽其所能。如今国内发生了这么重大的事件，母亲感染了新冠病毒住在医院，他们兄妹俩又都在抗疫一线，父亲怎么连问都不问呢？她有些怨恨了。她知道，父亲有一个微信号。

明月后来想，父亲也不是狠心人。可能他很少看微信，他是美国一家公司的芯片专家，工作太忙，顾不上捣鼓那个。往常蔡明月也没想着跟父亲在微信里留言，在这个时候她也不想主动联系父亲。蔡明月正在心里委屈着，父亲的电话就打过来了，看来父女俩真的是有心灵感应的，她很激动地接了电话，为了不影响别人睡觉，她把头埋在了被窝里。

"爸爸，我正想你该打电话了，你的电话就来了，真是心有灵犀。"蔡明月本想埋怨父亲的，说出来的话却变了味儿。

父亲温和地说："这叫父女连心，我早就想给你和猛猛打电话的。你们怎么样啊？"

蔡明月一口气说出了家里所有人的现状。当然，不包括母亲和冯大兴。她还说了武汉抗击疫情的成绩。

"是这样，这么有信心，我的女儿很勇敢嘛，看来西方媒体报道有问题。我觉得我不打电话，你们也不给我打，应该就是你们过得很安全。武汉的疫情严重，你要多加小心。国家需要你，你要好好工作啊！"父亲很柔和也很深沉地说。

"您放心，党和政府给力，老百姓非常配合，武汉有一些病亡，但是，全国援助武汉的医护人员，没有一人感染死亡。我已经在武汉多日了，奋战在最前线，最有发言权的。"蔡明月自豪地说。

"这就好，这就好，爸爸猜到了，所以才不敢问，实际不敢问正说明我对你们非常惦念，你可不能认为爸爸不爱你们，我虽然身在美国，这里却没有一个亲人，你和猛猛才是我最亲的人。"

蔡明月被父亲的话感动得抽泣起来。"爸爸，你也多多保重。"蔡明月似乎在向父亲撒娇。

父亲稍稍沉默了一下，拉着长音说："明月啊，爸爸当初真后悔没有把你们带走，这是我今生最遗憾的一件事。你们要是有个闪失，爸爸一辈子都不得安宁。"

蔡明月说："美国有什么好呢？是我不愿意离开中国。不怪您！"

蔡明月在这种危险中说这句话，父亲感觉吃惊。好多国人都想着往外移民，疫情暴发了，更有人后悔当初没有离开中国。到现在，明月也不想去美国。这种理由她也说不清。尽管目前的武汉使她有些恐惧，但还是坚定地说："爸爸，多难兴邦，一切会过去的，别惦记我们。"

父亲哽咽了："明月，我的明月长大了，真的长大了。"

蔡明月跟着抹了眼泪。她想，就算当初父亲真要带他们走，他们也不会跟他走的。每个小孩子都依恋母亲，母亲的怀抱才是他们离不开的怀抱。当初他们姐弟俩是恨父亲的，认为父亲抛弃了他们，后来慢慢地他们才明白过来了，父亲和母亲不是一个世界里的人，母亲是云，父亲是山，云和山只是两相望，交集在一起永远都不可能，当初他们选择在一起就是个天大的错误，分开是对两个人的人生负责任的一种表现。蔡明月也跟蔡猛交流过这种想法，蔡猛开始不太明白，还是对父亲保持着成见，后来逐渐地长大也就释怀了。

"不要这么说，爸爸，你走到天边也是我们姐弟俩的父亲，这种血浓于水的亲情是谁也改变不了的，等你老得干不动了，你就回国，给我们孝敬你的机会，好吗爸爸？"蔡明月在展示一种亲情的呼唤，她感到父亲在电话那头已经有泪在流了，"爸爸，天不早了，我要休息了，明天还得上班，你也早点休息吧，你现在不用跟猛猛联系了，他说不定还在工作呢，我会在微信里替你转告你对他的称赞与想念，爸爸，我们都爱你。"

父亲在电话那头真的被蔡明月这个女儿感动得哭出了声，他没再说一句话就把电话挂了，也许是他已经抽泣得说不出话来了。

父亲没有问母亲的情况，蔡明月也没打算把母亲的现实情况告诉他。黑暗中，泪水涌满了蔡明月的眼眶——

5

新冠肺炎疫情出现之初，华龙市委、市政府迅速将友谊医院作为全市收治确诊病例的第一定点医院。这所医院就是"非典"时期华龙的"小汤山"，这家医院临危受命，培训演练，设备调试、物资配备非常及时。随后，2月3日上午，友谊医院准备好了600张床位，津南医院530张床位调试完毕，在这场与时间赛跑的战役中，华龙人掌握了主动权。

这里自华龙出现第一例新冠病例时就显得特别热闹，无论白天还是黑夜，都是黑压压的来医院做核酸的人群。华龙的专家也齐聚到了友谊医院，正在进行一场生命大营救。

2月5日华龙宝河的第一个新冠肺炎死亡病例，当初就是蔡猛从宝河运往友谊医院的，当蔡猛得知老太太死了的时候，伤感得几乎要崩溃了。可以说他第一次觉得死亡原来距离他只有一步之遥。晚上躺倒在床上的时候，他把这个消息和自己的心情给姐姐说，得到了姐姐的鼓励和安慰，心情才好了些。姐姐在武汉，武汉现在是新冠疫情重灾区，经历的死亡比他多不知有多少倍，想想自己一个大男人真不应该把这种负面情绪带给她。

没有父亲在身边，母亲又在生意上忙得顾不上照顾他，蔡猛从小就是姐姐照顾，做饭洗衣都是姐姐，一直以来姐姐在他心里就是母亲的位置，所以他什么都愿意讲给姐姐听。

蔡明月问弟弟母亲的病情，蔡猛告诉她母亲已经渐渐好转，据金小兰说，很快就能治愈出院了。金小兰还隔着玻璃拍了一张母亲的照片发给了蔡猛，蔡猛又把母亲的照片发给了蔡明月，蔡明月看到母亲真的没事，这才放下心来。

隔了几天，华龙友谊医院又出现了宝河送来的死亡病例。

其实在华龙有了死亡病例后，华龙市的主要领导便紧急召开了会议。在会议上，领导给大家鼓劲儿，让大家变压力为动力，一方面让宝河区"撒大网，抓小鱼"，按大数据排查，彻底摸清人数。一方面，让友谊医院在治疗上多多下功夫，杜绝或减少死亡发生。

武汉方面不断传来死亡的消息，特别是医生的死亡，让国人揪心。眼看着武汉的紧张形势，田好心中对故乡华龙也揪着心。他不断把武汉危险的情况与远在华龙的父亲沟通，在得知华龙的四家医院四十八小时内就整体腾出五百张床位，从2月3日到2月7日不到五天时间，四家医院达到医治患者标准，总床位达到两千一百三十张这个消息时，对一刻不停、分秒必争的华龙速度及华龙领导的预见性佩服得五体投地。

下班后田好和父亲进行了一次深层次的沟通，甚至还讨论了病毒来源。

田润章想了想说："病毒来源，不好说。这是纯科学问题。我们只说防治，对于这次新冠肺炎而言，病毒导致了肺部炎症、免疫的失调，进一步导致了器官功能的损害，肺、心等器官的损害，也就是说病毒、炎症、免疫力异常导致的器官损害都是靶点，西药是化学药物，往往是针对某一个靶点进行治疗的，而中药在这里可能是多靶点的治疗，比如说对病毒的复制、对炎症和免疫的调节以及对之后的器官损伤、凝血等等这些方面可能有影响。"

父亲讲起中医来滔滔不绝，田好明白父亲的意思，他想让中药在新冠肺炎治疗上大展身手。

"爸，我明白你的意思，我也承认你说的都是事实，可上边未必同意你的看法和做法。"田好没有打击父亲的意思，他是觉得父亲的愿望不一定能实现，怕他在现实中受到打击。

"有句俗话叫死马当作活马医，话不好听，理是这个理。在新冠患者已经无回天之力时，做做这样的实验，上边未必不同意。"田润章坚定地说。

田好想，父亲说得正确，这个紧急时刻上边未必不同意，可是父亲那么大年纪了，又有血压高的基础病，参与这样危险的事情让他很不放心，所以他担心地问："爸，你身体可以吗？"

"行，怎么不行，不让我参加我才不行，我会憋闷而死的。"田润章底气十足地说。

"那就好，我支持你。"田好说。

紧接着田润章便开始行动，先给学校写了一封"请战书"，得到校方批准后，校方又把"请战书"递交到了市里，很快得到了上级的批准。

田润章马不停蹄地来到了华龙友谊医院，作为一个华龙医药界的名流走向新冠治疗的前线。他先到病房查看询问了新冠患者的情况，又组织会议聆听了各位主治医生介绍的治疗方法和成果，结果很不尽如人意。他同大家展开了一番讨论，他分析说："通过我对每个病人的观察可以看出，新冠肺炎可以分为不同的症型，有重有轻还有无症状现象，这是因为每个人的免疫力不同，病毒入侵后所造成的损伤也不尽相同。中医素有'正气存内、邪不可干'的理念，也就是说自身足够强壮，才能对抗和消除入侵体内的邪气，中医治疗疾病大体是采用扶正、祛邪两大法则，所谓扶正，包括益卫气、补元气、养血气，就是调动机体的抗病力，提高机体的免疫功能，并增强其稳定性。这种治病观念与西医大不相同，所以我想在提高免疫力和自愈力方面尝试一下，比如灵芝、黄芪、人参等都有很好的增加强免疫力、增强呼吸道抵抗力的功效，还有我祖上研制出的'菊花清肺'药剂就有着润肺、清热解毒的显著功效，不仅对肺部有很好的养护作用，还有滋阴补阳的效果。现在医院里主要是轻症和重症两种不同的新冠肺炎患者，轻症可以分为寒湿郁肺、湿热蕴肺等证型，重症患者可以分为疫毒闭肺、气营两燔等证型，对于不同证型的患者，需要采取不同的治疗，重症我还没有把握，那么尝试先从轻症患者开始，在服用中药的同时也不要停止西药的治疗，把中西药结合在一起看效果再做进一步的定论。"

田润章字正腔圆的一番分析，得到大家的认可，接下来一组中西医组合拳出手了，但在这个过程中也受到了阻力。许多新来的病人有恐惧、焦虑、无助情绪，由于一些新冠肺炎轻症转为重症并不需要太长时间，所以他们时刻都感到自己有生命危险，作为中国人他们不是不相信中医，而新冠肺炎是急症，"中医治慢性病、疗效慢"的观点使他们不敢尝试，害怕被"慢"耽误了病情而丢掉了自己的性命。田润章焦急万分，中医如何破局？

为了让这些轻症患者接受中药，田润章教授操碎了心。他召集五位中医大夫主动请缨上"前线"，共同来到友谊医院投入"战斗"。遗憾的是，冯大兴的父亲冯世昌没有来。他们采取在看病之前以抚慰、关心、温暖病人的方式和病人建立信心和信任，然后再说服他们服用中药。眼看这种方法并没有说服轻症患者，田润章马上又组织召开了一次会议，会议上他们重新确定的中药服用群体，先让发热的、留观的、密接的、疑似的，这四类人全部服用中药。因为无论是对于普通感冒、流感，还是新冠肺炎，中药都是有一定疗效的。

结果这次效果显著，先吃上中药的一两天便退热了，这无疑给了田润章很大的信心。他提出了"中医药全覆盖理论"。接下来越来越多的患者也开始配合治疗，甚至主动参与管理服务，在医患关系非常融洽的状态下，新冠患者得到了很好的治疗。

第五章　古老的一盏明灯

1

　　黎明时分，窗台的菊花开了。花瓣没有完全打开，缓缓舒展，包裹花朵的苞片隐隐挂着。中医药在新冠肺炎治疗中起了作用，这让田润章激动不已，整个夜晚他都在失眠之中度过。

　　改革开放之后，中医被边缘化了，这是不争的事实。田润章想到了新中国成立后 1956 年在石家庄发生过的那场病毒性传染病——乙脑大流行。在疫情紧迫的情况下，政府派去了中医名家蒲辅周。蒲辅周有非常丰富的中医临床治疗经验，他结合中医理论及实际情况，提出以"白虎汤"等方剂为基础，根据石家庄、北京不同的情况，采用不同治疗方案，使疫情很快得到控制，且治疗效果远超世界水平，拯救了上万人的生命；他还想到了 2003 年，当时 SARS 暴发，整个中国笼罩在"白色恐怖"之中，就在全国皆兵之时，八十七岁的国医大师邓铁涛挺身而出，提出用中医药方法防治 SARS，为 SARS 的防治和控制疫情提供了关键方法。创造了零死亡、零转院、零感染、零后遗症四个"零"的"抗非"伟大奇迹。"抗疫"是一场没有硝烟的战斗，广大医护人员在这场生与死、血与火的洗礼中，以汗水和热血，乃至生命，重塑医之灵魂。它留给后人的是一种精神财富，是勇于担当，不怕苦不怕累、奋不顾身、众志成城的"抗疫精神"，也是"中国精神"，更是中华民族的强大力量。此刻武汉正是向世界展现中国力量的地方。

田润章越想越兴奋，越想越激动，越想越热血沸腾。他甩甩头，披上衣服上了趟厕所，然后从包里掏出本和笔，趴在桌子上写起信来。

国家赴武汉专家组：

我是华龙中医药大学的退休教授田润章，正在积极参与华龙市友谊医院的新冠肺炎治疗工作，首先我有一个非常振奋人心的消息带给你们，我尝试着用中西药结合的方式治疗新冠肺炎，效果显著，用事实证明了中西医可以很好地结合治疗新冠肺炎，建议武汉在疫情防控治疗中加大中医的救治。

……

我在治疗新冠肺炎过程中掌握了一些要领，总结出了一定的经验，武汉现在正处在关键时刻，我迫切要求加入武汉的新冠疫情治疗队伍。

本人出生在医药世家，祖上研制的"菊花清肺"也对肺病的治疗起到了非常关键的作用，"菊花清肺"在华龙医学界也颇有影响，我愿意带着祖上的秘方赶赴武汉，为武汉疫情防控尽一份力量。

……

田润章写完这封信的时候，天已经蒙蒙亮了，他稍稍迷糊了一会儿就起床了，他给单位的领导通了电话，说出了自己的迫切愿望。在学校领导的支持下，华龙市委出面协调，田润章获得武汉抗击疫情指挥部的批准，他乘坐飞机去了武汉。

田润章心中想着田好，但是，他不能去见田好。

田润章在宾馆休息了一阵，他口渴得厉害。房间里放着消毒液，一瓶一瓶跟矿泉水摆在一起，他打开了瓶子，差点误将消毒液喝了进去。他啐了一口，把东西呕出来，都直不起腰了，听到自己急促的喘息声。他有些后怕。他还要尽快投入工作。他不仅在华龙中医学界名望高，在全国中医界也有着一定的地位，他一到，国家赴武汉专家组还专门组织了一场会议。

会议气氛庄严，有时伴随激烈的争论。田润章觉得道理越辩越明，真理不怕争论。田润章汇报了自己在华龙友谊医院对新冠肺炎患者的治疗过程，国家赴武汉专家组采取了田润章的提议，研究出了一个利用中西药结合的方案并马上开始实施。

在这场疫情的治疗中，以在华龙治疗中的经验进行，先让发热、留观、密接、疑似四类人全部服用中药；对于轻症患者，让轻症病人快点吃上中药，控制向重症转化，这样也能腾出更多定点医院的床位去收治重症、危重症病人，更好地、科学地调配医疗资源，保证更多病人及时得到救治。对于危重症患者，以西医为主、中医配合。比如有的患者上了呼吸机，但人机对抗，患者腹部胀满，腹压抬高膈肌，影响氧疗效果，此时采用通腹泄热的宣白承气类方药，让大便泄通，胀满消除，氧疗效果明显提高，整体治疗效果会更好；生脉注射液、参麦注射液可提高氧合水平，血必净注射液抑制炎症因子过度释放、控制病情加重，热毒宁注射液、痰热清注射液协助抗生素治疗肺部感染等。

接下来有一组中西医治疗效果对比数据充分证明了中药在新冠肺炎治疗中起到了巨大作用。

（此对比组共52例患者）：

中医组接诊：34人，其中，普通型27例、重型6例、危重型1例；

西医组接诊：18人，其中，普通型13例、重型4例、危重型1例。

中医诊断：以湿毒郁肺、疫毒闭肺及湿热蕴毒为主。

西医诊断：新冠病毒侵入。

中医组治疗方法：运用湿毒郁肺方、疫毒闭肺方等；中成药用菊花清肺、金花清感、藿香正气水、体外培育牛黄等；中药针剂用血必净注射液、痰热清注射液、生脉注射液、参附注射液，使用汤剂的比率占 88.2%，血必净注射液的使用率占 88.2%。并运用针灸、按摩、灸疗、太极、八段锦等中医恢复疗法。

西医组治疗方法：用抗病毒药物阿比多尔、利巴韦林、a-干扰素、洛匹那韦/利托那韦、奥司他韦等；抗感染药物莫西沙星、左氧氟沙星、阿奇霉素、头孢类及青霉素类药物等；以及丙种球蛋白，甲基强地松龙；根据病情需要使用高通量氧辅助、无创面罩通气、小潮气量肺保护性通气、体外膜肺氧合（ECMO）等辅助治疗。

两组治疗结果：

体温复常时间：中医组（2.64±1.31）天，西医组（4.38±1.90）天；

平均住院天数：中医组（7.38±2.06）天，西医组（9.59±3.59）天；

其他伴随症状消失率：中医组 29 例（90.6%），西医组 7 例（63.3%）；

CT 影像好转率：中医组 88.2%，西医组 68.8%；

临床治愈率：中医组 32 人（91.41%），西医组 11 人（61.1%）；

普通型转重型及危重型发生率：中医组 5.9%，西医组 35.3%；

死亡率：中医组死亡 3 人，8.8%，西医组死亡 7 人，38%。

这一组数据中，轻症转重症西医是中医的 6 倍，死亡率西医是中医的 4.3 倍。

治疗费用：西医每例大概在 70 万至 100 万元，中医数千元。

后谴症，西医均有后遗症（至少身体饱受切割插管等摧残，还有复检阳性问题），中医均无后遗症。

这一组中西医治疗效果对比数据一公布，立刻在国内外引起了轰动。

在武汉疫情最严重的武昌区，疑似病例确诊为新冠肺炎的比例高达90%以上，实行了隔离点集中中医药干预，四天后，这个确诊率就下降到30%多，又过一两天，就只有3%了。

这是惊人的发现，过去被人们忽略了。

田润章来到了武汉江夏方舱医院。这里试验中药全覆盖。然后，还有按摩、针灸、太极拳和八段锦。病人很快恢复，轻症几乎没有转入重症。终于给了中医一个平台，一块决战的阵地。这不正是田润章久久等待的吗？我们拿什么留给子孙？国家凭什么富甲天下？高楼终会倒塌，金银财宝终会散尽，我们两手空空，还是我们传统文化，中医就是啊！老人想着，老泪纵横。

田润章和田家祖传的中医秘方"菊花清肺"都名声大振。此时，田润章一张仰脸打盹的照片在全网迅速传播。那张照片是他坐高铁奔赴武汉的路上，不知是谁注意到他，拍了发到了网上，使他瞬间成了网红教授，成为最感动泪目的瞬间。

田润章一生痴迷中医药事业，对名利看得非常淡薄，对外界对自己的评价如何表现得异常平静，在他的心里，救治新冠肺炎患者比任何事情都重要。可是，他接到了无数医药厂家的电话，要求合作生产他的"菊花清肺"。老人说："那是以后的事，现在是救人啊！"

疫情防控全国"一盘棋"，像田润章这样的中医专家就是大棋盘上最举足轻重的"棋子"。采集患者资料、制定中医治疗方案、记录研究数据、巡诊、会诊……田润章每天只有四个小时的休息时间。尽管儿子田好也在武汉，但他们没有在一个医院，因工作繁忙他们连面都还没有见到。这日结束工作，田润章再一次错过饭点，他熟练地拿出一盒泡面。这时，工作人员送来一个盒饭，就在他接过盒饭说了一声"谢谢"之后一个转头的工夫,他顿觉浑身疼痛,眼冒金星,晃了几晃,晕倒在地,饭盒里的饭撒了一地。

工作人员慌张地叫来医生,诊断结果是因为劳累和休息不好导致的,并且检查出田润章有严重的胆囊炎,马上进行微创手术。田润章在武汉接受了微创胆囊摘除手术,手术后的田润章静静地躺在床上。

记者采访田润章。田润章身在病床,不能说话。田好劝说记者,替父亲说了几句感谢的话。记者满意地走了。病房里的人来来往往,像晃动树枝,带着神秘的节奏。田润章睁开眼睛见到了田好,没有想到,父子俩在武汉会以这样的方式见面。田好也忙得奋不顾身,所以父子俩一直都没有相见。父亲年纪大了,田好一直担心着他,想着一定抽个时间去看一看,没想到这个时间还没有抽出来,父亲就已经倒下了。这让田好愧疚不已。田好抓着父亲的手,掉了眼泪,说:"爸,您终于醒了。"

田润章瞪了田好一眼:"这屁大点事,你还掉眼泪?不就是把胆丢在了武汉吗?我这回把胆都留在了武汉,看来这辈子注定与武汉肝胆相照了。"然后轻轻地笑了。

尽管父亲的话风趣,却像刀一样扎着田好的心,田好瞬间泪流满面。然后,田好还是被父亲的幽默逗乐了:"您以后回华龙,就没有胆量了。您回去的生活,可不能任性了,得听我和田瑶的啊!"

田润章点头说:"好,好,听你们的。这次身上丢什么,都不足惜,中医的价值最为重要啊!"

田好说:"爸,我知道您为什么高兴,您等的就是这一天,祝贺您,您都成网红了。"

田润章说:"田好啊,这次你带队出来,是不是有进步啊?以后回去,跟着父亲研究中医吧!"

田好坚决地说:"我才不呢,卫健委需要我,我喜欢这份工作。"

田润章失望了,发出一声轻轻的、恍若隔世的叹息。老人听说了,田好把队伍带得很好,尽管他不学中医,但是,田家人的诚实和朴素,祖宗遗传下来的好德行,永远没有离开他。

武汉疫情防控战役，形势有了转化。但是，依旧不容乐观，田润章没有休养，手术后第三天就又投入了工作，任何人都挡不住他固执的坚持。他拖着虚弱的身体，来到了病床前，观察病人服用中药的反应。

2

冯大兴在此住院后，田好就瞒着大家经常到冯大兴住院的这个区域来看看他，了解了解他的情况。开始冯大兴不相信田好的真诚，对他还有着防备，怕田好利用这个机会对他下黑手，看到田好一直保守着那个秘密，他有些感动。看来田好没有那么歹毒，还对他的治疗提供了中医，冯大兴对田好慢慢信任起来，并对从小对田好的攻击表示惭愧。他告诉田好，他在武汉和蔡明月的母亲冷婕是见过面的，是她反对他和蔡明月的交往，还威胁过他，所以他才和蔡明月分手的。

"她为什么阻止你们恋爱？"田好不解地问。

"她想跟华龙地产大鳄吕顺增结亲家，这样就增加了自己的实力和影响力，嫌弃我只是一个小小的医疗器械经销商，瞧不起我呗。你说，这样的女人多歹毒，天下有这样的母亲吗？"冯大兴消极地说，眼神里闪过凶光。

"什么时候了，你还听父母的？恋爱自由，蔡明月那么爱你，你不能因为她的母亲而放弃她吧，你太没有责任感了。"田好批评他。

冯大兴无奈地说："我是没有责任感，可我也很无奈，那女人太嚣张了，我们干同一个行业，如果不听她的，她有可能断我的后路。"

"钱真的那么重要吗？在你心里钱真比蔡明月的爱情重要吗？"田好连连发问。

"也许吧，没有钱，我拿什么对蔡明月好，我保障不了她的幸福，还不如放弃她，让她找一个更好的归宿。"冯大兴给出了自己的理由。

"你太自我了，不，你是自私，蔡明月不是那样看重钱财的女子，她对你真情一片，我看就算你穷得一贫如洗，她也会奋不顾身的。"田好失望地说。

冯大兴不再说话，闭着眼睛沉默起来。

"既然没有秘密了，要不要让蔡明月过来看看你？"田好试探地问。

"千万别，别，如果我能活着回华龙，我会亲自跟明月解释的，现在千万不能告诉她，不能让她为我担心，也希望你能帮我好好照顾明月。"冯大兴呼吸急促了，无力地说着，眼睛睁都没睁。

怕冯大兴的病情加重，田好也没有再说下去。没有料到，就在看望冯大兴的第二天，他就得知冯大兴的病情加重了，进了重症监护室，还上了呼吸机。田好迅速与父亲取得了联系，对父亲说了冯大兴的病情，想让父亲过来看看冯大兴的病情，想办法救治他。

田润章没有拒绝，很快就赶了过来。

冯大兴昏昏迷迷地看到了田润章，心中五味杂陈，后悔不该来武汉，碰上了倒霉的疫情，自己任田家人摆布，回去让父亲冯世昌知道了，还不是对他一顿臭骂。冯大兴瞪着恐惧的眼睛喊："啊，快给我换医生，他们是我家的仇人，他们父子携手要加害我。"他使尽力气大喊着，声音却很小。

"没人要害你，这是我爸爸，你病情严重了，我叫他来给你看病的。"田好在一旁冲他说。

冯大兴挥着手臂要拔呼吸机，被田好制止住了，然后他就使劲地挣扎，一直到昏迷过去。他醒来时，田润章和田好已经不在他的跟前，可他还是嚷嚷着要换医生。这时护士拿来了中药让他喝，他怀疑地问："是刚才那个破老人给我开的中药方吗？"

"是他开的，他可不是破老人，他是大名鼎鼎的田润章教授，治疗新冠肺炎的专家，他能来我们医院治疗我们的病人，我们大家都为之骄傲呢。"护士很不满冯大兴说的话。

"我不喝他配的药，他是我的仇人，他不会安好心。"冯大兴固执地说。

护士大概觉得他被病痛折磨糊涂了，急忙安慰他说："不会的，你放心吧，不会有事的，刚才别人喝的也是这个药，如果不喝你就会没命的，快喝吧。"

说到没命，冯大兴信了，是的，他已经感觉到了自己的身体一天不如一天，生命好像已经快枯萎了，眼看就要走到尽头。想到反正是死，喝就喝吧，于是他真的把护士拿来的中药喝了下去，然后平静地闭上了眼睛，像是无奈地等待死神的到来。

冯大兴的重症病情奇迹般地好转，他自己也明白，是中药救了他的命，这让他感到震惊。冯大兴虽然出生在中医世家，可他父亲主要卖西药，中药卖得并不景气，所以这么多年他一直轻视中医，重视西医。平时自己得了病从来都是用西药，一吃就见效，而中药又苦又慢，他几乎不吃。眼前的事实充分证明了中医的力量，他有点哑口无言的感觉。这次虽然田润章救了他的命，他在心里并没有百分之百地感恩，因为他听父亲冯世昌说过，田家的祖传秘方"菊花清肺"原本是他们冯家的祖传秘方，是田家祖宗盗窃了他们冯家祖宗的，这使他怎么都不能释怀。

冯大兴正胡思乱想着冯家和田家的恩怨，突然被一个声音惊醒过来，"看起来你死不了了。"那人穿着防护服，一进屋就显得非常高兴地说。

冯大兴听出来了，是田好的声音。"你是不是一直盼着我死？"他讥讽着说。

"我要是盼着你死，你可能早就死了，我是盼着你活啊，想让你和蔡明月好好地在一起，一直白头到老。"田好笑着说。

冯大兴非常惊恐，"你告诉明月我在这儿了？"他紧张地问。

"还没有，没有你的允许我可不敢。"田好拿了板凳坐在他的跟前问，"感觉还好吧？"

冯大兴点着头，沉默了一下问："明月她，她好吗？"

"她在我的小分队里，化悲痛为力量，表现特别优秀。"田好答。

"那就好，你千万不要告诉她我在这儿，也千万不要告诉她是她母亲逼我们分开的事，算我求你了。"冯大兴可怜巴巴地说。

"真不懂你，小时候打我的劲头都丢哪儿去了，别人阻拦你就退缩了，我看你是爱得不够。"田好生气地怼他。

说出这话田好又觉得说重了，毕竟冯大兴现在还是个病人，他又解释说："你别在意，我没别的意思，我就觉得这样对蔡明月不公平，她那么爱你，却连你为什么会抛弃她都不知道，就算分手，你也要给明月一个交代啊，这样不明不白地分手是不负责的表现。"

"我们缘分已尽，该解释的我以后会找机会给她解释，眼前不行，我有难言之隐。"冯大兴的眼眶湿了起来。

田好心里气冯大兴，出于自己是医生他是病人就忍住了，然后不再问他这些，嘱咐了他几句关于喝药的事，转身走了。

回到岗位，田好看到蔡明月正忙着给病人量体温，望着她日渐消瘦的背影，他产生了酸楚的感觉。想想以前在华龙卫健委工作的蔡明月，虽然那时候因为她与冯大兴的恋爱关系，他没有过多地关注过她，甚至还有几分反感，可他仍然能想到她那时活力无限的姿态。那时候的她脸上每天都挂着笑，爽朗的笑声时不时就会从某个方位钻进他的耳朵。而现在的蔡明月，苍白的脸色、消瘦的身材，很少看到她的笑脸，根本就听不到她的笑声。爱情到底是一个什么样的东西啊，看来能成就一个人，更能破坏一个人，甚至破坏的功力大于成就的功力。

正这样想着，突然有了紧急情况，刚刚又转来一个重症患者，大家忙上前接应，田好也赶了上去。老太太很不配合大家，死死地闭着眼睛，也不说话，一心求死的样子。一切安排就绪，蔡明月准备给老太太打吊瓶，谁知老太太趁蔡明月一时不备，把药瓶一下子给摔在地上，蔡明月的脸本来就苍白，这一吓更白了，简直没有了血色。田好听到了响声走到屋里看情况，看到蔡明月的样子，急忙上前拍了拍蔡明月的肩膀以表示安慰。田好想一定是老太太在心灵上受到了强大的刺激才这样绝望的，所以让蔡明月守着，先不打吊针，想办法安慰老太太。他怕蔡明月一个人不行，又让夏诗瑶过来协助她。夏诗瑶不想跟蔡明月在一起，执意不动。眼下别的人都在忙，夏诗瑶还把个人的恩怨放在第一位，要这样的小性子，田好对她太失望了，大声冲她喊："快去，我命令你。"夏诗瑶看到田好真怒了，这才不情愿地迈着猫步向病房走去。

田好查了这个老太太的病历，她叫方清香，八十六岁，有基础病。为了找到老人拒绝治疗的原因，他通过多方去打问，终于知道了老人近期的经历。方清香老人是个老教授，她的孙子小强是抗击疫情的志愿者、武汉大学的大学生，小强负责配合社区为隔离居民送菜，工作起来几个昼夜都没怎么休息，有一次劳累过度而倒下，就再也没有起来。老人还处在失去孙子的巨大悲痛之中时，老伴突然发起了高烧，还没有确诊到底是不是感染了新冠肺炎就死在了救护车上。这样的打击方清香怎么都无法承受，当她也发起烧来被确诊是被新冠病毒感染时，她已经心如死灰，对生命极为绝望，一心求死来解脱。

了解了方清香老人的情况，田好专门给负责照顾老人的蔡明月和夏诗瑶开了一个小会，告诉她们这个情况，要求她们一定耐心对待这个老人，充当好老人的心理医生，一点点感化她。

"干活行，做心理功课我不行，说不了几句我就烦了，找别人吧。"夏诗瑶还是使小性子，毫无责任感地说。

"既然分配给你的工作你不愿意干，你为何要来？"田好是真的生气她在这个关键时刻掉链子。

"我为什么要来，你心里不明白吗？你别揣着明白装糊涂，大家都知道我是追随你而来的，可你从来一点面子都没给过我，也从来都不关心我，我和谁在一起都行，就是不想跟蔡明月一起。"夏诗瑶竟然委屈地哭起来，"我现在就走，我不干了，我要回华龙。"然后她转身哭着走了。

蔡明月要挡她，被田好阻止了，"别管她，她回不了华龙，让她去反思反思吧，她只是一时头脑发热，不会出大状况的，只是这个任务很重，不过还有我配合你，相信我们一定能完成得很出色。"田好太了解夏诗瑶的性格了，才这样说。

"一定没问题。"蔡明月坚定地说。

田好看到眼罩下蔡明月的眼神除了坚毅，竟然还释放出了笑的信号。他也用笑的眼神回敬了她。

田好没有苦恼，只是有些烦躁。他对夏诗瑶的判断当然是很准确的。他曾与夏诗瑶在一个办公室工作了三年，而夏诗瑶又一直都喜欢他、追求他，所以她的脾气性格他摸得一清二楚。

夏诗瑶爱使小性子，胆子并不大，耍了小性子一会儿就后悔，保准会来说好话检讨自己，也不是真心地检讨自己，就是不想让别人认为她不是好女孩儿，故作一种有错就改的姿态，实际她根本不知道自己错在哪儿，就是瞎检讨一气。正是这样的性格，使她业务上进步甚微。田好叮嘱她说："夏同学，单位派你来武汉，是对你的信任，你可要尽快补足短板，不辜负领导的一片苦心。"

3

装睡的人，是永远喊不醒的。可是，医生拯救一个一心求死的人，更不是件容易的事情，方清香老人的身心已经经受了撕裂之痛，已经对这个世界无话可说，既不希望有人看到，也不想看到别人了。对于田好和蔡明月的倾心开导没有任何反应。眼看着老人病情危重，眼看就要错过最佳救援时机，蔡明月顿生心计，与田好商量着要为此一搏——上演一幕苦肉计。听了蔡明月危险的计谋，田好惊愕失色，说什么都不肯答应。

"难道我们要眼睁睁地看着老人就这样死去吗？"蔡明月着急得都带了哭腔。

"那我也不能让你冒这个险，万一你感染了怎么办？"田好有点急眼了。

"感染了也不一定会死啊，可是如果老人这样下去必死无疑，难道我们一天天面临的死亡还少吗，我一定要救她。"蔡明月毫不退缩。

　　蔡明月还有这样固执的性格是田好没有想到的，但这种固执也正说明了她高尚可贵的灵魂，这让田好对她更另眼相看。顷刻间，田好的心为之一动，觉得自己爱上了蔡明月，瞬间他的脸涨得通红，"不行，你不能这样做，让我来吧。"田好也不知道为什么突然说出了这样的话。

　　蔡明月一时也惊讶不已，"你才不行，你是男人，怎么能掌握女人的心呢，还是我来，不过我真的好感动你能这样说。"眼罩内，蔡明月的眼里已经汪了一汪闪亮亮的东西。

　　"可是——"田好想再说什么。

　　"别说可是，相信我行，我是无敌的。"蔡明月把攥紧的拳头往上一举，摆出一副一定胜利的姿态。田好回了她一个同样的姿态以表达和她齐心协力完成目标的信心。

　　紧接着，蔡明月踏进了方清香老人的病房。老人还紧紧地闭着双眼，仿佛正在期待死神的到来。蔡明月不顾被感染的危险坐在了老人的身边，帮老人盖了盖被子，然后抚摸着老人干瘦如柴的手说："奶奶，我再也不会说让你睁眼，我知道你心如死灰，我感同身受，因为我和你有着同样的经历，甚至比你还惨，你闭着眼睛听，我想在你离开这个世界之前知道我的故事，让你不要认为世界上只有你一个人活得那么不幸。"

　　蔡明月看着老人的眼，仍然紧紧地闭着，时不时地咳嗽着，但老人是听得到的，她能看得出来。蔡明月开门见山地讲："奶奶，我比你还孤独，我是一个孤儿，连父母是谁都不知道，到现在根本就猜不到父母到底什么原因把我丢弃在冬天的雪地里。救下我的是很老的老两口，后来我喊他们爷爷和奶奶。他们的儿子是消防员，在一次森林大火的营救中牺牲了，自从在雪地里抱回来我，他们就把我当成上天赐予的最宝贵的礼物，把我当月亮一样，还给我取名叫明月。爷爷奶奶含辛茹苦养育我，大冬天的还骑着三轮车去捡废品，那是个雪天，他们到一个镇上去交废品，那一次是他们一年当中卖钱最多的一次，所以非常高兴，就给我买了一条好看的裙子。谁也没料到，爷爷奶奶并没有把那条裙子亲自带回我的身边，因为在回家的下坡路上，三轮车的刹车突然失了灵，他们跌到了沟里，惨不忍睹。因为那时我还小，才十三岁，那些处理事情的人怕爷爷奶奶惨死的状态影响到我今后的成长，就硬是不让我看。他们把爷爷奶奶埋了，我却趴在他们的坟山哭得不能动弹。后来是乡亲们把我抱回了家，我是在政府的帮助和乡亲们的照顾下长大的，考取了北京医科大学，并且有了自己的工作。我工作非常努力，武汉发生这么严重的疫情，我第一个报名参加抗疫，我就是想对得住为我死去的爷爷奶奶，对得起政府，对得起照顾我的乡亲，尽我所能做自己应该做的事。奶奶，你根本就想不到，就在前几天，我得到了一个令人不可接受的消息，我的警察丈夫在执勤中光荣牺牲了，我真的接受不了，可是现在我又不能回华龙，所以我只能化悲痛为力量，争分夺秒地工作，努力去治病救人，一刻也不敢闲下来，一闲下来就想到丈夫，就想随他而去。奶奶，你这样使我又增添了一份痛苦，因为我连治病救人的事情都做不好了，我活着还有什么意思呢？"

蔡明月喋喋不休地讲了很长一段故事，实际这个故事是真实的，是发生在蔡明月身边的事情，她只是嫁接到了自己的身上。明月已经把自己讲得血泪盈襟，看老人的眼皮一动一动的，还是不想睁开，更不肯说话，她开始"哗啦哗啦"脱自己的防护服，"奶奶，我现在就把防护服脱掉，我愿意被传染，和你一起受苦，和你一起向另一个世界奔去，因为你这样让我找不到活着的勇气，我作为一个医生连人都救不活，我也不活了。"

"孩子你不要脱，我接受治疗。"突然，方清香老人睁开了眼睛，沙哑地喊了一句。

霎时，蔡明月禁不住地号啕大哭起来。这时大家听到蔡明月大哭的声音以为老人去世了，都迅速向这边跑来，只有田好明白，这是蔡明月成功的喜悦之声。田好从心底对蔡明月有了几分敬佩。

方清香老人开始接受治疗，但是老人最终还是错过了最佳救援时机，病情危重，转移到重症监护室。上呼吸机的时候，蔡明月由于激动，给老人刺破了鼻腔，造成鼻腔出血。

"你怎么这么大意？你这不是给华龙人丢脸吗？"看到老人疼得抽搐，田好又变成了一个无情冷酷的人，他狠狠地批评蔡明月。

蔡明月脸上的泪痕还没有干，顿时又默默流下委屈的泪水。田好小心翼翼地给老人插上了胃管，上了呼吸机，可老人的情况还是十分危急。田好有点慌了，急忙给父亲联系让他来救急。田润章正在和几位专家调查几个病人的病情，几位专家和田润章一同过来给老人会诊，会诊后马上拟定了抢救方案。

整整一个夜晚，终于把方清香老人从死亡线上拽了回来，看着老人又恢复到平稳，田好才松了一口气，蔡明月也一晚上待在医院陪在身边，"你快回去休息一下吧。"田好深情地望着她疲惫的眼神说。

"好。"蔡明月只回答了一个字就走了。她真的好累，却也特别欣慰。

老人开始用药了，服上了治疗方案中的中药和田家祖传的"菊花清肺"，身体奇迹般地一天比一天好起来……

4

武汉的疫情异常严重，治疗成果却显著，死亡比例逐渐减少，这不能忽略中药的功劳。田润章虽然身体劳累却心里欣慰，他觉得现在这个时候才真正实现了自己的价值。

这个时候，已有上万名医护人员驰援武汉，出生入死地奋斗在抗疫最前线。田好率领着他的队伍和众多的医护人员一样，穿着厚重的、憋闷的防护服，当着病毒的"狙击手"、患者的"生命线"。支撑他们坚守火线的，是救死扶伤的医者仁心，更是人性中那种不服输的执念。在他们的精心护理下，他们区域的众多病人脱离生命危险，中医功不可没。每次看到有治愈出院的人员，田润章和那些医护人员都特别地兴奋。"国有危难时，医生即是战士，宁负自己，不负人民。"这是田润章人生价值的宣言。

中医在新冠肺炎救治上获得了初步成果后，田润章迫不及待地把这个喜讯告诉了在美国纽约唐人街行医的弟弟田运来。

这些天来，田运来一直关注着中国的新冠疫情，也在媒体上看到了哥哥奋战在武汉获得的成功，只是怕打扰哥哥的工作才没有与他联系，在知道田家祖传的"菊花清肺"终于派上了大用场时，他在异国洒下了激动的热泪。

"这或许是中医复兴的一个机会呢。"田运来很激动地对哥哥说。

"一定是，哥期望有那么一天，你能心甘情愿地回到祖国的怀抱，和哥一起为中医复兴而贡献力量。"田润章也很激动地对弟弟说。

那一刻，要不是美国与中国航班已经熔断，田运来马上会飞回去和哥哥一起参与武汉的救援，为中国的中医力量再添一把劲儿。不能回国救援，他就在唐人街组织在美华人为武汉捐救助款，他大力宣扬中国人民的伟大团结精神、中国人民战胜灾难的伟大民族精神，还宣扬中医学的科学精神。他慷慨激昂的演讲振奋了多少在国外的游子，大家纷纷捐款来救国救难，他已经筹措了六十万美元。

"哥，你帮我问问，看我筹措的六十万美金给武汉什么地方更合适。"

"给雷神山、火神山吧。"田润章脱口而出。

田润章对弟弟讲了武汉火神山、雷神山医院堪称"奇迹"的建造过程——三万多管理和作业人员，一亿多网民"云监工"，仿照"非典"时期"小汤山"的医院模式，从设计到交工，十天时间，两所全功能呼吸系统传染病专科医院便拔地而起，交付使用。"两山"医院建设展现了世界第一的中国速度。在疫情的威胁下，每一个最简单环节都成为了最艰巨的挑战，来自天南地北、全国各地的"逆行者"们火速驰援武汉，见山穿山，遇河搭桥，共同创造了这个奇迹。

"我在网上看见关于两所医院的报道了，中国不愧是基建王国啊，我和在这边的所有中国人都感到自豪无比，好，听你的，就捐给雷神山、火神山。"田运来再一次热泪纵横。

田润章也被弟弟的热情感动了，"国家有难，匹夫有责，我弟不愧姓田，咱们田家的人都对得起田家的祖宗，田好也在武汉参加救援，听田瑶说，她也参与了抗疫行动。"田润章说着，眼睛也跟着湿润了。

"你帮我办这件事，我等你的消息。"田运来说。

"好。"田润章挂了电话。

田润章半天都还停留在和弟弟越洋电话的回味中，他想到了弟弟在美刚创业时的情景。田运来去美国并不是崇洋媚外，而是本着把中医发扬光大的目的，所以当初还得到了全家人的支持。初到美国纽约，田运来在唐人街上开了一家不大的中医诊所，没几天时间竟然被美国黑人给砸了，还打伤了田运来夫妇。他们污蔑中医，说中医就是骗人的，中国人就是来美国骗钱的。田润章听到这个消息，肺都要气炸了，他不是害怕那里的人有多危险，主要是不能忍受那些黑人对中医的歧视和污蔑。中医走向世界是多么艰难，当时田运来面临着两种选择，要么回国坚持在中国行医，要么聘请美国医生撑门面换开西医诊所。田润章不想让弟弟在那里受欺负，想让他回华龙来行医，田运来想了好几天，还是选择留在了国外，他决定把自己的中医诊所转为西医诊所。田润章心里明白作为中医世家的后代作出这样的选择该是多么违心、多么痛心，所以支持了他的选择。后来田运来的生意才慢慢好了起来。

"难道中医就这么衰落了吗？"田润章一直为中医的施展不开而万分痛苦。

现在终于有了一个千载难逢的机遇，抗击疫情，也许是在世界范围内一个重振中医的绝好机会。

第六章　凯旋

1

冷婕在华龙得到了及时的治疗，顺利康复出院了。

当她把这个消息在微信上告诉蔡明月的时候，蔡明月流下了高兴的眼泪。那一刻，她露出了一丝微笑，然而就这么一丝丝的微笑，正好被田好捕捉到了。

"你终于肯笑了。"田好说。

"我母亲出院了。"蔡明月答。

"你母亲她也……"田好并不知情。

"她前段时间在武汉谈生意，是在封城的前一天回华龙的，感染上新冠病毒了。"蔡明月担心分散田好的精力，没向田好透露过母亲的情况。

这话让田好马上联想到了感染新冠病毒的冯大兴。冯大兴说过，他和蔡明月的母亲是见过面的，他们在武汉又都感染了新冠病毒，通过出院情况来看，他们应该在同一个时期感染。田好又想到冯大兴对他说过的话，他说他有难言之隐，甚至有一个秘密，这个秘密到底是什么呢？

"你想什么呢？"蔡明月问像是沉思的田好。

"没，没想什么，我想我应该向你祝贺。"田好冲她微笑着，"近期终于出现了一件使你开心的事，你已经好久不笑了。"

"谢谢你田好，谢谢你一直信任我。"蔡明月说。

"谢谢就言重了，我们是同事，现在又成了好朋友，相互支持是应该的。要说谢谢我得感谢你，我是你的队长，你协助我做了很多重要的工作，比如对方清香老人的治疗，如果没有你，她可能早就去了另一个世界。明月，作为华龙援助武汉医疗队二分队的队长，我以你为荣。"田好说的话都出自内心。

这是田好第一次叫蔡明月的名字没有带姓，这说明在他的心里对蔡明月的感情又进了一步，他相信蔡明月能感觉得到。只是，蔡明月对冯大兴还念念不忘，而他向冯大兴承诺过不会把他知道的事情告诉她。无论怎么样，田好暗自为蔡明月的高兴而高兴，这一天她显得活力十足。

然而刚愉悦了才一天，蔡明月就又悲痛起来，因为她在一张全院出院名单上发现了一个不该发现的名字——冯大兴。也就是说，冯大兴千真万确在武汉，他感染上了新冠肺炎并且就住自己所在的医院，只是没在一个区域而已。

"怎么会这样呢？怎么会这样呢？"

蔡明月刚刚缓和一点的悲痛之情立刻又像潮水般涌上心头。她抓起电话开始拨那个熟悉得不能再熟悉的号码，里面依然响起了她听到过千百遍的那句话："你拨打的电话已关机。"

看来冯大兴这是有意躲着自己，手机号已经换掉了。她翻出微信，还是看不到冯大兴的朋友圈，她忐忑地发过去一个表情符号，系统还是自动回复"消息已发出，但被对方拒收了"。蔡明月实在不明白冯大兴为什么这样有意地躲着自己。这时她突然想到了田好这些天对她的异样，还有，他这些天老往别的区域跑，说是去交流什么经验，他肯定是有什么事情瞒着，对的，田好一定知道冯大兴在这里住院，一定知道。蔡明月压抑着自己内心的痛苦，一直挨到下班才把田好叫到外面去质问。

"我知道你近期跟冯大兴见过面，你为什么要瞒着我？"蔡明月多了个心眼，开门见山地问。

田好搞不清蔡明月是怎么知道这件事情的，他想一定是有人透露了消息，因为华龙医疗队里有人知道冯大兴住在这所医院的事儿，所以他也没有理由再隐瞒了。

"我不是有意瞒着你的，是他不让我告诉你。"田好有点惊慌失措。

"你果然和冯大兴见面！你快告诉我他现在在哪儿！"蔡明月着急地哭着问。

田好瞬间知道自己上了她的当，可事情已经到了这个地步，也只能说实话了："我是跟他见过面，我也是无意间看到冯大兴在那个区域治疗的，可他求我不要告诉你。"

"为什么？你为什么不告诉我？"蔡明月激动地冲田好喊着，"你明明知道我到武汉是来找他的，你明明知道我找不到他特别痛苦，特别特别地痛苦，痛苦得想去死，你见到他为什么还不告诉我，我一直以为你有一颗善良高尚的心，现在我才明白，你有多么自私，你坏透了。"蔡明月痛苦地捂着肚子蹲在了地上。

这是田好第一次看到蔡明月这么崩溃，他被吓着了，一时特别后悔自己向她隐瞒的这件事，但事已至此，又能有什么办法呢？他只有想办法减轻蔡明月的痛苦。

"明月，其实冯大兴不让我告诉你他在这里治疗也没有别的心，他是怕会传染上你，我也没有坏心，我也害怕你难以自控不小心传染上新冠病毒。"田好弱弱地解释。

"真的吗？冯大兴他真的是这么说的吗？"蔡明月一下子从地上站起来，惊讶地问。

田好没有回答，只是冲她点了点头。这时夏诗瑶向这边走来，看到两个人这种状态，阴阳怪气地问："我说，你俩这是在谈什么秘密呢？能不能告诉我？"

蔡明月没说话转头走了，留下田好回答她："既然是秘密就不能告诉你。"说完也转身走了。

"你们还真有秘密啊？"夏诗瑶在后边追着田好生气地问。

"有啊，谁能没个秘密呢？"田好边走边不屑一顾地回答。

"田好，你太过分了吧，你不知道我是为你来武汉的吗？"夏诗瑶仍然不依不饶。

田好回头看了夏诗瑶一眼，"我知道你是为了帮助武汉而来，为我，那你这次来的目的就太轻了，轻得连鸿毛都不如。"田好接着说。

"我才不管是泰山还是鸿毛，我就是为你而来，你就是我的偶像，你就是我的英雄，在我心里，你是全世界最重要的。"

夏诗瑶这种赤裸裸的表白让田好停住了脚，他回过头来看着她，很严肃又很柔和地说："夏诗瑶，以后别再这么幼稚了好不好？我们不可能在一起的，我们只适合做朋友，不适合做夫妻的。"

"为什么？"夏诗瑶快要哭的样子。

"这个没有为什么，就是咱俩不合适，说白了就是三观不合，你明白吗？"田好说。

"我不明白，爱情还讲什么三观，只要相爱就在一起好了，干吗还要管三观？"夏诗瑶好像永远也听不懂田好说的话。田好发现他和夏诗瑶之间的距离真是越来越远了。

田好不再说话，而是不停地往前走，"你是不是爱上蔡明月了？"夏诗瑶突然在身后这样喊了一句。

"随你怎么想吧。"田好平静地说。

夏诗瑶说："你们真的相爱啦？"

"我爱她，你是我的同事。"田好觉得只有这样回答才能止住她的嘴。

夏诗瑶愣愣地站在那里。她打开手机，百度上查一查，人的脸上有五官，什么叫三观？查完了，她嘤嘤地哭了。

田好听到了夏诗瑶的哭声，可他并没有去哄她，有一种淡淡的苦涩，浸漫到他的心头。

2

这天是个好天气，方清香奶奶办好了出院手续。

明月推着方清香老人，田好跟在旁边，他们一同把老人送到了医院门口，她的儿子和儿媳正在门口迎接她。

老人坐着轮椅，面对着天空中的太阳，用深邃的目光望着西方，没有说话。大家都没有惊扰她的这种安详之感，只见老人的眼角滚动下了滴滴泪珠。

"多么美好的空气，多么绚烂的阳光，我终于看见了太阳。"许久许久，方清香老人感叹道。

"是啊，奶奶你又'重回人间'了，以后可以尽情享受人间的快乐，我会天天为你祈祷的。"蔡明月微笑着冲她说。

"明月，我记住你了，我也会永远记着你们，记着华龙医疗队，你就是我心中的明月，谢谢你，真的好感谢你，我也同样为你祈祷，希望你一生都幸福平安。"老人已经泪眼婆娑了。

明月微笑着点头："奶奶，我们应该做的。"

方清香说："疫情过去，等你们来武汉黄鹤楼旅游，我接待你们。"

明月点点头。

两位亲人走上前来，明月帮助把老人搀扶上了车。车启动了，车里车外，大家都在挥手告别。

夜晚来临了，田好满嘴燎泡，可能是上火了。他吃了一些维生素药片。

田好通过窗口，看见了彩色的灯箱，"武汉加油"几个大字格外醒目。他胸中充满了劲头，安排工作井井有条，好像一团火，走到哪里哪里就热乎起来。他轻轻说，能够挺住吗？明月和同志们回答，没有问题。接下来的日子，田好带领着他的华龙医疗小分队又开始了新一轮的奋战。

进入2020年3月，武汉新增确诊病例已经降低为个位数，到3月18日晚上24时，这一个位数字终于降为0，累计报告确诊病例也定格在50005。这意味着，通过严格的"早发现、早隔离、早治疗"，在3月底，武汉新冠疫情的"水龙头"已经基本关上了。有40多支医疗队、3000余名医护人员开始撤离武汉，包括华龙援助武汉的两个医疗队，他们完成了光荣的使命，做着回归的准备。在撤离武汉之前，田好下班后在宿舍组织召开了一个全体会议，实际是一个座谈会，让大家总结总结这次来武汉的经验，谈谈一直以来的感受。大家畅所欲言。

眼看要胜利了，大家都显得异常兴奋，都争抢着说自己的感受，连表现最差的夏诗瑶都为自己能坚持到最后振奋昂扬，她异常兴奋地说："反正都是自己人，也不忌讳什么，本来我都累得想回华龙了，可还是在田好的关心和鼓励下战胜了自己，一直坚持到了最后，这可能是我一生都值得炫耀和骄傲的事情，我觉得自己太了不起了。"

说到最后，夏诗瑶竟然又兴奋地举起拳头大喊了一句："我胜利了。"

田好理解夏诗瑶此时的激动心情，她一直以来就是一个娇气的小女人，能完成这么一项艰巨的任务已经很不错了，不管完成得好与不好，她就算胜利了。他只是不高兴她老在大家面前夸大他们之间的关系，在暗示大家他们关系跟别人不一样，在这样的场面不叫他田队长而叫他的名字，就说明夏诗瑶的不懂事，可他又无可奈何。

一个一个都说过了，只剩下蔡明月还坐在那里发呆，田好点了她的名，让她也说几句。

"我其实没什么可说的，就简单地说几句吧。这次让我最感动的就是能与大家一同奋战在疫情的最前线，我特别敬佩大家的毅力，也从大家身上学到了前所未有的坚强。这代表我们华龙卫健委的抗疫精神，也代表我们中国人的伟大精神。我骄傲我是华龙人，我也骄傲我能在武汉疫情最肆虐的时候贡献自己的一份力量。就说这么多。"蔡明月刚说完，田好便带头鼓起了掌，大家不得不也跟着鼓掌。

不过这一次座谈会上，田好认为蔡明月是说得最好的一个，也是表现的格局最大的一个。原以为她在那里坐着发呆是在想和冯大兴的事，现在看来她是在想自己该怎么说。田好深深地敬佩上了这个在悲痛和灾难中都毫不退缩的姑娘，心底对她的爱又增加了几分。

夏诗瑶的脸都不好看了，她醋意大发也不便发作，只好暗自嘀咕："假人一个，显摆自己，讨厌死。"

座谈会开完了，大家散去了，田好没有马上走，坐着想还有什么事情需要办理。

夏诗瑶走到门口回头看到田好还坐在那儿，他帅气的外表、精英的气质、结实的臂部线条和强壮的身体，哪儿都深深地吸引着她。她停下了，看了看队友都走远了，周围也没有人，于是轻轻地关上门，蹑手蹑脚地向田好走了过去，一下子从背后抱住了他，并且把头贴在了田好的背上。

田好被吓了一跳，看到是夏诗瑶，急忙往起站，可因为夏诗瑶抱得太用力，一下子没能站起来，他慌张地推着她说："夏诗瑶，你这是干什么啊？注意影响，我是你队长。"

"队长怎么了？队长也是人啊，队长就没有七情六欲了？"夏诗瑶伶牙俐齿地说。

田好哭笑不得，一时支吾了半天不知道说什么好。看到他这种样子，夏诗瑶忘情地说："田好，我爱你，经过这一场的生死战斗，我发现我更爱你了，我是为你才到武汉来的，为的就是永远和你在一起，我也跟父母谈过了这件事情，父母也看好你，特别地支持，回到华龙我们就定亲吧。"

这些话真是叫田好很无语，"夏诗瑶，你不要用这样的话来绑架我，这个我早就表明了，我们三观不在一条线上，不可能会走到一起，我希望你能找到一个适合你的男人，跟我一起你不会幸福快乐的。"田好无奈地说，他终于站起来推开了她。

"我不信什么三观，我就是爱你，这就是我的观点，即使你现在不爱我，你肯定也喜欢我，要不你不会那么关心我，不是吗？"夏诗瑶又想上前，田好伸出两只胳膊挡住了她。

"我怎么关心你了？"田好表示疑惑。

"我身上来例假时肚子疼你说让我休息，这还不是关心我吗，哪个不相干的人会注意女人来例假的事？"夏诗瑶找到一个充分的理由。

田好真是被夏诗瑶可笑的话语打败了，话虽然说得天真，可他认为这是她故意说出来的，实际上她并不天真，说话都带有目的性，"夏诗瑶，我再强调一遍，我不爱你，关心你是因为我是你的队长，和其他无关。"田好不想和她再理论下去了，抬脚往出走，被夏诗瑶挡在了前面。

"不许走，你还没答应我回去订婚呢。"

"你对婚姻爱情也太草率了吧？"

"一点都不草率，我爱上你多久了你不知道吗？"

"我不知道。"

"你胡说，你早就知道，我对你表白过。我对自己发过誓非你不嫁的，我让我爸为你特制那幅你父亲头像的年画时就跟他说了这件事，还有跟你来武汉抗疫，有你在他才放心让我来的。"

"我们是同事、好朋友，只谈工作，不谈爱情，以后——"

田好刚说到这里，门"哐当"一下被人急匆匆地推开了，是蔡明月。看到眼前的两个人她倒显得很尴尬地说："不好意思打扰你们了，我丢了一个东西在桌上，拿了就走。"

蔡明月坐的位置就在田好的对面，田好急速地往那个位置瞅了一眼，竟然在桌上发现了一枚白色的戒指，刚才他一点都没注意到。蔡明月拿了那枚戒指就匆匆地走了。

"瞧见了吧，人家明月姑娘是心有所属的，你可别对她有非分之想，想也白想，还是想我吧，你的归属在我这儿。"夏诗瑶竟然像痞女一样，邪恶地一笑赖皮地说。

然而田好的思想却还停留在蔡明月那枚拿走的戒指上，"戒指为什么会放在桌上呢？"田好第一次胡思乱想起来，心也跟着怦怦直跳。

2020年3月31日，华龙援助武汉两支医疗队从武汉整装出发，武汉警车开道，人民热情相送。飞机从华龙的上空缓缓落下。在机场，华龙党政领导和群众一起组成欢迎队伍，以最高礼遇及最深敬意迎接他们的回家。

这是值得铭记的一天。

第七章　春江水暖鸭先知

1

"竹外桃花三两枝，春江水暖鸭先知。""燕燕飞来，问春何在，唯有池塘自碧。""草色青青柳色黄，桃花历乱李花香。"……

春天格外美好，田好沉浸在明媚的春光中，心情无比美妙。去的时候还是高铁，回家的时候他和他的队员们乘坐飞机，他们结束半个月的隔离生活被解放出来，心情无比喜悦。

刚下过一场春雨，天空出现彩虹，此刻显得异常干净，蓝天如洗，白云如棉，还有这一群人，他们在外面亲人的等待注视下高声欢呼着。

田润章的妻子英子、田好的妹妹田瑶、蔡明月的母亲冷婕都在迎接队伍之中，各自的亲人都在相互拥抱，田润章老人看着这一幕感慨万千。

政府组织孩子们为每一位英雄都献上鲜花，他们用少先队礼表示对抗疫英雄的崇敬。田润章和英子拥抱后，田瑶走到父亲面前也和父亲拥抱了一下。田瑶脸白，眼大，嘴角处汪着浅浅的酒窝。她没有穿警服，穿着米色夹克。她摸着父亲的脸说："爸累瘦了，我们可得给您好好地补补。"

"岂止是瘦了，你老爸把胆都留在了武汉，和武汉已经肝胆相照了。"田润章老人爽朗风趣地笑道。

田瑶却从眼里流下了心疼的泪水。

随着激动人心的场面渐渐散去，大家都各自回了自己的家，在家稍稍调整一下自己的身体，马上就又开始正常的生活和工作了。

田好和父亲田润章坐在汽车里，他看见华龙之眼的摩天轮景观。他喜欢这里，白色的鸽子出巢了，翅膀白亮白亮，在摩天轮上左右翻飞，发出好听的鸽哨，他心头一热。

田好以前对中医忽略了，他发现父亲田润章成为功勋一样的明星了。这让他胸中涌满了喜悦自豪，还对中医刮目相看了。家乡的环境，让田好回到新生活的忙碌之中，武汉的情景渐渐淡化了。

年轻人的激情来得快去得也快，可老年人就不一样，在岁月的漫漫长河中一步一步地走过来，经历了多少的坎坎坷坷、风雨辛酸，成功的已经是过去时，因为精力有限，未来除了身体健康生活愉快，似乎对别的事情也产生不了多大的激情了。可田润章不同，他研究了多半辈子中医药也没能把中医药事业在中国发扬光大，这是多么遗憾的一件事情。现在中医在治疗新冠肺炎方面取得了这么显著的成功，那么中医药疗效故事仅仅才是一个开始，更精彩的故事还没有到来，他的激情怎么能一下子就过去了呢？

田家的中医传男不传女，田润章遵照古训没有传授给女儿田瑶，他一直在想办法让儿子田好传承下去，现在趁田好刚回到华龙还没有上班，他把田好叫到了家里来。田好进家的时候，田润章在摆弄他的中药材。莲子芯、决明子、桔梗、胖大海、黄连、陈皮、白芷、砂仁、枸杞和鹿茸片，等等，密密麻麻一大片。田好从小就知道父亲的一个习惯，每天早上醒来，先对着这些中药说说话，家里人都听不懂，说一些药类家长里短的事，他听得躁了，父亲却没有一点不耐烦，嘴上说累了就开始揉着自己的腿，揉的过程就是构思搭配中药。

田好一进家门，看见田润章念叨着药名，他望着那些中药问："爸，为什么没叫田瑶来？"

"我有事要单独跟你商量，她来了不方便。"田润章答，开始揉腿。

田润章的表情已经让田好猜测到了今天的话题，那也是个老生常谈的话题——中医药传承。田好心里又有些紧张起来。

久别相见，英子来了兴致，她一时兴起破天荒地给做了五六个小菜。

"英子，你吃了饭去屋里看电视吧，我们父子俩谈点工作上的事情。"田润章冲英子说。

英子不太高兴田润章的话，但也没有说话，悲伤地垂了垂眼睛，端起碗米饭往碗里扒拉了几口菜到屋里吃去了。田好对英子一直印象不好，这个女人刚来到这个家的时候还算可以，在家待久了就越来越不像话，不做贤妻良母，却成天不管不顾地到处旅游，像是对旅游痴迷。但只要父亲不吱声，当儿女的就不能再说什么。反正他和田瑶都不在家住，各自过各自的，该回来的时候就回来看看，兄妹俩想念了就去外面找个小酒馆喝两杯，日子也过得相安无事。

吃完饭，英子把碗筷收拾到厨房的水池里就到卧室看电视去了，关门的时候还故意把门搞得很响，似乎在告诉父子俩：我已经把自己关起来了，不耽误你们说秘密话了。

"爸，英子阿姨好像不高兴。"田好说。

"不用管她，她又想去旅游，现在新冠病毒传播还没有过去，外面太危险了，我不让去，她就不高兴了。"田润章说。

田好烧了壶水，泡上了茶问："她为什么那么爱旅游？"

"这个我也很纳闷儿，她似乎成病态了，实际过度旅游也是一种病态，但我还没有找到这种病的病根，也无从下手给她治。"田润章说，"唉，不说她了，说咱们的，她的事现在没那么重要。"

既然父亲这样说，田好也不能再继续说英子了。英子比父亲小二十岁，父亲对这样的小娇妻宠一下也是可以理解的。随着父亲年龄增长，英子变得越来越肆无忌惮，盯上了老人手中的钱，父亲身体不好的时候，她也不在，整天爱旅游，田润章有病住院也不管他。田好和田瑶好多次都想教训教训这个后妈，都让田润章拦住了。

"我要说什么你大概也猜到了。"田润章喝了一口茶说。

田好没说话，也喝了一口茶，算是默认猜到了。

田润章看了一眼默不作声的儿子，问："这次在武汉，你有什么感受没有？"

"当然有，感受很多，我准备把所见到的所体会到的都写下来，只是现在我还没有捋清思路，现在大脑还不静。"田好说。

田润章往两个杯子里倒茶，"你最大的感受是什么？"

"中国精神、中国力量。"田好脱口而出。

"那你对咱们家祖传秘方'菊花清肺'在这次救治新冠肺炎病患中所发挥的作用就没有点感受？"田润章看拐弯抹角的引导并不见效果，只有直接地开问了。

田好也明白这才是父亲今天把他叫过来的主题，想躲避是躲避不过去的，所以他只有乖乖地回到正题，他说："当然有感受，而且感受颇多，我也想着拿咱们家的'菊花清肺'写一篇论文呢，就是现在还没有思路，爸你能不能容我一段时间，让我想想这个问题。"

这是个模糊而又扯远的回答，田润章有些失望了，"田好啊，你哪儿都好，就是不理解我的心思，其实你也不是不理解，我知道你是揣着明白装糊涂，你不想继承父辈的中医药研究事业，你想当官。"田润章终于把心里的话直截了当地说了出来。

"爸，你看你说的这话，那我也不是听了你的话学医了吗，现在我在卫健委工作不也是一个系统里的人吗？"田好的脸一下子就涨红了，难为情地说。

为继承中医药研究这个话题，父子俩没少争吵过。这次闲了下来，田润章以为武汉抗击疫情，儿子对中医有了新的认知，想劝说他继承祖业离开官场专门钻研中医。田好这种婉转的拒绝方式，让田润章特别地失望。

就在父子俩正在尴尬时，田运来从美国打来了电话，他非常激动地说："哥，这次在武汉用中医药治愈新冠肺炎的事儿已经传到世界各地，你的大名也在唐人街家喻户晓，现在咱们家祖传的'菊花清肺'出名了，美国人开始相信中医药的厉害了，现在我店里的'菊花清肺'效果非常好，都供不应求，我太骄傲了。"

田润章也异常激动，和弟弟田运来说得激情四射。放了弟弟的电话，他转头就现身说法教育田好："你看，你看，咱们家的'菊花清肺'都在美国供不应求了。你怎么就这么不开窍，放着好好的事业不干，非得在单位里当什么官。"

田好微微一笑，没有说话。

2

在中医研究方面，不用说不让女孩儿参与，就是想让女孩儿参与，在田瑶那里也基本不可能。田瑶从小就是一副假小子样，喜欢玩枪耍棒，在路上见了警察，无论是交警还是民警，都要停下来向人家敬礼。她对警察的向往已经到了痴迷的地步，所以要想让她放下当人民警察的志向从医，那根本就是不可能的事儿。田瑶一路都是按着自己所定的目标走的，最后她终于如愿，穿上了警服，成了一名英姿飒爽的警花。

田好知道近期田瑶在谈朋友，是田瑶告诉他的。田瑶一向直爽，对一块从娘肚子里爬出来的哥哥说话从没顾忌过什么，她第一次来例假是哥哥先知道的，第一次被男孩子吻也是先告诉哥哥的。田好也非常爱这个妹妹，自没了母亲他对这个妹妹就更加关爱了，脸色苍白时他知道她一定是来例假了，因为她有痛经的毛病，一痛脸色就会很差劲，他就嘱咐她要多喝红糖水。田瑶每次谈恋爱田好都知道，她在这方面可跟田好不一样，田好只在大学里谈过一次恋爱，他们是相爱的，只是到最后由于距离的原因没有走到一起。田瑶不一样，这个风风火火漂漂亮亮的女孩子从上高中开始就没有消停过，截止到现在，曾被六个男孩子追求过，还主动追过三个男孩子，结果都风吹云散了。不管出于什么样的原因，总之是在不对的时间遇到了不对的人，不能修成正果。

田瑶早就说了，等田好从武汉回来了，她把男朋友吕小军带给他看，让他给她把把关。她说这个男朋友是主动追求她的，一点都不嫌弃她留着一头短发，还非常非常地宠她，把她宠得像一个小公主一样，她快要陷进去了，可是她还不敢答应他，因为吕小军的父亲是华龙的地产大亨吕顺增，她真怕吕小军是一时的冲动，到时候驾驭不了这个大户人家的富公子。田好第一次听吕小军的名字是在冯大兴的嘴里，没想到蔡明月母亲盯上的人却成了妹妹的男朋友，他真有兴趣会一会这个吕小军，看他到底是不是一位浮夸公子，这个关他是一定得把的。

田瑶只比田好晚出生几分钟而已，都快要过二十八岁生日了，也该出嫁了。人看面相也能看出几分，如果吕小军对田瑶是真心真意的话，举手投足应该能看得出来，这是关系到妹妹一生幸福的大事，他一定要给妹妹把好这个选夫关。

这天田瑶约好了吕小军来田好这里吃饭，也提前说好了家里除了茶水什么也不用准备，不在家里做饭，他们买外卖拿来，酒也不用准备，吕小军拿茅台。富人就是阔气，一开口就茅台。别看田好已经在卫健委工作了好几年，还是单位最年轻的副处长，茅台他还真没喝过，喝过的最贵的酒是五粮液。父亲也是喝酒的，也有人给他送过茅台，他都严词拒绝，父亲一生正直，在做人这件事上绝对一点都不马虎。

傍晚时，田瑶和吕小军终于来了。听到敲门声田好去开门，看到吕小军浓眉大眼还很正统的一副面相，一点都不像房产大亨家出来的浮夸公子，顿时生了几分喜欢，然后故意笑着问田瑶："哟，瑶瑶，还带着男朋友来的啊，怎么谈恋爱也不告诉哥哥？"

田瑶小嘴一噘说："哼，不认你这个哥了，哪儿有这么对待客人的，吕小军第一次进门你就这么不尊重他。"

"哪儿有哪儿有？"说着，田好赶紧从吕小军手里接过快要拿不了的东西。

吕小军不说话，只是不停地笑。把手里的东西都放下了，吕小军礼貌地向田好伸出了手，田好把手递过去。

"你好，我心目中的抗疫英雄。"

田好没想到吕小军竟然是把他当作英雄来问好的。这句话在田好这里真是太受用了，就这一句，田好在心里就把他认定为妹夫了。

这顿饭他们三人吃得非常和谐，也没谈田瑶和吕小军之间的什么事情，而是两人听田好讲了一些在武汉医院发生的感人故事。田好在他讲述的故事里多次提到蔡明月，这让田瑶听出了什么，她兴奋地问："哥，你是不是爱上蔡明月了，她爱上你了没？"

田好的脸一下子就红了，他冲田瑶"去"了一下就把话题转到别的地方了，他问吕小军："你喜欢什么运动？"

"打高尔夫，改天我请你一起去打。"吕小军说。

"那是富人运动，我可打不起，我这点工资不够玩儿两钟头的。如果上了瘾，那跟吸毒有啥两样？"田好说的是句玩笑，也是事实。

"我给你赠票赠杆。"吕小军说。

"那也不行，我是党员，在职人员出入高档会所打高尔夫，那是要挨处分的，我可不想犯这样的错误，再说我也不会打，还是不去那种地方。"田好拒绝了。

田好的酒量并不大，几杯酒下肚，脸已经红通通的了，大脑也没那么清醒了，"兄弟，你们是大户人家，财大气粗，追你的女孩子肯定得用火车拉吧，我不相信你对我妹妹是真心的。"他死死盯着吕小军的眼睛说。

"哥你放心，我对田瑶是真心的，我可以向天发誓，你说我怎么做你才相信，你叫我怎么做我就怎么做。"吕小军情真意切地说。

"我妹妹就是个普普通通的警察，你们家那么大的家业，我想知道你到底看中我妹妹什么啦？"田好和吕小军碰了杯，喝完杯中酒他又问。

"你错了，田瑶她不普通，她也是英雄，因为她勇敢地参与了'歌诗达赛琳娜号'的排查事件，从那时起我就爱上她了。"吕小军敬佩地说。

"什么？瑶瑶参加'歌诗达赛琳娜号'的排查工作了？我怎么一

点都不知道？"田好特别惊讶地问。

"是的，我参加了，在你们出发去武汉的那天晚上，你给我通话的时候我就报名了，我说我值班回不了家，实际我是在待命。我不敢告诉爸爸和你，怕你们担心我。"田瑶得意地说。

"你这鬼丫头，哥哥赞你是好样的，但是真的让我很后怕。"田好看着吕小军又说，"吕小军，如果你以后娶了她可得好好地看着她，不能让她去做危险的事情了。"

"我一定。娶了她，她就成了我老婆，我一定得把她保护得好好的。"吕小军很高兴地说。

"你就看上我妹妹这点了？"田好接着问。

"当然不是只有这点，你们家是中医世家，有个好家风，田瑶虽然性格泼辣一些，可她人好，当然长得也漂亮。"吕小军有点坏地说。

"男女之情无法说清，只要你们都是真心的，我支持你们。"田好并没在乎吕小军说什么，他已经在心里接受这个未来的妹夫了。

吕小军高兴地站起身来握住田好的手说："哥哥，谢谢你，你以后就是我的亲哥哥。"

"支持是支持，但是如果我妹妹嫁过去了，你得保证不能欺负她，她要受了你的欺负，我不饶你，杀了你都有可能，我们是同年同月同日生，她也是我一生中最宝贵的亲情。"

田好说的虽然有些像醉话，但是田瑶能听得出来，哥哥是多么爱她，一时，她感动得热泪不听话地从眼里流出了一串又一串，无声地从脸上滑了下来。吕小军伸出酒杯接住了她的一串泪水然后把杯里的酒一饮而尽，放下杯子他攥住了田瑶的手说："田瑶，我真羡慕你有这样的好哥哥，等你以后嫁给我，我要对你比你哥对你更好，我要让你过一辈子幸福的日子。"

田瑶忍不住地张着嘴"哇哇"大哭起来，田好却吼她："哭什么哭，你应该笑，你瞧哥都笑了，哈哈哈，真好，我家瑶瑶名花有主了。"

吕小军也有些醉了，这个富家公子做事低调，酒量也不大，此时的场景让他陶醉不已，他又用另一只手拉住了田好的手说："哥，你以后就是我的亲哥，我们家是有钱，有的是钱，但是钱不能代表一切，钱买不来的东西太多了，比如像你和田瑶一样的亲情，我买不到，我这辈子都买不到，幸好今生让我遇到了你们，我真是太幸运了，我们仨一起干一杯好不好？"

"好，一起干一杯。"田好说。

三个人碰杯喝了酒。为了表达自己的诚意，也为了讨好田好这个哥哥，吕小军又说："等我把田瑶娶进了家，我们生了孩子，我就让我爸先给她卡里存上一个亿。钱不能说明什么，但有时候也很能说明什么。如果以后的日子真遇到不可预测的事，钱也是保证啊。"

田好大脑还清楚，他反感吕小军说这样的话，生气地吼道："钱，你们这些富人总是拿钱说事，我告诉你，我们没钱，但是，我们是中医世家，治病救人，慈悲为怀。人要有文化，有知识，愚昧的人有了财富也驾驭不住啊，你懂吗？"

吕小军点点头，哑然了。话不投机半句多。他明白了，田家人不能说钱。每次他跟田瑶一说到钱，田瑶就急眼，他们家的人挺像的。"这就是最好的家风。"吕小军这样想着，大脑已经开始迷糊。

3

武汉在 2020 年 4 月 8 日 0 时已经正式解除离汉离鄂通道管控，被按下暂停键七十六天的"英雄之城"开始重启。江城水暖，春光复苏。

4 月下旬，为进一步弘扬科学精神，华龙市人民政府决定评选华龙市科学技术奖抗击新冠肺炎疫情特别奖，这个奖项当之无愧地给了田润章。这样一来，许多地方高薪邀请田润章去讲课，田润章都一一拒绝了，他带着新的期望又重新钻进了他的工作室，踏上了中医界更高的钻研旅途。

田好回来一边组织华龙继续抗击疫情，一边接受邀请到处演讲。

疫情没有过去，依旧得做好防护救助工作，这一点田好一点都没有忽略，只是自打从武汉回来后，他的大脑里多了一个人的影子——蔡明月美丽的身影。田好一时陷入了巨大的矛盾中，因为有冯大兴的阴影，他强压制着自己的情感，尽力躲避着蔡明月。可有些事情要来终究是要来的，他躲也躲不过去。

那天是周五，他打算记录一下一个星期以来的工作再回去，正在笔记本上写着，蔡明月走进了他的办公室。

"你好啊田队长，周末有没有时间？"蔡明月笑着问。

"有什么事儿吗？"他合上笔记本问。

"我明天要去张家口一趟，你能不能当我的司机陪我去？"蔡明月说。

"哦？什么事还要我陪你去？"田好问。

"你就说你愿意不愿意陪我去吧，不愿意就算了，我自己去。"蔡明月好像又恢复到了从前的样子，心直口快起来。

"哪敢不愿意，我愿意行了吧，那你告诉我，你干什么去？"田好还是想知道去的内容。

"走，一起吃饭吧，我告诉你。"

"好。"

田好又紧张又欢喜，乖乖地跟蔡明月一起走出了单位。他们到清河游船上吃饭，吃着饭，蔡明月告诉了田好，她在张家口一个叫德胜村的地方帮扶着几个贫困的孩子，一直在出钱供他们读书，现在想去看看他们。这让田好有些吃惊，可从心里又加重了对她的爱意。

"多么美好的一个姑娘，美丽又善良，我不能再犹豫了，我一定要抓住这个机会，什么冯大兴，她应该属于我。"田好被自己的想法逗乐了，顿时觉得自己像个孩子一样。

虽然这样想，可是冯大兴还会时不时地从某个地方钻出来骚扰他的大脑，他还是忍不住地问："你跟冯大兴联系上了吗？"

蔡明月听到这个问话并没有忌讳，"联系上了，是他主动联系的我，他说他还是放不下我，问原因，他不说，他说反正就是放不下我。也不知道为什么，悲痛过后再看他的行为，感觉他虚伪至极，而且我看得出他和谁在搞一场什么阴谋，我现在已经不想知道了，已经决定不和他继续下去了。"

田好一声不吭地听着，心里说不清是高兴还是怎么着，乱乱的感觉。清河的水位升了，风大了，水渐渐浮上来，船剧烈震动了。他们没有感觉，继续说着话。田好厌恶明月和冯大兴之间发生的事，他对冯大兴的反感只是限于过去，过去只是一种直觉，一种他解释不清楚但坚定不移的直觉，现在好像一切都随着时间的改变而改变了。

清河的水缓缓流淌着，饭后他们走下船并肩在河边走着，他从地上捡了一块石头向清河扔去，"咕咚"一声，石头沉下去，冒了个水花儿。明月出神地凝望着水和游走在清河里的游船，田好感觉清河饱含着深沉的坚韧和力量。

第二天一大早田好和蔡明月就向张家口出发了，蔡明月已经准备了几个崭新的书包和一些学习用品，连夏季的新衣服都买上了。几个孩子看到蔡明月的到来激动不已，像是已经期待了很久的样子，叫着"蔡阿姨"远远地就向她奔跑过来。蔡明月一一拥抱了他们，田好还专门为他们拍了照片。这种场景下，田好被蔡明月感染着，甚至是教育着，"我爱定她了。"他再一次肯定了自己的追求。

桑干河边，俩人踩着卵石慢慢地走着，田好向蔡明月伸出了手，蔡明月拉住了他。远处，有人把他俩当成人间美极了的风景，还按下了手机上的快门。

"明月，我告诉你一个你不知道的事情。"田好神秘地说。

"哦？什么事情？"蔡明月问。

"我看到了世界上另外的一个明月，一个正直有爱心的明月。"田好晃着蔡明月的胳膊说。

"谢谢你田好。"蔡明月看着田好说。

突然，蔡明月停了下来，她久久地望着远方，又回头望着田好，"咱们去张北大草原吧，我想骑上马在那里和你一起驰骋。"她富有激情地说。

"好，我们现在就去。"田好拉着她向停车的地方跑去。

张北的大草原上，两个人虽然不会骑马，坐在马上却也其乐无穷，马儿被主人训练得很温顺，"田好，跟我来张家口你后悔吗？"蔡明月期待地问。

"不后悔，永远都不会后悔，我保证。"田好笑着对蔡明月说。

"那我们试着谈谈恋爱好不好？"这句话问得很直接，也很狂野。

"好，非常好，"他说着，又突然冲着天空大喊了一声，"我要和蔡明月谈恋爱。"

蔡明月幸福地笑起来。在她受了那么大的伤害之后，在冯大兴和田好之间，她心中的天平渐渐地往田好这边倾斜了。虽说田好比不上冯大兴聪明，但聪明得不是地方就是一种愚蠢，冯大兴就是一个愚蠢的人。田好却那么淳朴，让她感觉一种从未有过的踏实之感。

两三天的时间，他们总有说不完的话，还以情侣的身份去参观了崇礼冬奥会的建设现场。

4

冯大兴真是一个让蔡明月猜不透的人物，先前分手分得那么彻底，现在蔡明月已经从爱情的泥潭里挣扎出来了，他却又来吃回头草，还说他还是爱着她。

这天下班后蔡明月跟田好正在一起逛商场，突然看到在远处一个卖医疗设备的门市门口有两个熟悉的人。

"田好你看，那两个人是不是冯大兴和我妈？"蔡明月指着他们问田好。

田好仔细一看，真是冯大兴，但他不认识冷婕。

"原来他俩真是一起的，我早就怀疑冯大兴和我分手跟我妈有关系，可我拿不到证据不敢瞎猜，现在终于抓住他们了，走，我们上前去看看。"蔡明月拽住田好就往那个方向走。

当冷婕发现蔡明月和田好在朝他们走来，装作没看见他们急着往一边走，蔡明月却叫住了她："妈，你去干吗？"

冷婕装作刚才没看见她，说："呀，是你啊明月，我刚才去店里谈了点器材的事儿，"她看着田好问，"你身边的这位是谁？妈能不能知道？"

"当然能知道了，他是我现在谈着的男朋友，也是我的同事田好，这次我们一起去武汉的，他是我的队长。"蔡明月介绍得很清楚。

冯大兴这时很尴尬，像是做错了事的孩子一样呆呆地站在那儿，倒是田好很大方地伸出手去，"冯大兴，好久不见了，一起去喝个咖啡吧？"

"你们都认识啊，那你们去喝咖啡吧，我先走了。"冷婕说。蔡明月能看出来母亲很不自然，这更让她怀疑她与冯大兴之间有不可告人的秘密。

冷婕一走，冯大兴的醋意就上来了。"走，一起去喝咖啡吧。"

冯大兴想，既然要去喝咖啡那就去喝，我一定要破坏你们两个，即使蔡明月不是我的，也绝对不能让蔡明月归你。

咖啡厅里，他们三人选择了一个角落，冯大兴坐在了蔡明月的身边，蔡明月躲开了他，坐在了田好的身边。冯大兴一把把蔡明月从田好身边拽起来，然后抱住了她。

"放开我。"蔡明月努力挣扎着，冯大兴却抱得越紧。

田好实在不能再忍了，他朝冯大兴吼了一声："你放开她，现在她是我的女朋友。"

"我不放，我还要她呢，轮不到你。"冯大兴仿佛被醋意熏得失去了控制。

田好知道说什么都没有用了，愤怒地上前撕扯冯大兴，冯大兴放开蔡明月和田好厮打到了一起，他们打得滚到了地上。蔡明月急得又哭又叫不知道怎么办，她蹲在地上使劲地捶打冯大兴，却被冯大兴一脚踹得滚到很远。蔡明月不顾疼痛地从地上爬起来，又去撕扯冯大兴，还一边撕扯一边骂着他："冯大兴你个混蛋，你已经和我分手了，你凭什么不断纠缠我，你是个混蛋王八蛋。"一时，他们三个混乱成一团。咖啡馆的工作人员报了警。

警察来时他们三个还在地上滚打，田好到底不是冯大兴的对手，被打破了鼻子和头，而冯大兴的脸也被蔡明月抓伤了。他们三个被带到了派出所。他们做笔录的时候，田瑶和蔡猛都赶过来了，田好给田瑶打的电话，蔡明月给蔡猛打的电话，两个人都是警察，他们来了事情会顺利些。

看到哥哥被打得头破血流，田瑶急了，她的拳脚眼看就上了冯大兴的头，被田好紧急吼住了："瑶瑶，不许无理。"

"谁把我哥打了我就得先教训教训他。"田瑶又要上，这次被蔡猛制止了。

"先别动手，咱们是警察，在所里不要动手，动手会给所里的同事抹黑。"蔡猛说出这话，田瑶才停下来。

开始做记录，三人把事情的经过都说了一遍。笔录做完了，冯大兴却突然就软了下来，他似乎很后悔刚才的疯狂，突然地当着那么多人的面跪在了蔡明月的跟前，痛哭流涕地求她："明月，我不能没有你，当我看到你和田好在一起时我才知道我有多爱你，我是因为爱你才失控的，你原谅我吧，回到我身边好吗？"

蔡明月第一次看到冯大兴这么可悲的样子，这是个机会，蔡明月冷冷地问："想让我原谅，好呀，那你告诉我，你为什么和我分手？"

冯大兴看了看周围的人，说："好，我可以告诉你，但不是在这儿，家丑不可外扬，我们得换个地方。"

蔡猛和田瑶作担保，他们就这样从派出所出来了。为了不引起冯大兴的再次失控，蔡明月即使心疼田好也没有再走近他。他们一起先到门诊把田好的伤处理了一下，然后来到了一个静悄悄的湖边，当然田瑶和蔡猛都跟着。

"说吧，这两位你大概也都认识，一个是我的弟弟，一个是田好的妹妹，他们都是家里人，不是外人，你今天把事情都说明白吧。"

蔡明月冷漠地说。

"那我可真说了，我要说了你能再回到我身边吗？"冯大兴此时可怜巴巴的样子，但他不值得别人心疼。

"说吧，别磨叽了，大家的时间都宝贵着呢。"田瑶早就不耐烦了。

"你妈不让我跟你联系，她威胁我，如果我再和你继续下去，她将让我一无所有。"

"我妈她能掌控你的生意吗？"

"能，你们都明白的，你妈是个女人，女人做生意总比男人路要宽很多是吧——"

"冯大兴，你他妈的别胡说，小心我打烂你的舌头。"怕冯大兴再说出不堪的话来，蔡猛先警告了他一下。

"放心吧，我不瞎说，我点到为止。"冯大兴接着说，"其实我有好多客户都是你妈介绍的，你妈的好多客户也是我介绍的，我和你谈恋爱，所以就觉得和你妈近，觉得是一家人。没想到我却被你妈忽悠了，她对我是有目的的，她这是在一步步控制我，她威胁我让我和你分手的时候我就明白了。我现在做器材生意才做得顺了，让我一下子就垮了我真接受不了，于是就先答应了她。我想着等我的生意做大了，我不怕她的时候再去挽回你的爱，我真没想到你竟然这么快就跟田好好上了，我接受不了，我接受不了啊明月，我爱你，你是我的，你不能跟他，你谁也不能跟，你只能跟我。"

冯大兴越说越激动，像是已经忘了刚才打架的事情，他又要上前去拉蔡明月的手，蔡明月躲到了蔡猛的身边，蔡猛向冯大兴亮出了拳头。

听了冯大兴这么一大段的话，明月很遗憾地对他说："你真是太傻了冯大兴，如果当时你拒绝了我妈，就算你一贫如洗什么都没有，我也会义无反顾，可是你却答应我妈，那说明你把钱财看得比我重要，所以我不会再答应和你重归于好的，你的人品有问题。"

"那你知道你妈想把你嫁给谁吗？绝对不是他。"冯大兴指着田好愤怒地大叫了一声。

"我知道啊，是华龙地产界大佬吕顺增家的公子哥吕小军，可是我不愿意啊，她也奈何不了我。"蔡明月平静地说，像是早就知道了这件事。但说出这话时，田瑶和田好的脸都白了。

"你妈不会让你得逞的，你得逞了她的目的就达不到了，不信你们走着瞧。"冯大兴竟然一甩胳膊，大步流星地走了。

这时候田瑶焦急地走到蔡明月面前问："你认识吕小军？"

"不认识。"蔡明月摇头说。

"吕小军是我的男朋友，你要敢对他动心思，我就一拳把你打到天上去。"田瑶无理地对蔡明月说。

"瑶瑶不许无理，明月怎么会对吕小军动心思呢，她是你将来的嫂子，这回你不用害怕了吧。"田好上前护住蔡明月说。

"唉，这也太乱了，我都给弄糊涂了，我先走了啊，都早点回家休息。"蔡猛说着，也独自向家的方向走去。

"那我也走了。"田瑶说。

"一个女孩子家别自己乱跑，万一让坏人欺负了怎么办，还是一块走吧。"田好说这话时田瑶已经走掉了。

"哥，你别忘了我是警察，我一个能打仨。"田瑶响亮地说。

"对不起，是我让你受了这么大委屈。"蔡明月摸着田好的头，心疼地问，"疼吗？"

田好摇摇头，然后把蔡明月紧紧地揽在了怀里。天空中一轮美好的明月与地上的明月相互映照，田好亲吻了蔡明月的耳垂，然后悄悄地在她的耳边说："我爱你。"

蔡明月双臂环住了田好的脖子，送上了她柔软的唇。

5

蔡猛回到了母亲的家。他正躺在床上看手机，了解当前的新冠肺炎疫情情况，听到客厅发生了激烈的争吵。

"有你这么当妈的吗？现在恋爱自由，你竟然用那么下作的手段干涉我的恋爱。"这是姐姐的声音。

"我还不是为你好吗？我一个当妈的能有什么坏心？"这是母亲的声音。

"你不是为了我，你是为你自己。"

"我怎么为自己了？"

"你想巴结上有钱人，你一切都是为了自己的利益。"

"我为自己的利益也是为了这个家，我有错吗？"

"你错得还不离谱吗？你可以威逼我，我是你的女儿，你有什么资格威逼冯大兴？"

听到女儿提到她威逼冯大兴，冷婕的神态有些不对，"冯大兴跟你说什么了？"她放低了声调问。

"他说你威逼他，不离开我就让他一无所有。"

"就这些？"

"对呀，你们还有什么肮脏交易吗？"

"有啊，他没告诉你，他收了我一大笔钱吗？"

蔡明月惊呆了，原来他们在这件事上竟然还有金钱上的交易，"你们真是卑鄙的两个人，狼狈为奸，我算看清了冯大兴，也真正看清了你，你真不配做我妈。"

"啪！"冷婕狠狠甩了女儿一记响亮的耳光，蔡明月的半边脸马上就红了起来，但是她没有哭，也没有再闹，倒是特别冷静地说："好，妈你打得好，打得我更清醒了，我不会按你的套路走的，我自己的路自己选择，用不着你为我在前边开路，请你以后不要管我的私事，如果再管，我就从这个家搬出去，从此再也不回来。"

蔡猛也听到了姐姐被打的声音，他从卧室跑了出来，冲母亲吼道："你凭什么打我姐？"

"睡你的觉去，别掺和我们之间的事。"母亲催他回屋。

"妈你是有点过分了，我也不喜欢冯大兴那个人，可这次确实是你做得不对。"蔡猛客观地说。

"能不能闭上你的臭嘴？"儿子也这样数落她，冷婕急眼了。

蔡明月已经坐到了沙发上，"蔡猛，别说了，这件事就到此为止吧，我不想再提了，你过来坐，姐姐想和你聊点别的事。"对冯大兴有了更深一步的了解，她似乎对这件事的发生已经没有太多的感觉，所以很快就能平静下来。

蔡猛在沙发上仰躺下去，把手机举到了眼前问："别跟我聊你恋爱的事，我现在突然不想听，我很烦。"

"不聊我恋爱的事，聊你恋爱的事吧，你和金小兰现在到了哪一步了？"蔡明月问。

提到金小兰，蔡猛有了兴趣，"还是那个样子，她总说突破不了我是亲弟弟的那种感觉。"蔡猛无奈地说。

"要放弃了？"蔡明月问。

"不能，我不能放弃，除了她，目前我还没发现一个我更爱的。"蔡猛很坚定。

"这次咱妈住院也多亏了金小兰，改天我开导开导她。"蔡明月说，"好了，睡去吧，现在新冠疫情缓解了，你可以睡个安稳觉了。"

蔡猛说："疫情哪里缓解了？华龙又有了新情况，滨海新区有疫情了。"

蔡明月一愣："是吗？我今天没看新闻。"

这时蔡猛的手机响了，他接了电话说："这不，任务来了，我得马上去局里。"

"你注意安全。"蔡明月嘱咐他。

"知道了。"他答着。

转眼已是 2020 年的 8 月 8 日，华龙报告新增两例新冠病毒感染者，两名感染者均与中新华龙生态城华龙海联冷冻食品有限公司冷库有关联。华龙滨海新区汉沽街、中心渔港冷链物流区紧急组织全员核酸检测。一时，华龙的情况让全国惊醒，开展对进口冷冻食品的全面检查。有一个情况，华龙有两名密切接触者，其中一个叫姚辉的小伙子在冷链打工，他现在已经回到了华龙宝河的家里。这样一来，重新使故乡的抗疫形势严峻起来。

事出滨海新区，疑似病例去了宝河。蔡猛的身上带着无畏的豪气，心又绷紧了，心中祈祷这次宝河千万别出大事。因为上次的宝河抗击疫情，蔡猛完成得不错，这次局里又要蔡猛和两个警察过去与宝河疾病控制中心协调疏散隔离。

这个夏天的雨一直下个没完，现在还在下，并且越下越大，发了大水。蔡明月和冷婕十分担心蔡猛，可偏偏在这个时候，蔡猛的电话不通了，毕竟这是冷婕的宝贝儿子，冷婕急得给蔡明月打电话，在电话里大哭大叫起来。

"妈你别着急，我现在就去找田好，商量看怎么办。"蔡明月安慰着母亲。

说是不让母亲着急，自己也急得跟热锅上的蚂蚁似的，她真担心蔡猛会出什么意外。她马上给田好打电话说了情况，田好也是先安慰她："别着急，我这就去找蔡猛。"

"你可要注意安全啊。"蔡明月哭着说。

"放心吧。"

田好跟胡书记说明了情况，胡书记想了想说："去吧，可以是公私兼办，一是看看蔡猛，另一方面代表市卫健委调查第一手材料。不过你一定要注意安全。"

田好立刻开车去了宝河。宝河，那可是他的故乡，他从小在那里长大，他曾跟着爷爷去山上采药，"一定不能出任何事。"田好在心里默默祈祷蔡猛不会有事，也默默祈祷宝河家乡平平安安。

6

这个在冷链打工的密接者姚辉，虽然被带走隔离并进行核酸检测，但他已经连累到金村的老百姓，村干部正在组织村民进行全员核酸检测。真是屋漏偏遭连阴雨的节奏，这个关键时刻，姚辉的奶奶竟然病逝了。老人也许是在心理上过于紧张，做了核酸后还没走到家里就倒地了，没来得及送医院就永远离开了这个世界。虽然下雨但天气的温度还是很高，老人去世不能在家搁着，需要下葬，可她的儿子儿媳和另外一个孙子因为跟姚辉接触已经被送到了隔离点，送葬的任务就落在了姚居德书记身上。

姚居德一边抗击疫情，一边在雨中给老太太送葬，作为一个镇支书，他不能让老人连个戴孝的也没有，于是他替老人的家人戴着孝给老太太磕头，然后去火葬场火化，全程让人用手机拍摄录像，好等她家人隔离回来见证老人走的过程。

田好到来的时候，姚居德等人刚刚给老人送完了葬。疫情的事情还没有结束，这又遇上了洪水，工作重点马上转为抗击洪水。附近水库的水位越来越高，凶险无比。

田好看见姚居德支书时，姚居德身上湿得透透的，脑袋上的白孝布还没来得及摘掉。田好心里顿时紧张得都乱了套，他失去理智似的，疯狂上前大声地喊道："蔡猛呢？"

看到一个陌生人对自己这样无礼，姚居德不高兴地问："你是谁？"

"我是蔡猛的哥哥。"田好急着回答。

姚居德这时害怕了，因为他刚才和蔡猛联系也联系不上，现在正急着想去找他呢，所以他说话有些哆嗦："跟你说啊，蔡猛带人去石猴村送粮食了，刚才我也没联系上，现在正准备去石猴村看情况。"

田好厉声问："他会不会有危险？"

这样一说姚居德真的慌了，他猛一下扯下了脑袋上的孝布，顿时手足无措的样子。田好咆哮着："走啊，赶紧去找人啊！"

可是不久大家都惊呆了，只见那滔滔大水早已漫过了通往石猴村的大桥，洪水像一头发怒的雄狮吼叫着向前奔涌。田好急得大叫起来，声调都变得嘶哑了："你这个支书怎么当的，连发洪水了都不知道，要是蔡猛出了事，我要了你的命！"

姚居德更是吓白了脸，汽车是开不过去了，人也走不过去，但他还是冲田好大声地回了慷慨的一声："蔡猛要是丢了命，我跟他一起死！"

这时，高大的铲车推土机已经从后边隆隆开了过来，姚居德支书冲着跟前的人大吼："都跟着上！"

这些跟在姚居德身后的人都齐刷刷地冲上铲车，田好也跟着爬上了铲车，铲车哆哆嗦嗦地开进了水中。经过一番与水的激烈"争斗"，终于到了对岸。姚居德下车后就是一阵猛跑，在村口他看到了石猴村的二愣正带着一群人也开着铲车往这边冲来。看到姚支书，二愣可怜巴巴地从车上跳下来，哭泣着说："蔡警察被大水冲走了，我们这正要去救他呢。"

姚居德一脚踹在二愣的身上骂："你他妈的废物，蔡警察要出了事，我要你们全家的命！"

田好现在已经害怕得快站不住了，他嘶哑着嗓子喊："快去找，就是尸体也要给我找回来！"

于是两辆铲车都开进了洪水里，到了浅水地带，田好和姚居德下了铲车在水里拼命地找，一边找一边喊蔡猛的名字。他们都在水里跌跌撞撞地寻找，走出一段后，田好突然在远处水缓一些的地方看到了一个黑点，他惊呼："那儿有人。"

田好惊叫着向那个黑点跑去，果然是蔡猛，他昏迷了，躺在一块石头上面，头上流着血。田好抱起了他，"蔡猛，蔡猛。"他拼命而又深情地呼喊着蔡猛的名字。

姚居德指挥着铲车向这边开来，田好抱起蔡猛上了铲车。经过铲车的颠簸，蔡猛在田好的怀中苏醒过来。"我在哪儿？"看田好抱着自己，他吃惊地问。

"你被大水冲走了，差点就丢命了，你要丢了命，可叫你妈和你姐怎么活啊！"田好由于激动，竟然像个孩子一样抽泣起来。

"没死就好，你抱我一会儿吧，我好冷。"蔡猛往田好的怀里缩了缩冰冷的身体。田好心疼地更紧地抱着蔡猛。

姚居德看到蔡猛醒了，没有生命危险，也喜极成悲地说："兄弟，我命真大，你不死，我也就死不了了，我带着群众去挡堤坝去了，你跟你哥先回去暖和暖和。"

"兄弟们，走，去扛沙袋挡堤坝。"一声令下，大家都毫不畏惧地向堤坝冲去。这一幕，让田好感受到了基层干部的力量。

冷婕和蔡明月已经得到了蔡猛平安无事的消息，把心放了下来。这时领导派蔡明月去友谊医院开会，部署和华龙滨海冷链感染者有关的新的任务。在医院门口，蔡明月碰到了夏诗瑶。

夏诗瑶尽管为了讨好田好送了莲年青版画，可田好对她没有爱情，所以不会出卖自己的灵魂屈服于她。

回到华龙后，夏诗瑶多次纠缠田好与她订婚。有一次她居然跟踪田好到了他的家里，田好不知道是夏诗瑶，听到敲门声去开门，门才开了一道缝，夏诗瑶便嬉皮笑脸地硬闯了进去。田好也不能打上门客，只好像平常对待客人一样客气地给她泡茶倒水，夏诗瑶竟然吵着"好热"脱掉了外衣，然后又吵着家里的热水器坏了，让田好行个方便她要蹭个澡。田好无论如何不答应，她便和田好在肢体上纠缠起来，尽情施展自己的"妖魔怪术"，想诱惑田好生米做成熟饭归顺于她。田好哪会吃她这套，因为挣脱不了她，气得当场骂她轻浮，谁知夏诗瑶还不依不饶，居然放开田好把自己的衣服脱得只剩下内衣内裤，然后威胁他说："信不信我告你强奸？"

夏诗瑶的形象在田好的眼里彻底崩塌了，她的无理和下作彻底惹恼了田好，"去告吧，不怕丢你自己的脸你现在就去告，你不知道吧，你头顶上就安装着摄像头，我本来是监控盗贼的，没想到起了比防盗还要大的作用。"田好指着头顶上的摄像头冷笑着说。

夏诗瑶恼羞成怒地穿上衣服，甩了田好一个嘴巴子愤怒地离开了。此后夏诗瑶没再去上班，据说是托门子调到了友谊医院综合办公室。这个夺爱之仇，夏诗瑶记在了蔡明月的身上。

"你怎么还没死？"夏诗瑶恶狠狠地说，"我都天天咒你死呢。"

蔡明月已经在监控上看到了夏诗瑶闯到田好家里的那一段，所以对夏诗瑶恶毒语言的攻击也没有回应，只是轻蔑一笑冲她说："怎么会死呢，我活得比你好一千倍！"

看到正有很多人往这边走来，夏诗瑶气哼哼往医院跑去。

女人得到爱就是一只小鹿，失去爱就是一只吼狮。隔了很远，夏诗瑶还在咒骂蔡明月，而蔡明月却想着和田好一起的美好。

第八章　爱情是温柔的陷阱

1

在抗击新冠疫情决战期间，田润章作为主力军中的主力，不仅仅在中国甚至在全世界都有着很高的名望。因为田家祖传秘方"菊花清肺"也起到了巨大作用，所以也在全国火爆起来。很多制药厂瞅准了这块肥肉，先是山东、河北石家庄的医药商拥了过来，要高价购买或股份合作，被田润章一口回绝了，连个缓和的机会都没有给人家。紧接着华龙清心源制药厂的董事长武清有找到田润章，打算出一个亿的专利费购买这个专利。田润章又拒绝了。

"你跟钱有仇吗，我就没见过像你这样的大傻瓜，放着一个亿都不要。"看着放着这么多钱不赚的丈夫，妻子英子感到特别愤怒。

"对你来说，钱就那么重要吗？"田润章反问她。

"当然重要了，钱能让我吃好喝好，能让我想买什么就买什么，还能让我去国外旅游，它重要得不得了。"英子回敬道。

"平时你是饿着了还是冻着了，你去旅游我没给你钱吗？什么时候少你的钱花了？"田润章没想着跟英子吵，可英子的话让他很气愤。

在田润章心里，英子是他的救命恩人，所以这些年来他什么事情都依着她、护着她，无论她怎么无理也没想和她分开。当初前妻去世，他一时承受不了，就去了外地旅游，可能是伤心过度的原因，那一天他晕倒在了一个小河边，是英子叫救护车把他送到了医院救了他。英子名叫郭为英，祖籍是山东人，因为不能生育被婆家抛弃，后来她又和别人做了半路夫妻，却被那家的儿女赶了出来。当时她是出来打工的，下班路上碰到了晕倒的田润章。田润章在医院里住了三天，英子知道他没有陪床就请假陪护了他三天，把田润章照顾得特别好，知道田润章的家庭情况后，还非常贴心地安慰他。田润章非常感谢她，也知道了她的一些情况，他们还相互加了微信。

后来英子告诉他，她所在的厂子倒闭了，如果他不嫌弃，让她去他的家里给他当保姆行不行。当时田润章家有一个钟点工，英子这么一说他答应了英子，把钟点工给辞了。英子刚到的时候表现得非常好，田好和田瑶也对她比较满意，所以当父亲说要娶英子的时候，兄妹俩也没反对。结婚后英子有了地位就改变了以往的姿态，在家里以主人自居了。但一开始她还不敢与田润章对抗，日子久了，她摸透了田润章的脾气性格，就无所顾忌了，她不能有不高兴的事情，一不高兴就背着包出去旅游，一年要出去旅游十多回。田好和田瑶对她这种不顾父亲的行为很是不满，可父亲不说什么，他们也没有过多地去干预。

这次英子和田润章的争吵也让田润章看透了英子的本质，她跟他完全是因为想不劳而获，或许是她的一项投资，想获得更大的收益。

"我这就打电话叫田好和田瑶过来，我要跟他们说说你有多么顽固，放着一个亿都不要。"英子气得跑到卧室去了。

她还真给田好和田瑶都打了电话，说让他们兄妹俩赶紧回家，说家里出了件大事情。英子先给田瑶打的，打了几次都占线，没打通。田好接到英子电话的时候，刚挂掉父亲给他打的电话，父亲已经在电话里把事情给田好说明白了，让田好不用理她的胡闹。也因为今晚是蔡明月的生日，所以田好礼貌地拒绝了她。

"你不来，到时你就等着后悔吧。"英子对田好发了飙。

"阿姨，你可要保重身体。"田好说了一句阴阳怪气的话就去接蔡明月了。

气得英子拿起桌子上的一只喝水杯摔到了地上。这些年来，她的脾气越来越大，这使田润章非常头疼，所以她要出去旅游他从来不阻拦，还支持她去。她一走，家里就安静一阵子，人老了，身体不由人，折腾不起了。

田好去接蔡明月的路上给田瑶打了个电话，把刚才的情况给她说了一遍，说如果英子给她打电话让她回去，就找个理由不回去。田瑶跟田好在电话里讨论了半天英子在这个家里存在的意义，田瑶还说想办法把她挤对走，田好说还没到那种地步，现在千万不要那么做。他想到了夏诗瑶闯到他家跟她疯狂的那一幕，所以他害怕地跟田瑶说："女人疯狂起来很无敌，咱千万不能做一失足成千古恨的事。"

但是田好无论如何都不明白，像英子这么一个没有多少文化也没有处事水平的女人，作为一个堂堂大学教授的父亲怎么就娶了她呢？

"年轻呗。"田瑶这样解释。

"也许就是这样。"田好认同了田瑶的观点。

2

田好和蔡明月早就商量好了，这个生日谁也不跟谁一起过，就他们俩，去城郊新开的一个叫"相遇"的小酒馆。这个小酒馆据说是歌手赵雷的一个伙计开的，听说有赵雷的股份，还听说赵雷会不定时地前来唱歌。谁知道是真是假呢，那只是传言。不管是真是假，蔡明月都想带着田好去一次，因为她非常喜欢赵雷的那首《成都》，也想感受一下仿成都"小酒馆"建起的小酒馆。

果然是温馨而又别致的小酒馆。夜幕下的小酒馆显得格外温柔，黄色的招牌上洒脱地写着"相遇"两个字。还未进入店中就听到里面传出来的民谣，让人充分地感受到了情侣那种浪漫的气氛。走进店中，中式的装修风格搭配上老式的木制桌椅，充满了古典的气息。

"你看，来对了吧，多好的气氛，我太喜欢了。"蔡明月高兴地拉着田好的手说。

"喜欢以后咱们就经常来。"田好幸福地吻了一下蔡明月的额头。

找了个角落的位置坐下来，点了菜和红酒，田好端起一杯红酒举到蔡明月的面前，刚满含深情地说了一句"生日快乐"的祝词，便看到了一个不想看到的人从门口向他们的方向走过来。

"她怎么来了？你告诉她的？"蔡明月脸色难看地问。

田好还没有答话，夏诗瑶和一个看起来特别凶的男人已经走到了跟前，"怎么这么巧，真是冤家路窄啊！"夏诗瑶说着凶巴巴的话，像个痞子一样故意坐在离他们不远的一个桌子那儿。

田好想说什么，蔡明月制止了他："别上她的套，她是来搅局的，咱们不刺激她。来，咱们喝酒。"蔡明月说得很小声。

田好心里很难过，本来挺高兴的一件事，却被夏诗瑶这个"瘟神"搞成这样，他觉得对不起蔡明月。

"不要难过，来，吃菜，我真没事，该来的总会来的。"蔡明月往田好的盘子里夹了几样菜。

夏诗瑶正在点菜，还不时地往这边看一眼。

"咱们走吧，换个地方。"田好担心地说。

"不换，就在这儿，今天恐怕换哪儿都不行，你没看出来她是故意追来的吗？"蔡明月镇定地说。

夏诗瑶特别嚣张，故意大声和那个凶男人讲一些在武汉抗疫期间发生的事。田好和蔡明月却不怎么说话了，就算说也是小声地说，为的是不刺激到夏诗瑶。看田好心情不好，蔡明月一直给他夹菜让他吃。没想到这个也刺激了夏诗瑶，夏诗瑶把自己桌上的小龙虾往自己盘子里夹了两只，然后端着盘子过来放在田好面前，卖弄着风骚说："田好，我记着你最爱吃小龙虾，前女友给你送过来了，你吃了吧。"

田好都要被她气炸了，压制着怒气冲她说："夏诗瑶你别张口就乱说好不好，我从来没有交过你这样的前女友，我只有一个女朋友，那就是蔡明月。"

"哟哟哟，还护着她呀，别人不要了剩下的，值得你当宝贝护着吗，田好？"

夏诗瑶越说越不像话，田好伸出去的手又被蔡明月拽了回来。

"夏诗瑶，真没想到你不要脸到这种地步，你到底想干什么，想打架还是想骂架，我今天都陪你。"蔡明月不再示弱。

"打架骂架都成啊，不过你不是先骂我不要脸了吗，那就先骂，我骂你是让男人睡烂了的妓女。"

这句话刚说完，蔡明月的手掌已经打在了夏诗瑶的嘴巴上，这一掌还非常重，夏诗瑶的嘴角顿时就流出了鲜血。夏诗瑶急了，上前跟蔡明月厮打起来，那个凶男人也急眼了，跟田好打起来。双方打成了一团。饭店里的东西也被他们打起来时不管不顾地摔了个乱七八糟。吃饭的人几乎都是一对对的小情侣，先前是看稀罕，此时已经吓得都跑到了门外。

小酒馆的人报了警，民警来时他们还在屋里滚着打，田好对付那个凶男人有点费劲，但他刚才也是气炸了，现在也打得很拼命。蔡明月跟着当警察的弟弟学过一点三脚猫功夫，打夏诗瑶可是小菜一碟，所以她还能腾出空来帮着田好打那凶男人，真是一场精彩的"武打片"。外面有大胆的男女进来拍摄，可能是在发抖音，有的人还一边拍一边解说，真是好不热闹。

警笛从远而近，不多久就到了小酒馆的门口，可四个人还在打，是被警察硬拉扯开的。随后他们被带到了派出所。

两边的家人中夏诗瑶的母亲来得最早，看到女儿被打得披头散发，脸上还有血迹，急眼了，大声喊："瑶瑶，是谁把你打成这样子了，你说，妈一定替你报仇！"

"是她，蔡明月。"夏诗瑶指着蔡明月说。

夏夫人像只雄狮一样瞪着蔡明月，恶狠狠地说："你就是蔡明月是吧？你就是那个妓女一样的蔡明月是吧，我打——"

她的话没说出来，手也没举起来就让民警控制了。看这阵势，她撒开了泼，一屁股坐在地上哭喊："你们警察也不能这样欺负人啊，你看他们把我女儿打成这个样子，你们不但不惩罚他们还向着他们，你们徇私枉法，你们不配做警察……"

她喊起来没完没了的时候，外面来了一个人，"把那个撒泼的女人先给我铐起来。"一进门那个人先严厉地吼了一声。

听说要铐她，夏夫人赶紧连滚带爬地站起身来了，然后凶巴巴地问刚才喊铐她的那个人："我又没犯法，你凭什么要铐我？你们该铐的是他们，他们打人了！"

"到这里来了就得好好讲话，谁不好好讲话就得铐上，所里有所里的规矩。我是这所的所长，今天我来处理你们打架的事，谁先说，说吧，到底怎么回事？小韩，做记录。"

夏夫人说："那我先说，就是那个田好，"她指了一下田好接着说，"我的女儿就是因为爱他才冒着生命危险跟他去武汉抗击疫情的，我女儿说田好都答应跟她订婚了，没想到这个小妖精蔡明月当了小三儿，硬生生地拆散了田好和我的女儿，今天这个小贱人还把我的女儿打了，你们看我女儿，嘴上都流了那么多血，呜呜呜，你们可得给我的女儿做主啊！"

"我从来没跟你女儿谈过恋爱，我早就对她说过我和她不合适，三观不在一条线上，可是她一次一次用那种下三滥的方式来纠缠我。"田好毫不示弱地解释。

"别说这个，你们谁跟谁恋爱跟这件事没关系，说今天打架的事，谁先动的手？"所长严厉地问。

"她。"夏诗瑶指着蔡明月。

"我懒得跟你解释，小酒馆里一定有监控，不如你们看监控吧，要不我怎么说都说不清。"蔡明月说。

"我们小酒馆里有监控，全方位的监控。"那个被一起带来的小酒馆报警的服务员说。

"好，小刘你去调监控，拿优盘拷回来，咱们今天就一起看看，疫情以来我还没看过电影呢。"所长幽默地说，拿了个椅子坐在外面等小刘回来。

监控拿来了，看着看着，夏大人拽着女儿要溜，被民警挡住了，民警说你们的事儿还没处理完呢，不能走。

这个时候，田瑶和蔡猛也过来了。田瑶认识派出所的所长，对所长说，只要夏诗瑶她们不再无理闹三分，这件事教育教育就算了吧。所长也想息事宁人完事儿，所以都狠狠地教育一回就放了人。

3

田润章这一阵子真是头疼得要命，英子一直对祖传秘方的事儿纠缠不休。田润章已经对英子明确表达了自己的想法——在这次突如其来的新冠疫情中，家里祖传的"菊花清肺"是起了不小的作用，可它的价值不能用金钱来衡量，它是无价的。中医既然是我们国家的国粹，那么"菊花清肺"就不是我们田家一家的私有财产，它是属于国家的财富，我们田家不能拿去卖钱。国家需要了，我会无偿捐出去，让它去整个的社会发挥更有价值的作用。这个，比金钱重要得多。

英子可不听这些，守着田润章哭闹，一会儿摔这个一会儿摔那个的，她也不摔很值钱的东西，就拣着不值钱的摔，茶杯什么的。田润章不理她，躺在床上生闷气。

一伙人刚从派出所出来，就有人给田好打电话，一看，是继母英子，英子说他爸刚晕倒了，叫他叫上田瑶快点回家。田好看了看蔡明月，蔡明月让他赶快回去看父亲，可别有什么事。于是兄妹俩先走了。路上，田瑶用纸巾把哥哥鼻子上的血擦了擦，还好，只是鼻子出了血，脸上并没有伤。这就是男人和女人打架的区别，男人打架打下部，女人打架抓脸。所以蔡明月的脸上也受伤了。

"哥，你别处有没有受伤？"田瑶问。

"还好，刚才肚子疼乎乎的，现在没事儿了。我虽然打不过那个人，可也没吃大亏。"田好说。

"看来今后我也得教你几招来防身，唉，真是的，夏诗瑶这人怎么那样，太过分了。"

"她一向很自我，因为在我那儿闹了那么尴尬的一出，连卫健委都待不下去了，找关系调到了友谊医院，她不甘心，心里有一口恶气出不来。"

"唉，可悲的女人。"

……

田好和田瑶赶到家才知道，父亲根本就没有晕倒，而是父亲要把他们家的祖传配方无偿献给国家，英子不乐意，正跟父亲闹腾。田好和田瑶对于父亲的想法并不感到惊讶，父亲一生为了中医药事业，他想把自己的事业让田好传承，可田好并不感兴趣，而田瑶更不感兴趣，谁都不传承，那就无偿献给国家，这是一件多么光宗耀祖的大好事。

"我特别赞成爸爸的做法，还特别敬佩他，他这种大公无私的精神是我学习的榜样，我为有这样的父亲而骄傲。"听了英子的哭诉，田好说出了自己的真心话，但也是对英子充满讥讽的话。

"我也支持，老爸也是我学习的榜样。"田瑶也跟着说。

看田家的一对儿女根本就是有意来气她的，英子突然显出很崩溃的样子哭喊起来："田润章你个没良心的，要是没有我救你，你恐怕早就没命了，当初你说你会知恩图报的，我就是听了你说这话才决定嫁给你的，没想到你这么缺德，你欺负我还不算，还让两个孩子来欺负我……"

田好刚刚在外经历了一场不讲理信口开河的争斗，现在回到家里又碰到这个不讲理信口开河的英子，他有点不耐烦了。

田润章这时从屋里走了出来，他让两个孩子坐下，然后给他们讲了当初英子是怎么救下了他的事。原来是这样，兄妹俩终于明白父亲为什么对她那么容忍了。

英子听田润章说的全是事实，得理不饶人地哭着说："你就这么知恩图报吗？把家里的财产无偿献给国家，我看你就是不想让我过得好。"

"家里不愁你吃穿，我也没亏待你虐待你，这些年我一直待你很好，是你不知足，还有你的格局太小。"田润章很无奈地说。

"你的格局大，你的格局大得看国家比看自己的女人还亲，我比你小二十啊，你怎么就不替我想想，你要是先走了，我自己没钱可怎么过？"英子又大哭起来。

英子这句话说的才是真心话，这才是她的本质，作为跟她生活在一起睡在一张床上的人，田润章早就看出了她的心思，她是一个爱财如命的人，所以他现在对她已经有所防备了。

田好心里惦记着明月，所以他待不下去了，"瑶瑶，你在家里陪着爸爸劝劝英子阿姨，我有事儿得走了。"

田瑶自然明白哥哥要去干吗，对他说："去吧，记着到药店里买点药拿着。"

"爸，今天明月不小心有点小受伤，我得去看看她，我先走了啊，你也好好哄哄英子阿姨。"田好说着，已经开始往外走。

田好刚出门走到车跟前，田瑶就追了出来，"你走了，留下我也不知道说什么，你瞧英子那样，我看着她就烦。"

田好上了车，田瑶也上了车，她让田好先把她送到局里。

"爸爸和英子是两种灵魂，一个为众生，一个为自己。"田好边开车边说。

田瑶点点头："你说得在理。"

稍稍过了一会儿，田瑶叫田好停车，田好问她为什么，她说她突然不放心老爸了，得回去看看，她怕英子会跟老爸闹腾一宿，英子年轻，老爸既年纪大又有高血压，可受不了那种煎熬。

田好靠边停了车，田瑶下车了，他在车内隔着玻璃窗目送着妹妹，心想，有个女儿真好，女儿就是父亲贴心的小棉袄，他幻想着和明月结婚后也生一个懂父亲疼父亲的女儿。

田好到了明月家门口，冷婕一看是他，故意挡在门口，"明月睡了，有事儿明天再找她吧。"她轻蔑地说。

田好看得出来，冷婕不欢迎他。他听明月说过，母亲还做着能和吕家结为亲家的美梦。田好把药递到了冷婕的手上，无奈地回到了自己的家。房子不大，却是属于他自己的住宅，他想着明月，慢慢地迷糊起来。

4

　　其实蔡明月躺在屋里已经听到了母亲驱赶田好的声音，可她浑身没劲儿不想动，这个时候她很累，也不想和母亲再发生冲突，所以就没有出来，也没有吱声。

　　如果不暴发疫情，蔡明月到了武汉去援助，冷婕和吕顺增早就安排让蔡明月和吕小军见面的事了。冷婕这人天生就非常机灵，做生意时间长了学得八面玲珑，会说又会做，一来二去让吕顺增这个地产大亨觉得和她做亲家是件很好的事。吕顺增的身体也连连出状况，他也很希望能娶一个学医的儿媳回来。

　　看到女儿和冯大兴已经彻底分手，冷婕是兴奋的，自己虽然失去了一些钱财，可未来可期。现在看来事情并不妙，女儿又跟田好打得火热。冷婕把田好归为穷书生门户之类，就算他的父亲是一大学教授那又怎么样，一个教书的也就靠死工资，肯定没有多少家底，以后在生意上也帮不了她的忙，跟她完全是两个世界的人。她现在都为吕家的家大业大着了迷着了痴，已经下了不惜一切代价也要促成这门婚姻的决心。

　　冷婕还想好了，如果这门亲事定了，马上就安排女儿和吕小军结婚，免得夜长梦多。等女儿一结婚，就让女儿辞了卫健委的职，在婆家专门伺候公婆，再就是完成给吕家光宗耀祖传宗接代的事情。现在不是有政策了吗，可以生三胎了，那就生三胎，还可以多生几个，反正吕家有的是钱，罚款也出得起，养孩儿也养得起，女儿给吕家生的孩子越多，她的地位就越巩固，到时候她这个做外婆的可能想让吕家做什么都可以。

这女人要是痴迷一件什么事情，开始可能还想得实际一点，日子久了大脑就有了幻觉，像是她想的事情都可以实现，一旦往前发展的方向有了偏离，不由得就会让她变得不择手段。冷婕现在就是这样，她早就认定自己是吕顺增的亲家，还在一些大老板面前嚷嚷着这事儿。富人家的孩子都有规矩，她认为吕小军这个毛孩子不可能不听他父亲的。

没有跟蔡明月商量，冷婕便和吕顺增商量着订下了一个酒店的包间，要安排女儿和吕小军见面。冷婕没有提前跟蔡明月说，怕她跑路，到这一天的早上才说，蔡明月那时还没起床。蔡明月非常气愤母亲又这么固执，她真想把吕小军跟田瑶搞对象的事情说出来，可反复考虑了很久还是没敢说。她现在和田好搞对象母亲本来就是非常排斥的，要说出来田瑶跟吕小军已是一对，那母亲说不定会怎么恨田家呢，非得逼她跟田好分手不可，闹不好又要做出极端的事情来。有了和冯大兴的前车之鉴，又感受到了母亲为了利益可以不择手段，蔡明月真有几分害怕了。她已经深深地爱上了田好，她不能再失去他了。于是就假装答应了。

冷婕还派了两名她公司的女员工来，说是让她们陪着蔡明月去商场买一身漂亮大方上档次的衣服，因为蔡明月平常穿衣服太随意，不懂穿衣打扮的技巧。这两名女员工一大早就到了，在客厅里等着蔡明月起床。表面是来陪着逛商场，实则是看管和监视着她来了，蔡明月明白的。母亲已经认准了的道轻易不会回头的。所以蔡明月在被窝里磨蹭着不起，实际她是在想办法逃脱。她在被窝里跟田好发信息，说了母亲让她跟吕小军见面的事，让他想办法帮她脱身。

"我帮不了你，我没有办法，你去吧。"田好回信息说。

"好，你让去我就去，你要不怕我抢了田瑶的对象，田瑶找你这个哥哥算账就行。"蔡明月知道田好在生气，也故意回了一条气他的信息。

田好当然说的是气话，看到蔡明月也生气了，赶紧道歉：

"好好好我错了，你别着急，这个好办，吕小军在跟我妹妹谈恋爱，我打个电话给妹妹或者直接给吕小军说，让吕小军不去就行了。"

"不行啊，你千万不要对你妹妹说这件事，万一你妹妹在这件事上想不开，对我和我妈有了不好的看法，那咱们俩相处就不会那么顺利了。"最近发生的一些感情上的事，让蔡明月开始对好多事情都有了顾忌，她不想再徒增一些无谓的麻烦。

田好想了想又想到一个计谋。华龙一所中学要求请武汉抗击疫情的优秀代表到学校作报告，田好说他去给领导商量一下，让她跟他一块去演讲，让办公室亲自给她打电话下通知。

这个办法是个好办法，蔡明月很高兴，让他快点去办。

蔡明月又在床上磨蹭了一会儿才开始穿衣服，穿好衣服又磨蹭着去餐桌那里吃早饭。正吃着早饭电话响了，蔡明月把电话按下免提，故意想让母亲听到。电话是卫健委办公室的小刘打过来的，说去作报告的另一个人有急事去不了了，领导让她替上，稿子已经写好了，让她9点到单位先排练一下，11点正式出发。

"妈你听到了吧，我有任务了，要出去作抗疫报告。"蔡明月心里欢喜，表面却不表露出来，装作很无奈地说。

冷婕早就听到了，很恼怒地说："什么破单位，大周末的作什么报告，不能去，给我你们领导的电话，我亲自给你请假，这好不容易才安排好的事情怎么能轻易改变，不行，绝对不行！"

"不行能怎么着，你女儿现在还归人家管，你想给领导打你就打，给哪个领导你说吧，是胡书记还是赵副书记，他们都脾气不好，反正我不敢打电话，你打吧，我现在就把两个书记的电话都给你找出来。"蔡明月说着就去翻手机。

"唉算了算了，你去吧，我给吕家说清就行了，下次再安排。"冷婕无可奈何地朝她挥了挥手。

蔡明月到了单位，田好已经在那里了，正在捣鼓他做的小视频。看田好没有精神，她到自己办公室为田好倒了一杯速溶咖啡。因为慌张，咖啡递到田好跟前时晃到了田好身上。

"怎么老这么笨手笨脚？"田好可能为她母亲让蔡明月去跟吕小军见面的事还耿耿于怀。

"我就是笨，你还洁癖呢，谁都有个缺点不是。"蔡明月故意气他。

"怎么？嫌弃我洁癖了？要不是我洁癖，在武汉能发现你防护服的隐患吗？"田好不服输地说。

"哼，要不是我笨，你能爱上我吗？"说出这句话，蔡明月忍不住地笑了，"好了好了，我现在就去给你买一件新衬衫。"蔡明月爽朗地说。

"不用买，我办公室还有一件。"田好说。

"办公室那件不是我买的，今天非得给你买一件新的，不买我过不去这一天，我有固执癖。"蔡明月哈哈笑着已经出了门。

蔡明月果真跑出去找她一个卖服装的同学在她的店里拿了一件回来，她要让田好穿着她买的衬衫去演讲。

5

冯大兴在接受冷婕一笔和蔡明月的分手费之前，生意上确实不尽如人意，现在似乎有了些好转。做生意就是这样，做好了一天可能赚个公司，做不好一个公司有可能在一天内垮掉。生意一有好转，他对蔡明月的心便又活泛起来。在他内心，他忘不掉蔡明月，毕竟他们有好几年的感情基础，哪儿能说忘就忘。再就是他对蔡明月跟田好在一起这件事情太排斥，蔡明月跟谁谈恋爱都好，偏偏跟田好谈，田好是谁，那是他半生的仇家冤家死对头。虽然田好和他的父亲在武汉救了他的命，他根本没打算知恩图报，他认为田家的祖宗偷了他们冯家祖宗的祖传秘方，他能得到田家的救治是老天有意安排来补偿他的，并不是他们田家的心有多好，有多大度，有多善良。如果田好没有和蔡明月好，那这笔账可能他就不算了，以现在的情况看来，这笔账还得算，他不能让田好就这样把他的爱人掠走，他要把蔡明月从田好手里夺回来，不夺回来此生难安。

冯大兴还听说冷婕安排蔡明月跟吕小军相亲了，但是没相成，田好暗中给搅了局，他也暗自庆幸。现在他每天都被蔡明月和田好的事情弄得头疼，看到他秘书——精眉俏眼的赵玫玫过来，他就忍不住地问："赵玫玫，你给分析一下，蔡明月有可能真心爱上田好吗？"

赵玫玫暗自一笑说："她真心不真心我哪儿知道，你应该知道才对，你跟蔡明月都好了好几年了，她真爱你还是真爱田好，你心里也应该有个谱。"

"我琢磨着他们的感情并没有那么牢固，我能感觉到蔡明月是多爱我，我离开她到武汉去，她都不顾生命危险追到武汉了，你能说不真？"冯大兴得意地说。

"你认为真就真。"赵玫玫说。

"还有明月跟吕小军，我觉得那就不可能，明月跟吕小军根本不是一条道上的人，是冷婕做美梦罢了，我猜想冷婕可能和吕顺增有一腿，她是做不了吕家的正室了，才想着让明月去做吕家的正室去霸占吕家的财产。我算是看透了，冷婕这个女人胃口大着呢，不可估量，我现在真是怕了她了。"

冯大兴毫无隐藏地对赵玫玫说着他的猜测，也说了自己的想法，他不会放过蔡明月。可现在蔡明月根本就不理会他，微信和电话都拉黑了，没有办法，他就直接找到了蔡明月的办公室。天不作美，蔡明月跟田好出差演讲还没有回来。

当蔡明月过了一天回来上班时，她在自己的办公桌上发现了一个东西——一只华丽的凤凰木雕。凤凰雕塑，她一眼便认出了这是当年她与冯大兴热恋时她送给他的生日礼物。

"冯大兴来过办公室了？"她一扭头，果真发现冯大兴手捧玫瑰不知从哪儿走了出来。

她吓了一跳，马上明白冯大兴想借助这个凤凰雕塑引起自己对往事的回忆，对旧情的眷恋。

"别枉费心思了，我不可能再回头了。"蔡明月的态度十分坚决，根本不接他递上来的玫瑰。

"我一定能让你回头，因为我们有爱情，我还深深地爱着你。"

冯大兴把花放在办公桌上，上前就要抱蔡明月，蔡明月一把把他推开了。"冯大兴，你能不能知点趣，你不知道吗，我现在爱上田好了，我们都商量着要结婚了，你不要再来找我的麻烦了。"蔡明月生气地说。

"你不可能这么快忘记我爱上田好，你们才相处了几天，我们可是相处了几年了。"冯大兴自我解释说。

"错，我和田好认识的时间比跟你认识的时间长，我一到这里上班就跟他是同事，这么多年来我见证了他的人品和能力，他在我最伤心的时候安慰我、关心我，所以我才会这么快爱上他，其实我心里早就对他非常地敬慕了，只是有你在的时候我不知道那是爱情，你不在了我才知道他早就驻扎在我的心里了。"

蔡明月这一段话深深地刺激了冯大兴，"他的人品和能力？他有什么人品有什么能力，他家祖辈就是盗贼，他家的祖宗盗了我家祖宗的祖传秘方，现在他爹靠着这个祖传秘方可是赚够了全国人民的眼球，他们田家应该感到羞耻才对，却还觉得是件风光的事，可耻可悲。还有你说的能力，他不过是一个小处长，一个月拿着那么点薪水，就算当个这里的一把手又算得了什么，说出的话还不如我手里的一把钱管用，我呸他个能力。"冯大兴几乎疯狂起来。

蔡明月真不敢再刺激他了。田好遇到了个夏诗瑶，她又碰到这么个冯大兴，她觉得俩人真是倒霉透了，晦气得不得了。"赶紧走吧，我要上班了，马上就要开会了。"蔡明月下了逐客令。

"我不走，除非你答应我跟我好，否则我就在这里大闹，把咱们俩的事都说出来，包括在床上的事。"

冯大兴用这种下三滥的话威胁，蔡明月真是气得都想把他一下子整死。但她为了息事宁人，还是稳了稳自己的情绪，很平静又一字一板地跟他说:"冯大兴,我服你了,你厉害,我惹不起你,可是你做的龌龊事我也知道,我妈用钱收买你跟我分手,从你接收她的钱那一刻起你就已经出卖了自己的灵魂,就不是我爱的那个人了,你不觉得你作为一个大男人做这样的事情是可耻的吗?还来这里威胁我。你要是个男人你就赶快走,免得成为卫健委的一个笑话,要觉得自己就是个软蛋,那你随便,我不怕。"

说完,蔡明月走出了办公室。冯大兴说的当然也是气话,他没有勇气在这么大一个单位丢脸,所以尴尬地离开了。蔡明月在楼上的玻璃窗内望着冯大兴走在楼下那种颓废的样子,真是感到他挺恶心的。这时她心情特别郁闷,不由得走到田好的办公室,田好却不在,也不知去了哪里。蔡明月感觉得出来,田好近期一直逃避着她,似乎在生她的气。

6

蔡明月自然知道田好为什么生她的气,因为田好误会了她,也不仅是田好误会了她,连田瑶也误会了她。一场不想打草惊蛇的见面却打了草惊了蛇,这让蔡明月苦恼不已。

这得从蔡明月的母亲那里说起。因为疫情的影响,冷婕的公司此时也出了问题,资金链断了,连工作人员的基本工资都发不出了,眼看走了下坡路,冷婕急了,她急着想把蔡明月嫁给吕小军,然后想先得到一大笔彩礼来救急。而蔡明月已经跟母亲表示了,她现在和田好在谈朋友,不可能跟吕小军走到一起,还把吕小军正在跟田好的妹妹田瑶搞对象的事也说了,让母亲就死了那份心,该干吗干吗去吧。

一听说又是田家,冷婕又失控了,把田家乱七八糟地大骂了一顿,紧接着开始对蔡明月实行软硬兼施的手段。先是装可怜,居然不顾母亲这个身份给蔡明月下跪,悲悲切切地求她:"明月啊,你不能不管妈妈，现在妈妈的生意不好做，资金链马上就要断，正和吕顺增搞合作，你不能在这个节骨眼上扯妈妈的后腿。妈妈做到现在有多不容易你知道吗？这一切还不都是为了你和蔡猛吗？你爸爸滚到美国去了不管你们，是妈妈含辛茹苦地把你们带大的，你不能这样不管妈妈。"

　　妈妈以前也向明月打过苦情牌，忙是忙，不忙了就开始唠叨，一累就向她和蔡猛诉苦。不过平时母亲可没有给蔡明月下过跪，这苦情牌打得有点过重了。母亲诉苦时，蔡明月一直往起拽她，她就硬把身子使劲地往下坠："你不答应我，我就不起来。"

　　这时冷婕和蔡明月的身份像是互换了，冷婕像一个淘气的小孩子要吃什么好吃的东西，因为妈妈不给她买而耍赖，不达到目的就不起来，一点都不在乎自己的尊严。蔡明月不能让母亲这样给自己跪着，就赶紧答应了母亲。这一答应，母亲马上就破涕为笑，给吕顺增打电话安排让蔡明月跟吕小军见面的时间，还安排得很顺利，就在明天，在"筑艺咖啡"。

　　蔡明月看母亲得意地跟吕顺增打着手机，心里自然是翻江倒海般不舒服。母亲一挂电话，她就跟母亲解释："妈，你太性子急了，见面这事不能这么急，我和田好正谈着，就是要分手也得有个时间，你不能让我脚踏两只船，这样做太不道德了。"

　　冷婕吼她："什么叫脚踏两只船，你现在就打电话跟他说分手，一句话的事。当初我跟你爸离婚那么大的事都是一句话的事，说离就离了，更不用说分手这么小的事了，一个电话就把事办了。那个田好有什么好，一个挣死工资的人，就算当个官又能拿多少钱，你得看清当下的形势，跟着田好你得不到幸福，嫁到吕家才是你正确的选择。"

　　"妈，我和你的世界观不一样，我没那么在乎钱。"蔡明月苦不堪言地说。

　　"你的世界观那不叫世界观，那叫不听老人言吃亏在眼前，妈走过的桥比你走过的路都多，妈什么都经历过，所以妈有经验，也是这个世界上唯一一个不会害你的人。"冷婕训斥着女儿。

　　看母亲这样固执的想法，蔡明月不想跟她再争执下去了，她想找田好去商量这事。冷婕自然知道这大周末的不用上班，她是要去找田好，趁蔡明月换鞋的工夫，她挡在了门口。

"现在不许出去，在明天见面之前都不许出去。"冷婕一副拦路大盗的样子。

蔡明月脱掉刚穿上的鞋回到沙发上，背一挺倒在了上面。她对母亲这样的权贵思想简直忍无可忍，"妈你知不知道，你的思想这样下去在做生意方面会很危险，做生意还讲一点诚信、讲一点忍让呢，你对女儿都这个样子，我觉得你在做生意这方面也不会强到哪儿去，你说你的生意不好了，我看就是你太自私的缘故，是自私把你的生意给做黄了，我看这生意你不要再做了，你在家好好待着吧，我养你。"蔡明月气愤而又无奈，说话的语速慢悠悠的，可对抗的态度是明显存在的。

女儿对自己的褒贬已让冷婕的脸上搁不住了，她跑到卫生间从里面拿出了一个刮眉毛用的刀片，当着蔡明月的面就在手腕上割了下去，蔡明月脸都吓白了。"妈，你别这样，我答应你，我全答应你。"蔡明月大叫着，赶紧上前夺掉母亲手里的刀片。

鲜血已经从冷婕的手腕上流了出来，万幸割的不是大动脉。蔡明月拿药棉给母亲消了毒，然后贴上创可贴。母亲瘫软地倒在女儿的怀里，哭得泪眼婆娑，欣慰地说："明月，我就知道你不会不管妈的，你是妈最好的女儿。"

冷婕暂时赢了，蔡明月也不相信自己会输。她答应母亲和吕小军见面也是缓兵之计权宜之策。她想她一个人答应也没用，吕小军那里说不定也有不同意见，吕小军现在正和田瑶打得火热，这种感情不可能说不要就不要了，他也不一定听父亲的，所以心里也不是那么着急。接下来，为了不让蔡明月跟外界联系，母亲把蔡明月的手机也没收了。蔡明月想，不跟田好和田瑶说这事也好，不让他们知道，偷偷地跟吕小军见个面把这事支应过去，也趁机跟吕小军认识一下。

吕小军这儿，也不知道冷婕给吕顺增灌了什么迷魂汤，也正在威逼吕小军跟蔡明月见面，吕小军也是为了防止田家兄妹对他产生误会，不敢把这件事情对他们说。这样的情况下，蔡明月和吕小军被安排在咖啡厅见面了。

蔡明月和吕小军以前并没见过面，但有田好和田瑶的关系，似乎两个人一见面又像是老朋友。他们热情地握手，心照不宣地相视一笑。他们也清楚，虽然这张咖啡桌上只有他俩，另外一张桌上却有好几双眼睛在盯着他们，所以他们把声音压得低了再低，几乎只有他们两个才能听到的样子。他们点了咖啡，咖啡也上了桌，然后谈话就开始了。

"我们不妨做一对好朋友吧。"蔡明月一点也没有拘束。

"那可不行。"吕小军却挺一本正经。

"怎么了？不愿意跟我交朋友？"蔡明月一愣，心还很不安，如果吕小军不肯跟她交朋友，那么她的计划就不能实施了。

"不愿意。"吕小军仍很严肃。

蔡明月的脸由红变白了，心也一沉，"完了完了。"她在心里为自己叫苦。

吕小军喝着咖啡，用余光瞟了蔡明月一眼，却暗暗在笑。

"我们都要完了，我肯定得嫁给你了，你不娶恐怕也过不了你老爸那一关，我不嫁也过不了我老妈那一关。"蔡明月说着轻松，实际她真的很难过。

"我肯定不娶你。"吕小军还在严肃。

"唉，那我彻底死定了，我要回去上吊。"蔡明月动也没动杯子里的咖啡就拿起包站了起来，她是觉得既然吕小军不跟她做朋友，那就没必要再谈别的，她觉得一分钟都坐不下去了。

看蔡明月真相信了自己说的话，吕小军笑了。他一笑，蔡明月又坐了回来。

"吕小军你什么意思吧！你是不是在逗我？我那么好逗吗，我现在都快郁闷死了。"蔡明月端起咖啡一下倒进了嘴里。

"我们不能做朋友，但是可以做亲戚，你想想是不是？"吕小军神秘地说。

蔡明月终于明白他了，拐了八道弯就是在逗她，"没像你这么欺负人的，我得叫田好把你揍一顿才解气。"蔡明月说。

"田好才不敢揍我，因为他揍不过田瑶，田瑶能把他打趴下。"吕小军笑了。

"好了，咱们不说无关的了，说说正事儿，你得帮我一下，要不帮我，这非得出人命不可。"蔡明月郁闷地说。

"说吧，到底让我怎么帮你？"

"我妈啊，就是瞅准了你们家的钱，她现在生意上快扑腾不开了，就死也要缠上你家这个大户，我说了不行，她就要割腕自杀，我想她可能也真是走到一条深沟了，不如你就帮她一把吧，也等于拉她一把，把她从深沟里拉出来，让她能顺顺当当干生意，比现在干得大点，可能她就不威胁我嫁有钱人家了。这个忙你一定得帮，要不咱们就成不了亲戚了。"

"那肯定没问题，放心吧，准嫂子，咱们现在是一家人，不说两家话，这事包在我身上，我回家给我爸做工作，给谁投资都是投，何况是自家人。"

蔡明月没想到吕小军答应得这么痛快。"真的啊？那太好了，我该怎么感谢你呢？"蔡明月兴奋得都站了起来。

这件事本来是件大好事，可吕小军却嘴贱了，把这事给田瑶说了，也没说清楚，田瑶就认为他们相亲了，生起气来。田瑶跟田好也说他们相亲了，田好也生起气来。

这边生着气，吕小军那里却并不顺利，他跟父亲说这事时，在这件事中他看出了冷婕的心计。吕顺增能把生意做得这么大，他一是靠能力，二靠是诚信，像冷婕这样一个算计人的女人，说什么都不能跟她再有做亲家的想法了，也坚决不同意给冷婕这样的人投资。

吕小军里外不是人，他找田好出来喝酒，田好心情也不好，两个人都喝了个大醉。一个躺在地上，一个躺在沙发，一个叫着明月，一个叫着瑶瑶，真是一个滑稽的场面。就在这时，田瑶过来了，她是找哥哥说这事的，她也觉得自己有点多疑了，没想到会看见这样的场面。田瑶又打电话把蔡明月叫了过来照顾田好。

　　酒后吐真言，虽然人醉了，大脑却是清醒的，吕小军把自己的想法真真实实地跟田瑶说了一遍，解开了和田瑶的误会。田好跟蔡明月说，他会找同学帮助她的母亲。四人又和好如初了。

　　随后，吕小军想办法说谎话从父亲那里搞到了一笔钱，投资给了冷婕，这才让冷婕的公司暂时有了缓解，所以蔡明月和吕小军的事也暂时搁置起来。

第九章　在困境里负重前行

1

商场如战场，官场依然如战场。

还有一句话是日本作家东野圭吾说的——世界上有两样东西不可直视，一是太阳，二是人心。

田好在官场上就看到了一些不能直视的人心，他在仕途上被人绊了一脚。

秋天到来了。这一时期，华龙卫健委考察提拔干部，田好和张维亮都是备选，竞争副县级，呼声最高的是田好，都觉得田好做起事来比较稳重，顾全大局。田好也觉得自己比张维亮的能力要高那么一截，再说了，去武汉的医疗队，张维亮也是副队长啊。所以田好对这次提拔胸有成竹。蔡明月等着给他设宴庆贺了。明月真心希望这一天早早到来。可是提拔名单一出来，田好心中咯噔一下，脸白了，眼直了，心里比岔一口气还疼，结果竟然不是他的名字，而是张维亮。这让他受了不小的打击。

正在他伤心纳闷之时，有人议论起这件事，说田好落选完全是因为一封实名举报信。举报信中说，田好在武汉带队期间，在那么危急时刻不专心工作，还在网上打扑克。说到实名举报，田好一下子就想到了夏诗瑶。他一时气不过，直接打电话质问夏诗瑶，夏诗瑶供认不讳："是我告状了。"

"你不是不爱我吗，我也不打算爱你了，是你和蔡明月逼得我在卫健委待不下去了，我也得为你们做点什么吧。你让我这么不好过了，你也别想着好过，我这叫'以眼还眼，以牙还牙'。"夏诗瑶还十分得意地跟田好叫嚣。

"你卑鄙无耻。"田好气愤至极喊了一声，就把打给夏诗瑶的电话挂掉了。拿夏诗瑶这样的人无可奈何，田好就找到了胡书记。胡书记当然知道田好找他的原因，请他坐下，关上门，想跟他好好地谈谈心。可田好现在没有心思谈心，也很不耐烦，他向胡书记直言道："胡书记，我得跟你说说那封举报信的事。"

"说吧。"胡书记也很理解田好。

"夏诗瑶一直追我，我不喜欢她，我觉得她品格不高。到武汉去时，她非去不可也是为了我，这我承认，可那不是我让她去的，她在武汉一次次地跟我表白，我都拒绝了。回到华龙，她用下三滥的手段逼我就范，我还是把她挡在了身外，后来她看到我与蔡明月谈恋爱，疯狂地一次次找我们'算账'，也没沾到什么光。所以她就打击报复我，栽赃陷害我。"田好说着，眼眶都红了。胡书记不接话，还给他倒了一杯水，让他继续说。

"我承认在武汉我是在网上打过扑克，可那是在休息时间，我想让自己的大脑减减压，我又没影响工作。"田好委屈地解释着。

胡书记听田好说完，点了点头意味深长地说："田好，我也认为清闲休息时在网上打打扑克不是大问题，但我明白地对你说，这次如果提拔了你，接下来还会出现一些这个那个使卫健委不稳定的问题，综合考量一下，就得先舍弃你。不过你千万不能气馁，我特别看好你，你的前途很光明，一旦有机会我就会为你争取。"

胡书记都把话说到这份儿了，田好也没再说什么，但他还是释怀不了，内心极为痛苦。他回家跟田润章诉苦，还说领导都不顾忌父亲这个大人物的面子，故意刁难田好。

正好赶上傍晚，父亲去厨房简单地炒了两个小菜，父子俩喝了起来。英子不在家，想必是又出去旅游了，田好没心思问父亲这个。喝着闷酒，田好跟父亲讲述了落选的整个过程。田润章没有直接接着他的话往下说，而是慢悠悠地讲起了自己对中医的一些感悟。

"年少时我还在学校念书的时候，每次上中医基础理论就感到老师太平庸，因为老师讲的课还没有你爷爷给我讲过的精彩，什么金木水火土，什么阴阳相克之类，跟治病救人一点都不沾边，内容枯燥乏味，感觉丝毫没有新鲜感和激情感，所以也不怎么好好听。随着毕业后年龄一年又一年的增长，看人看事都随着时间的推移发生着巨大的改变，有的甚至是相反，曾经认为很重要的人或事已觉得不那么重要，曾经很想得到的，得到后也觉得不过如此。这样日复一日年复一年进行着惊人的重复，有时就自然地想到了当初老师讲的中医基础理论，在初篇提到的万事万物相生相克，即金木水火土相生相克，阴阳相互消长，即此消彼长。有一天突然顿悟，甚至惊叹，原来早在几千年前，古人就用朴素的中医基础理论指导总结了所有事物发展变化的规律，极具智慧。金木水火土相生相克放在我们现代生活中处理人际关系上也是十分有智慧的。在我们的一生，会遇到各种各样的人，有欣赏我们愿意帮我们的，便是生命中的贵人；有压制我们处处刁难我们的，便是克己。克别人的，也必有人克他。人和人的关系就好像金木水火土相生相克一样，所以遇到逆境也不必气恼，这是正常的自然规律。如果再让我去听中医基础理论课，我的理解肯定不仅仅停留在简单的医学层面上，会延伸至如何做人与做事。遗憾呀，我已没有机会再接受老师的教导。"

田润章讲到这里，端起酒杯和儿子干杯。其实田好在父亲讲这段话的时候已经尽显出了自己的不耐烦，只是出于尊重长辈不打断而已，已经独自饮了三杯，田润章也看到了，但也没阻拦，还是继续讲下去了。父亲讲完了，田好终于逮住了发牢骚的机会。

"爸，你说我休息时间在网上打个扑克怎么了，我又没影响带队，也没影响治病救人，领导不找我问情况，居然被一个女人的胡言乱语左右了，我就是想不明白，我就是不服气。"田好又独自灌了一杯酒。

"如果是真相，这就是官僚主义，官僚主义能把国家害苦，也能把一个单位害苦，还能把想干事的好同志害苦。"田润章不紧不慢地说。

田好皱着眉头说："国家反四风，其中就有反对官僚主义，按理说，多少腐败官员被查，上边决心够大了，为什么还不能根治呢？"

"我看你的事情也未必都是官僚主义，领导也有可能考虑着别的事情。天下将是将才，帅是帅才。懂业务的人，不一定能够当好领导，你是我儿子，你的事父亲懂，我认为你是帅才，不是将才。你想想，张维亮是不是比你某个领域要强一些？或许这次单位需要的是张维亮那样的将才吧？"田润章点拨他说。

"田维亮是将才？现在回想在武汉的时候他的种种表现才明白过来，他原来就是笑面虎、马屁精，他表面上对我尊重的配合其实就是一种对我的迷惑，他是狗屁将才。"田好恨不得用天下最解恨的词来形容张维亮。

"好好，我知道你心中为什么痛苦，你之所以痛苦，都能够用中医化解。中医不是一个单纯的医学问题，还有人文内涵问题。中医和中国传统文化是一体的，不如你好好地研究一下中医，等你研究透了，你的思想也就透了。"父亲总也离不开中医这个话题。

"我现在不想听中医，我现在就很郁闷，我郁闷得要死。"田好又一连喝了两杯酒。

田润章还是没有阻止他喝酒，而是接着说："学医者应该通儒书，学儒者也要明医理，读素问，读本草，读脉经，方能懂得其中的要妙。元代医书《九灵山房集》便有'医以活人为务，与吾儒道最切近'的言论。清初著名医家喻昌所著《医门法律》中也写道：'医之为道，非精不能明其理，非博不能至其约。'自古以来，善为医者，不仅治病救人，也能以医理论国事，治病与治国治人，融会贯通，一脉相承。从这个意义上说，中医是治人的。你多多学习中医，即便你没有子承父业，也会受用终生的。"

姜还是老的辣。父亲万变不离其宗，田好只一边独饮一边静听。

田润章继续说："现在虽然反腐败力度特大，但是，我估计个别暗道还是通的，人性嘛，为什么通报干部被查时，总有不收手这个词啊？这就好比人的身体，有的人脉络通了，有的人经络还有不通的地方。你私下的功课做得不够，你光认为武汉抗击疫情当队长冲在前锋就是功臣，你认为你踏实做事就是能力，你认为你是我田润章的儿子就可以在官场畅通无阻啦？非也，非也——"

父亲前边的话田好听不进去，后边的这一席话他却听得很认真，也很受用。他不由得对父亲刮目相看了，他也顿然明白，治病需要中医，在官场里如何做人也同样需要中医智慧。

田好没有输得血本无归、一败涂地。其实，他还有再次崛起的机会。父亲的中医智慧，他听着新鲜，还是不懂。

海洋的痛苦，海鸥无法安慰；菊花的痛苦，盘山无法安慰。

田润章没有明着说田好的仕途之挫是怎么回事，而是以一个中医的眼光透露出了一个重要的他没有想到的信息——田好还是锋芒过露了。外部所有问题都会出于自身。

田好一愣："我自身？"

田润章说："是啊，你在单位有了漂亮恋人明月。你和父亲在武汉出尽了风头。凭什么呀？人家不嫉妒吗？"

田好倔倔地说："这是我干出来的，实至名归啊！"

田好的情绪和木讷，弄得田润章五味杂陈，心事沉沉。他接连打了几个喷嚏，解释说："傻孩子，天下哪有那么多实至名归啊？"

田好对田润章的话半信半疑。但是，单位的风言风语传到蔡明月耳朵里，就是张维亮可能贿赂了领导。捕风捉影的猜测，蔡明月还是跟田好说了，凭田好对张维亮的了解，田好也觉得这很有可能，因为他听说张维亮的母亲姚碧彩是个八面玲珑的女人，张维亮只是个大专毕业生，当初能从一个乡镇卫生院调到卫健委来就是他母亲给跑的关系。

蔡明月要替田好找到证据。在单位，有人把她比喻成精灵般的蝴蝶，飞到哪里都会讨人喜爱。她出马必有收获。果然有了张维亮晋升的幕后证据——他给领导送礼了，这样的证据貌似坚不可摧，实则虚弱无力。知道这些那是因为金小兰，金小兰的父亲和张维亮的母亲在同一个单位，所以有一次她跟金小兰说起张维亮的时候金小兰告诉她的。蔡明月很替她的心上人打抱不平，她通过金小兰去打听张维亮这次提升的内幕，还真打听到了，果然是张维亮走了暗道。

胡书记的妻子叫秦岚，在华龙是个小有名气的画家，专门画花鸟，去年美协换届当了美协理事。她开着一个画廊，一边销售别人的画，一边自己搞创作。据说张维亮的母亲姚碧彩到秦岚的画廊里去买画，对秦岚的画给予了至高无上的赞赏。赞赏过后，姚碧彩又跟秦岚拉关系，说自己的儿子在卫健委工作，特别喜欢油画，儿子要过35岁生日了，她想买几幅好的油画送给儿子当作礼物。秦岚自然明白这个女人知道自己的丈夫是卫健委的领导，但她不明说，这是暗地里讨好来了，所以也不跟她说丈夫，只跟她谈画。秦岚对自己的画并没有过多地介绍，而是着重给她介绍了一幅油画大家陈逸飞画的《箫声》。她说这幅《箫声》是她通过无数的关系好不容易才搞到的，花了好几十万呢。言外之意她是在考察姚碧彩的经济实力，没想到姚碧彩毫不含糊，当即决定买下来给儿子当礼物。秦岚还故作舍不得卖出来，想自己收藏。姚碧彩毫不含糊地出大价钱故作一心想买，最后花了九十八万终于把画买了。这样一来，张维亮既把钱送到了领导手上，双方还都不落下任何把柄，可谓是两全其美。

"可这样间接的贿赂算不算贿赂？"蔡明月疑惑地问田好。

"怎么能不算呢，明摆着的是雅贿。"田好愤愤不平地说。

"什么叫雅贿？"蔡明月问。

"你可以在网上查一下，查一下就明白了。"田好说。

蔡明月马上拿起手机打开浏览器查了"雅贿"这个词，果然有，对雅贿的解释是这样的：现在官场上贿赂方式产生了新变种，行贿人不再送官员真金白银、香车豪宅和有价证券，改而送天价香烟、名家字画、珍奇古玩、周鼎宋瓷等，由于"雅贿"需求的不断膨胀，现已形成一个官员特种奢侈品产业链。

这让蔡明月很震惊，她母亲也做生意，从来没听说过她给人送过这些"雅贿"。"你告状吧，我支持你！"她也特别气愤。她为自己不计后果的任性，找到一种借口和意义。

"这个不能轻举妄动，我回去再跟父亲商量商量。铲除腐败是应该的，但是胡书记确实对我也很好，我不忍心拉他下马。我如果迈出了这一步，我在卫健委就没法待了。"田好有些担忧地说。

蔡明月说："此处不留爷，自有留爷处。这样窝窝囊囊地混日子，还有意义吗？"

田好看着蔡明月，感觉她还是有个性的。他的话掷地有声："你可想清楚了，开弓没有回头箭，我们两人都在一个单位。到时别后悔！"

蔡明月因为爱而陷入悲愤泥潭不能自拔。过了一阵，她说："你说得也有道理，这事要慎重。我能看得出来胡书记一直很器重你，我从来都认为他很正直，不会走歪门邪道的，如果坏事，也是张维亮那家伙投怀送抱，去一味地腐蚀书记。你说呢？"蔡明月吐了一口气，觉得后背凉津津的。

田好说："我们别瞎议论了。我回家问问爸爸。"

蔡明月眨了眨眼，噎住了。

田好又回到了家里，他跟父亲说了打问到了张维亮"雅贿"胡书记的证据，问父亲要不要走"告状"这条路。

田润章一点不吃惊、不气愤、不焦躁，也不心烦。他悠悠闲闲地将中药材收起来，晾晒到阳台上。

田好急不可待地说："爸，我跟你说话呢，你都听见啦？"

田润章慢慢坐下来，喝着茶水说："三岁看大，七岁看老。你三岁之前，就是沉不住气。中医有句话叫，他人无错。什么意思呢？就是所有错误在自身。我们从小就坚信得道多助，失道寡助，正义一定会战胜邪恶。但有一个事实是反驳这道理的，那就是拿鸡蛋与石头辩论，错误的一方一定会是鸡蛋。从感情上我当然喜欢正义战胜邪恶，但理智却告诉我鸡蛋永远争不过石头。生命不允许你从'应该'中选择，只有'现实'，唯一能选择和支配的就是你如何成为自己。他人无错，貌似宽厚，其实内含着一种冷酷和高傲，是超道德的唯力量主义。孩子，我感悟得不一定对，但如果你听我的，也许会帮你度过这个焦灼的时期，要相信黑暗讨后就是黎明。"

田润章满含真情地开导着儿子。田好眼睛有了顿悟的光亮。

"那么你是让我先委曲求全了？"田好问。

"只有忍受了委屈，方能求到全。孩子，你以后无论做官还是做学问，都要研究人心，不能只顾埋头傻干。中医讲调和经络，怎么调？是每一种药材，对自己的位置有正确的判断，对自己的能力有正确的估价。"

田好开始信服父亲了。严格说，他开始更加信服中医了。

田润章说："就说你的职位升迁吧。不是孤立的一个因素，是所有能量的集合，促成正果。你没有成，说明时候没到。"

田好走到窗前，外面打雷了，一道蓝色闪电自天而降。起风了，风在窗台上打着嗯哨。他出神地望着外面的这个世界，心中不由得生出感慨："唉，看来中医不但能治病，真还隐藏着很多做人的学问，等我闲下来一定多看看关于中医的理论知识。"儿子开始想着运用中医视角来看世界了，田润章欣慰地笑了。态度，态度决定一切。看来这次官场的挫折，对他不是坏事，让他对中医产生了特别的兴趣。

虽然在父亲的教导下田好提高了自己的思想境界，毕竟高的思想境界也不是一定能马上就根深蒂固，当张维亮的名字出现在红头文件的那天，尤其看到张维亮洋洋得意的样子，田好突然产生了一种被欺负的感觉。潜藏在田好身体里的"炸药"一下子就被他的火气点燃了，"轰"一声爆炸了。他疯狂地跑到胡书记的屋里，朝着他跺脚吼："老子不干了！"

"怎么了田好？"胡书记惊恐地问，因为田好从来没有发过这么大的火。

"你说，张维亮是不是'雅贿'你妻子了？"田好临危不惧的样子，质问胡书记。

"你听谁说的，没有的事啊。如果真有，我愿意接受纪委的调查！"胡书记上前关上了门，然后轻悄悄地问。

"你别管我听谁说的，总之我听说了。"田好的口气也随着胡书记轻悄悄的话语软了下来。

"这事可不能乱说，这样吧田好，我回去就问个清楚，要是张维亮真的贿赂我妻子了，我一定给你个圆满的答复。我想不会的，我根本就不知道这事。"胡书记看起来真的很无辜。

田好说："胡书记，你们不提拔我就是因为夏诗瑶的一封举报信吗？"

"多半原因是为这个，我考虑到夏诗瑶那个小女子比较嚣张才全面考虑的，但是我对你另有考虑，你性子太急了，这样的格局可不行，怎么干大事？"

看到胡书记对自己这样的态度，他的火气一下子消减下去，赶紧道歉："对不起胡书记，我太冲动了，我道歉，我反思，你想怎么处理我都行。"

胡书记有官场经验。他在华龙坐镇，不仅指挥了武汉抗击疫情，还亲自参与华龙市的疫情防控工作，每天都如履薄冰。出了岔头，丢官不怕，对不起华龙的老百姓啊！在这种情况下，他还要尽力避免班子内部矛盾、分歧，从而确保卫健委的政局稳定。

田好觉得与书记沟通不够。跟这样的领导干，经历的所有艰苦和危险都值了。

胡书记微笑着说："田好，咱现在是关上门说话，我不计较你，这件事我一定要给你个交代，不过从今后你可不能再这样了，无论对任何人任何事都不能失控，你应该懂得一失足成千古恨的道理。这点，你应该向你父亲学习，你父亲让我非常敬佩，他不仅有高超的医术，做人方面还低调。我读过《黄帝内经》，书上有这么一句话：'重寒则热，重热则寒。'意思就是过度的寒凉会产生热，过度的温热会产生寒，也可以理解是，重复地用寒就会产生热，重复地用热就会产生寒，在做人方面体现出的道理是——物极必反。做人一定要适可而止，做到中庸，保持事物属性的相对平衡，这样才可以长久。"

田好万万想不到胡书记也有着和父亲相同的观点，从中医中体会到深刻的做人的道理。胡书记这一番话，田好心服口服。他真正感受到了领导的格局之大，顿时羞愧得想找个地缝钻进去。

田好与胡书记对视了一眼，低下头默不作声了。

2

由于这场仕途风波，田好暂时对谈情说爱的事失去了兴趣，周末时蔡明月约他到华龙之眼的"永乐桥摩天轮"去玩儿，田好也拒绝了，说他想单独待着，不想见任何人。这个被称为"华龙之眼"的地方他们恋爱后去过一次，一起坐在桥上俯瞰风景，感慨天空之阔、世界之大。这次田好在仕途上受挫了，蔡明月想带他去坐坐这个巨大的摩天轮，与他一起再次俯瞰一下这个广阔无边的世界，因为世界广阔，天空之大能容得下天下大大小小的委屈。他独自静一静也好，所以蔡明月也没强求他再做什么。

田好独自开车去了蓟县盘山。路过故乡宝河，他去村里吃了午饭，饭后继续赶路。一路上他都回想在老家跟爷爷去采药的事，他甚至后悔跟父亲来到了城里。现在这个时候，他真想做一个大山的隐者，做一个两耳不闻窗外事的清净人。

田好攀登到大山上，对着安静的山峦，面对着盘山，有一种心平气和的感觉。是啊，他需要离开单位，离开家，离开明月，离开亲人的目光，一个人静静地待着，像人们通常说的，需要清理自己的灵魂。这样一想，田好的眼泪无声无息地淌了下来。他躺在石板上静思，心头压抑的东西膨胀起来。他望着天空冥想，感觉自己似乎被击垮了。当迷迷糊糊进入梦境，又真真切切地被轻风吹醒的时候，他又觉得自己不能被击垮，觉得自己没那么不堪一击。

北方缺水，可是盘山上的水汽充足，有一种荒凉的气息，顺着山沟涌过来，吹得他几乎睁不开眼睛。闭眼的时候，大山一望无际，密密的树林，掩映着亭台庙宇，树叶飘落下来，点缀着苍翠的盘山，远处有人唱歌，让他陷入迷迷瞪瞪的状态之中。

"难道选择官场错了吗？我一定要证明自己没有错，我一定要继续坚守。"田好先是这么想。

"难道真的错了吗？我怎么都对人生开始产生疑惑了呢？我怎么觉得活着没什么意义了呢？"田好的头顶有一道亮光，紧接着他又这么想。

"不行，我必须以奋斗的姿态存在着，准确地说，必须以个人意志和信仰的方式存在着。"待了一会儿他想起这个。

"遇事不能一味遵循模式，还要随机应变。卫健委可能不是我的理想之地，我是不是要听从父亲的安排？"

布谷鸟鸣叫了。他遥遥听到几声召唤。

……

回到华龙他没有回自己的家，而是回了父亲那里。

"英子阿姨旅游还没有回来？"

看屋里只有父亲一人，田好不解地问，顿时为父亲叫屈，也为这个家感到不满。父亲当时娶比他小20岁的英子的时候，他和田瑶内心是反对的，就觉得这个女人肯定图父亲点什么，身份？钱？都有可能。英子只是一个最普通的女人，在嫁给父亲时可称得上是底层人，嫁给父亲她一下子就变成了大学教授夫人，身份自然高了。要说钱，父亲也不是大款，按退休金来说比一般人不少，要按生意来说，也只是个皮毛，可对英子来说，却是衣食无忧的小康生活。兄妹俩看两人情投意合，就算再不愿意，为了父亲的晚年生活也不能说什么。在一起就在一起吧，实在不行再分开，当时他们就是这么想的。没想到他们就这么过下去了，虽然过得也不太和谐，父亲也能忍，也不说分开。现在看起来他们根本没那么多感情了，英子成天旅游，父亲成天一个人在家，可父亲还是不说跟她分开。田好想，父亲是个重情义的人，英子救了他，也许他不想忘恩负义吧。

"她去新疆旅游了，现在新疆暴发了疫情，她被隔离了，暂时回不来。"田润章说。

"那你不担心她？"田好问。

"有什么可担心的，她成天东跑西荡的，自立能力强着呢，不会有事。"田润章笑着说。

田好也跟着强笑了一下。

"爸，我今天去了盘山，一个人到山上静静地想了很多，我想通了，我要子承父业。"田好认真地说。

这话一出，田润章感到十分惊喜，"你真想通了？"他不相信地问。

他盼望这一天已经盼了很久了，他就是希望田好能把中医事业发扬光大，要不他觉得自己到了另一个世界对祖宗都不好交代。

田润章这一高兴，亲自下厨去给儿子做了几道华龙菜，有锅塌里脊、清炒虾仁、老爆三和八珍豆腐。父子俩喝了起来。

"老爸，祝您身体健康。"田好端起酒杯敬父亲。

田润章笑呵呵地喝了酒说："你跟我学中医是最明智的选择。"

田好说："官场我烦了，不好混，我想好了，跟您干。"

田润章嘿嘿地笑着说："这就对了，官场没什么好，走不对了就到坑里了，说不定还能进沼泽地。"

田好点着头说："老爸，现在先说说你的事吧，英子阿姨整天疯了似的旅游，这您也得说说她，她都让您给宠坏了。"

田润章无奈地说："唉，我说了多少遍，管用吗？她不出去就要死呀活呀地折腾我，我可受不了，她走了我倒安宁。"

田好愤愤地说："真是有病。"

田润章说："她可能真有病，就像烟瘾一样对旅游上瘾，疯狂旅游也是一种心理疾病。"

田好疑惑地说："爸，你俩差这么多岁数，她年轻，在外边是不是有人了？"

田润章瞪他一眼说："混账，说什么呢？她能有什么人，到哪儿都是一个人，晚上怕我怀疑她天天都跟我视频，走到哪儿就拍一堆照片发朋友圈。她这真是一种病，我正在研究着怎么给她治疗呢。"

田好无语了，他慈爱的父亲，俨然一个教父般充满悲悯。

3

雨后的黄昏，天边腾起了火烧云。

天黑的时候，田好回望这座城市，已是万家灯火。田好来到了一个封闭小区门前。那些白衣天使出出进进。这个小区仅有一例阳性，就坚决封闭了。他知道蔡明月在那儿值班。她穿着防护服，他还不好辨认。田好觉得刚才的火烧云真漂亮，漂亮得不忍直视。

蔡明月换了防护服，穿着便装走出来了，跟田好摆着手。她跟刚才的火烧云一样漂亮。明月家庭条件好，穿的衣服高档，在卫健委是出了名的。她跟她母亲一样高挑，身材苗条，她穿着黑色亮面夹克，灰色高腰裤，能够拉长腿线，红色针织衫作为内搭，打破了夹克的帅气潇洒，融入了女性柔美，显得柔中带刚，彰显独特感。田好知道，她穿的都是海外名牌，每一件都在万元以上。明月上了田好的汽车，他们两人回望了一眼封闭的小区。没有慌乱，秩序井然。家家户户的灯火，闪闪跳跳，像无限遥远的世界发出的微光，这灯光，这烟火气，是实的，也是虚的，是动的，也是静的。看久了，便生出温暖，生出对世界的爱。

人类没有想到会是这样，疫情防控常态化了，大家都锤炼过了，很冷静，有警觉也有经验了。

肆虐的新冠病毒贼心不死地在地球上来回游荡，几乎把全世界都置入巨大的不确定性之中。新冠病毒对我们人类有了很大的提醒，首先提醒我们无论你是一个怎样的人，无论多么卑微或者多么著名，在病毒眼中我们都是平等的，所以我们是不是应该考虑平等对待他人。其次病毒提醒我们，人类的命运都是关联在一起的，影响一个人的事情同时也会影响另一个人。影响着一个国的事情同时也会影响着另一个国，病毒面前国界线毫无价值，因为病毒并不需要护照。另外病毒还提醒我们，健康有多么珍贵，而我们吃垃圾食品，喝被各种化学品污染的水源，暴饮暴食，是多么不顾惜自己的身体。

保护地球与保护自己的身体，同等重要了。人类恶劣的行为可以不再重犯，犯了的，可以进行忏悔。

除此之外，田润章这个中医老教授还用中医折射出来的道理教育子女不能妄自尊大，无论你觉得自己多么伟大，也无论别人觉得你多么伟大，一个小小的病毒就能让你停摆。许多人都认为新冠病毒的疫情是一场灾难，但田润章教授觉得这是一次"伟大的纠错"，是"一次健康的疗愈"，是"一次生命的康复"，是"一次理性的回归"……这一场新冠病毒，帮我们打开了思维、打开了心灵、打开了意志。

田润章说得一点都没错。

2021年的仲夏，新冠病毒再一次游荡到了华龙，华龙新增本地确诊病例两例，由华龙滨海新区冷链食品引发，为普通型病例，未有疑似病例接触史。顿时整个华龙的疫情防控工作又紧张起来。田瑶英姿飒爽的身姿此时被一身洁白的防护服包得严严实实，忙碌于疫情防控第一线，她和同事王刚在海港值夜班——看守救灾物资。

深夜了，田瑶的同事王刚打起哈欠。田瑶对王刚说："你睡会儿吧，有紧急情况我叫你。"

"那好，应该没事，谁敢动救灾的心思啊，那我先眯会儿啊，一会儿我醒了换你，你再眯会儿。"王刚说。

王刚坐在地上，把头埋在膝盖，马上就发出了重重的鼾声，可见他是困坏了，他已经值了一个黑夜，因为局里派不出闲余的人，只能让他再值一夜。田瑶望了王刚一眼，心里顿生几分怜惜。王刚是去年警校毕业分配来的，刚上班一个月父亲出了车祸，今年年初母亲又得了重病，疫情期间局里还组织为他捐了一次款，用于治疗他母亲的病。现在他的母亲虽然由爷爷奶奶照管，可经济上还是他来想办法，业余时间他经常去送外卖、送快递来补贴家用。想到自己虽然失去了母亲，可父亲是大学教授，在经济上从来没有为难过，就对这个小伙子给予了莫大的同情。

田瑶正想着这些，突然听到救灾物资那里有响动的声音，她先没有惊动王刚，自己悄悄地过去侦查，没想到还真是窃贼不知从哪儿闯入了大院儿在偷物资。这时盗贼也发现了她，手里已经举起了明晃晃的刀子，田瑶大叫着"王刚有盗贼"，就准备着和盗贼"战斗"。而此时不知从哪儿蹿出来另一个盗贼，一棍子把拼命往救灾物资这边跑的王刚打昏在地。这边的盗贼一看田瑶是个女流之辈，根本就没有把她放在眼里，可田瑶却有实打实的功夫，还是把他打得稀里哗啦。刚把王刚打倒的那个盗贼也过来了，田瑶分了神，然后对方那把刀子便深深地扎进了她的腹部。田瑶忍住剧痛，用最后一点儿力气扣动了手里的枪，救灾物资保住了，她却光荣牺牲了。王刚没有生命危险，却因为脑震荡住了院。

　　华龙市公安局追认田瑶为烈士，众人在极大的悲痛之中为这位女英雄送行。然而任何一个人都比不上田润章和田好的悲痛之情，听说了这个消息，田润章还没来得及流下一滴泪水，就"啊"的一声惊叫倒了下去。尽管田瑶平时不和他住在一起，可他一向把一双儿女视为生命，前些日子他和英子闹别扭，女儿还坐在他身边安慰他，为他沏茶为他熬汤，这才一眨眼的工夫，女儿就没了，就被坏人捅了刀子，就到了另外一个世界里去了。他不在乎什么烈士，他只想让他的宝贝女儿回来。

　　田好和父亲是一样的感受，田瑶和他从在娘胎里起就一起长大，像是本来不可分隔的一体硬生生地让外面的世界给分开了，特别是没了母亲，父亲又娶了英子后，他和田瑶更有了相依为命的感觉。他答应给妹妹买房子的，他答应风风光光把妹妹嫁出去的，可现在，他承诺的事情一样都还没实现，妹妹就这么突然地离开了他，离开了这个世界。他恨恨地用拳头敲打着自己的头，像是整个身体都被抽空了，自己只剩下了一个空壳，那种痛心已经入骨，没有一个词可以形容出来。

　　蔡明月已经泣不成声，她一直追随着田好，她知道兄妹俩的感情，真的好害怕田好因为悲痛过度而发生不可预想的意外。

还有一个人值得关注，那就是吕小军。在田瑶火化之前，吕小军一直停留在田瑶的身边，还在众人的注视下，不管不顾地上前亲吻田瑶的额头，他攥着田瑶的手久久不愿松开。大家都不忍看这种生离死别的场面，纷纷转过头去抹眼泪。

葬了田瑶，外面的事情该怎么进行还怎么进行。一个人的消失也不会对这个社会造成什么影响，可对一个家的伤害却无敌。田润章还在医院里，英子、田好和蔡明月轮流照顾，有时吕小军也会过来，他安排田润章住进了最好的单人病房。

旧的日子无论有多少伤多少悲多少痛总要过去，新的一天总要开始。

4

一周又一周，日子煎熬也好，难熬也好，总是熬着。田润章出院后英子已经知趣地伺候了好长一段时间了，尽管心里有怨言，但是还算说得过去，没有在家里闹太大的难堪。当田好终于有心情走出去的时候，他约了蔡明月去盘山。也不知是什么原因，高兴了，悲伤了，田好总想到儿时经常跟着爷爷去的盘山。是儿时的单纯让他怀念？是他的心灵需要净化？连他自己也说不清。

蔡明月早就想着带田好出来散散心了，上次"华龙之眼"没去成，她正琢磨是不是要去一次呢，田好就决定要去盘山。无论去哪儿，只要跟田好在一起那就是最快乐的。现在她的新生活已经开始了，田好就是她最美好的风景。

这一段时间谁都不敢在田润章跟前提田瑶这个名字。吕小军几次都想到家去探望这个没有成为自己岳父的、在医学界有着相当名望的老人，都被田好挡在了门外。吕小军是田瑶的对象，老人看到他自然就会想到女儿田瑶，这无疑会增添老人的烦恼。

盘山区域很大，现在已经成为国家5A级风景区，景区范围内是要门票的，田好和蔡明月爬的是景区周边不要钱的山，田好上次来也是爬的这些山。他并不是在乎那一点门票钱，而是喜欢自然风光。山还是原始的好，开发过的景区虽然美，却失去了那种原本的味道。也因为当年乾隆皇帝曾二十八次来此览胜，并留有"早知有盘山，何必下江南"的著名诗句，盘山每年都游客很多，嘈嘈杂杂，带着好心情游览可以，静心就不太适合。

远望盘山，蜿蜒盘旋，连绵起伏的山峦沟壑纵横。

"能爬得上去吗？"田好问蔡明月。

"能啊，别小看我，我每天都跑步呢。"蔡明月答。

"跑步行，登山不一定行，这就跟走路行、上楼梯就喘一个道理。"田好解释道。

"那就试试吧，反正来了，爬不上去也得爬，我这是舍命陪君子。"

蔡明月被田好拉着手很温暖，说着，她深情地把头靠在了田好的臂膀上。田好揽了一下她的腰，然后他们开始往山上走。

"你怕蛇吗？我小时候就住在山下，经常跟着爷爷上山采药，遇到过很多蛇，有的还有毒。"田好说。

"你可别吓我，我最怕蛇。小时候我跟着父亲外出，在路上碰到了一条盘成圈的小蛇，它仰着头吐着芯子，吓得我腿软得都不能走了，是父亲背着我走过去的，过了好长时间我才能走路。"蔡明月说的是实情，每当有人提到蛇或者她在什么地方看到蛇，这段曾经的经历都会马上在她大脑里浮现出来。

"没事，现在的蛇相对少了。"田好说。

"蛇们都到哪儿去了？"蔡明月问。

"不是蛇走了那么简单的事，也不是一句两句能说清楚的事。"田好做了一个深呼吸。

"那是什么事？"蔡明月还想问个清楚。

"应该跟生态环境的破坏和污染有关，你看现在到处开山辟路，断河分流，茂密的森林资源少了，高山泉水断流，溪沟无水，许多动植物不能正常生活生长和繁殖了，生活在地球上的动物不仅仅只是蛇在减少，还有很多其他动物和植物都在减少。"田好这样做解释，蔡明月赞同他的说法。

"看来保护生态环境，污染防治和治理工作是一件刻不容缓的事情。给动物创造一个良好的环境，让它们有生育繁殖后代的空间，也是在为人类创造出更广阔天地。"蔡明月说。

"我们虽然不能回归传统生活状态，但可以尽量减少没必要的开采和伤害，可就是我们说了不算。"田好无奈一笑。

"说蛇呢，就引申这么多。"好久了，今天终于看到了田好的笑，虽然是无奈地笑，总是笑了，蔡明月内心很开心。

说着话，田好和蔡明月已经爬到了山的半山腰，田好继续给蔡明月说蛇："其实盘山上毒蛇不多，好多都是'善蛇'。"

"什么叫善蛇？我怎么没听说过？"

"善就是好啊，善蛇当然就是好蛇的意思，这里还流传着一个民间故事，你要听我给你讲讲。"

"听。"

"相传古时候，由于盘山的兴寺建塔，吸引了七十二条青蛇来修行。到了清代乾隆年间，它们已经修炼了五百多年。它们恪守'蛇修千年便成龙'的古训，执意在此修成正果，造福百姓。但无奈常遭到外界有意无意地伤害，因此，它们便期待着也能讨个'皇封'。一日，清乾隆帝出游盘山，谁知，刚才还风和日丽的天空，突然间竟飞沙走石、狂风大作——"

田好正津津有味地讲着，蔡明月也津津有味地听着，也是猛然间，蔡明月觉得自己踩到了软绵绵的东西，她"啊"一声跳了起来，田好往下一看，原来真是一条蛇，好像是有毒的那种。这时蔡明月也看到了，已经吓得脸色苍白，就在倒下去的那一刻被田好抱住了。随后田好发现蔡明月的脚腕上已经有了一个鲜红的咬痕，田好似乎也吓蒙了，但马上就清醒过来，蛇已经跑得无踪无影了。田好把蔡明月放在地上，赶紧把嘴贴在她被咬的地方用嘴使劲地吸，然后再往外吐，一口一口地吸，又一口又一口地吐，然后再拿起他们带的矿泉水漱口。

其实蛇咬一下不至于一下子把蔡明月咬得倒下去，她是被吓的，当她慢慢醒过来看到自己躺在地上，而田好正在用嘴吸她的脚腕，马上明白了怎么回事，"那是条毒蛇是吗？"蔡明月惊恐地问。

田好像没听见她说话一样还在吸吐，蔡明月很听话地没有再问，她显出绝望的样子，躺在地上的身体变得软弱无力。过了一会儿，田好背起蔡明月就疯狂地往山下跑。

"告诉我是不是毒蛇？"蔡明月趴在他的背上问。

"我不确定，但我看着像，明月，你要顶住，我爱你，不能没有你。"田好喘着气边跑边说。

"田好，我也爱你，在生命的最后一刻能听到你这句话也值了。"蔡明月更紧地贴在他的背上。

"别瞎说，你不会死的。"田好说了这句话，俩人都不再说话了。

上山容易下山难，下山走路都要悠着，何况是背着个人往下跑，一个不小心，田好止不住脚步眼看就要栽下去了，他使劲往旁边一倒，两人同时倒在了旁边的草丛里，田好趴了下来，而蔡明月还在他的背上。蔡明月从田好的背上滚下来，哭着问："田好，你没事儿吧？"

田好像是刚从梦中醒来，一骨碌爬起来，让蔡明月快爬到他的背上。这时，他们听到有个声音在喊："嘿，那两个年轻人。"

他们同时抬头看，只见是一个老人，背上背着一个小背篓，老人看到两个人看到了他，又接着喊："那个姑娘你是不是被蛇咬了？我追你们老半天了，你们就是听不见。"

"是的，我女朋友好像被毒蛇咬了，我得赶紧背她下山去看。"田好一下子哭着喊。

"快放下来，让我给她上点药。"老人急着说。

老人到了他们身边，这时的蔡明月已经出现昏迷，田好也恐慌得不知所措了。田好听话地把蔡明月放好，老人从自己的筐里找到了新鲜的金钱草，还有生大黄，抓起两块麦饭石，砸出汁液，迅速地把混合的汁液涂在了蔡明月被咬的地方。田好把蔡明月紧紧地抱在了怀里，懊悔的眼泪不由自主地掉在了蔡明月的身上，他真不该带蔡明月来这里，自己为什么就不能听她的去"华龙之眼"俯瞰世界呢？

"大伯，明月还能救活吗？"田好无助地问。

"刚才我在你们的上边看到那条蛇了，像是五步蛇，再看你们的慌张，就想肯定是被那条蛇咬了。先别慌，我这种方法救过很多个被五步蛇咬过的人，有救不活的，但活下来的多，如果十多分钟后她能醒来，那她就死不了。"老人这样说，总算给了田好一些希望，田好不敢多眨眼地盯着蔡明月的眼睛。

时间一分一秒十分艰难地往前走，田好从来没有觉得如此漫长，像是已经等了一个世纪。十分钟，十一分钟，十二分钟，十三分钟，十四分钟，田好数不下去了，他绝望地嘶哑着问："大伯，明月怎么还不醒，她是不是要死了？"

然而就在他问这句话的下一刻，蔡明月缓缓地睁开了眼睛，田好惊喜地冲老人喊："她醒了。"

蔡明月感觉到了田好的焦急，她贴着田好的胸脯说："我还没死是吗？"

田好惊喜地点着头说："你既然醒来了就死不了了，是这位老伯说的，他救了你，也救了我。"说完，田好竟然"呜呜呜"地哭出声来。

"谢谢你老伯。"蔡明月软弱无力地说。

老人看了蔡明月的伤势，又擦了一些药汁说："应该没有生命危险了，你们赶紧下山吧，到医院注射抗蛇毒血清，快去吧，别耽误。"

田好点着头。他非常感谢老人，想要留下老人的联系方式以便以后报恩，可老人却说自己从来不用手机，没有联系方式，就背起药篓上山去了。

第十章　人狂必有祸

1

中医在新冠肺炎治疗上起到的巨大作用让田好在心理上有过一次不小的动荡，这次蔡明月被蛇咬后奇迹般好起来让他再一次震惊，也真正感受到了中医的力量。从此他对中医有了新的看法，也重新审视了父亲曾经给他说过的话。

劫后余生的蔡明月真正体会到了田好对自己的爱，也更加爱田好了。现在每每一想到田好，她便沉浸在幸福的遐想之中。田好已经跟她求过婚了，而要过母亲冷婕这一关还有点难度。冷婕的公司虽然暂时有了缓解，但和吕顺增结亲家的美梦还没有彻底破灭，特别是田瑶牺牲后，她看起来有点幸灾乐祸。母亲的那种姿态，蔡明月很是反感，但如果自己的婚姻得不到母亲的祝福又是多么遗憾。母亲虽然自私，却是独自把他们姐弟抚养成人，她实在不忍心伤害母亲。所以，婚姻大事不能马虎草率对待，一定要等到时机成熟才行。

卫健委的周末值班制度是，女人值白班，男人值夜班，这个周六蔡明月值白班，而夜班恰巧是田好。蔡明月觉得田好一定不会等值班点到了再来，一定是提前买好了两个人的晚餐带过来，然后和她一起共享晚餐。蔡明月就想反正回家也没事，就在单位多陪田好一会儿再回去，为此她还特意收拾打扮了一番，想让田好看到她活力四射的样子。

可是一切都不是蔡明月想象中的那样，别说提前，过了十多分钟田好还没有到。她迫不及待地打田好的电话，居然只响没人接，她连打了几次都是这样。她根本不知道，田好独自喝了一瓶白酒，正醉得不省人事呢。

田好醉酒是因为工作调动的事情，工作调动的事情蔡明月是知道一些的。自她被蛇咬又被那位好心的老人用中药治好了蛇毒后，田好对中医有了更深的了解，说要继承父亲的事业。父亲田润章自然是高兴，趁机想把田好的工作从卫健委调到华龙中医药大学。华龙中医药大学是田润章的母校，他又在那里工作了多半辈子，现在华龙中医药大学还在学校附近给了他一个房子做实验室，把田好调到那里为的是更好地利用时间做传授和研究工作。事情办得很顺利，就到了最后一步，只要一张调令，田好马上就可以到校上任了。

本来应该很高兴的事，田好却陷入了无限的迷茫痛苦之中。他虽然对中医药有了很深的认识，可内心还是接受不了离开官场去研究那些枯燥无味的中药。想改变是件不容易的事情，不改变也是一件不容易的事情，他不知如何面对这场工作的变故，自己在房间里走来走去很久，然后去了父亲那里，独自饮下了一瓶 52 度的白酒。

田润章已经看到了蔡明月给田好打来的电话，他叫了田好多次没有回应，于是当十多分钟后电话再响起的时候，他接了。他告诉了蔡明月田好为工作的事情想不开，喝醉了。蔡明月没有跟田润章说田好要值夜班的事，只说过去看看他就挂了。她跟另外一个男同事打了电话，说田好有事情让换一个班，等那个同事来了，她便赶到了田润章的家里。

田好躺在沙发上还在沉睡，英子又出去旅游了，只有田润章自己在家，"田叔，你吃饭了没？我买了三份晚餐过来。"蔡明月说着，把买的食物放在了沙发跟前的茶几上。

田润章在武汉就认识了蔡明月，回到华龙她开始跟田好谈对象，田好还领着她来过几次。她懂事又大方，田润章很喜欢她。特别是自己住院期间，蔡明月完全以女儿的姿态照顾他，洗涮东西都是她干，还每天都给他削水果，比英子勤快得多。田好跟父亲谈过他和蔡明月打算结婚的事，田润章也非常支持，就只等着蔡明月的母亲冷婕点头了。

此时准儿媳买来了晚餐，田润章也没有客气，就和蔡明月一起吃起来，还边吃边聊田好工作的事情。蔡明月对田好调动工作的事情不支持也不反对，她只想让田好高兴，无论做什么工作，只要他高兴就好。可现在田好不高兴了，可能他还舍不得卫健委的仕途之路，但她只是自己想，并没有对田父说出这句话。

吃过晚饭，蔡明月帮助收拾了碗筷，拿热毛巾为田好擦了脸，而后坐在了他的身边。田润章把空间腾给了一对恋人，自己到楼下散步去了。夜晚，使老人心情沉重。疫情之后出来散步都要戴上口罩，好像所有的夜晚是有魔术的，它混淆视听，使得人物皆非。这样的夜晚，是有侵蚀性的，侵蚀人的真情实感，而代之以幻觉。

过了半个小时，田好终于醒来了，当他看到眼前的蔡明月时，猛然坐起来，着急地说："几点了，我今天值班呢。"

"都快天亮了还值什么班，早有人替你值了。"蔡明月说。

田好又软绵绵地躺了下去，"我爸呢？"他问。

"出去散步了。"蔡明月说。

听了这话，田好无所顾忌又很渴望地伸出一双胳膊做出一副要抱蔡明月的样子，蔡明月就不往他身上扑。

"这是嫌弃我了吗？"田好想开个玩笑。

"是的，嫌弃，嫌弃你是个懦夫。"蔡明月板着脸不高兴地说。

"我怎么是懦夫了？"

"你都开始用酒精糟践自己麻醉自己了，还说自己不是懦夫？"

"你说得对，我就是想麻痹自己，但我不承认自己是懦夫，我就是想着醉一回，清醒之后开始新生活，不管怎么样，生活还在继续，不管走向何方，我也要勇敢起来。"

"这就对了嘛，起来吧，我们出去走走。"

"那你抱抱我。"

蔡明月俯下身去抱住了田好，田好也抱住了她，他们相互拥抱着，很久很久才松开。

在没有拿到调令之前，田好还在按部就班地上班。醉酒后第三天，胡书记找田好到他屋谈话，向田好吐露一个重要的消息。

"田好，不要走了，你带队到武汉抗击新冠疫情干得很出色，市里的领导都对你很赞赏，上一次你受挫了，这一次局里准备给你一个更好的位子，在这里你前途远大啊。"

"真的吗？您准备安排我到什么部门？"田好心里欣喜，表情上却很镇定地问。

"当然是重要部门。"胡书记说。

田好马上就对调动工作的事松动了。他看得出来胡书记不想让他走，也是实心实意地欣赏他，否则对他就不会这么客气和宽容。上次他当面说张维亮行贿这事，胡书记并没有食言，还原了事情的真面目，张维亮的母亲是到他妻子的店里去买过一张画，不过不是九十八万，而是九万九，而那张名画确实也就是那个价格，可这件事妻子并没有对他说，他压根不知道。这谣是谁造出去的也不知道。所以田好心里一直也很内疚不安，他还专门为此事跟胡书记道了歉，现在看来胡书记并没有同他计较，还一心想着他，他觉得更惭愧了。

这次胡书记和他谈话之后，他先对蔡明月说了这事，蔡明月不希望他离开她，她希望田好抓住这次机会。之后田好又回家跟父亲田润章说了领导的谈话，父亲的脸色马上就沉了下来，显得对他非常失望。田润章知道自己再怎么做田好的工作也是徒劳了，就不再说什么，但是就在当天，田润章的高血压犯了，住进了医院。

田好陷入深深的痛悔之中难以自拔。上次，既然已经答应了父亲子承父业，怎么又出尔反尔呢？妹妹田瑶才牺牲不久，他怎么能这样在父亲的伤口撒盐呢？中医是父亲的生命，子承父业可能是他后半生唯一的安慰了。可田好只是自责，他怎么都说不服自己听从父亲的安排。

2

华龙召开了中医界的重要会议，实际是一个座谈会。田润章、冯世昌、田好、蔡明月、冯大兴都参加了会议。田润章作为中医界的专家代表首先发言。中医的东西已经扎根在他的大脑深处，所以他没有写片字的发言词却也出口成章，有条有理。

"社会上有人污蔑中医，把我们中医说得怎么着？中看不中用，其实，我们中医非常伟大，《内经》不伟大吗？《伤寒杂病论》不伟大吗？《神农本草经》不伟大吗？不是，是那些行医的根本没有弄明白中医的事。有的中医，他根本什么都不懂，之所以他在别人面前把中医夸得像神一样，就是为了挣钱，这是一种招摇撞骗行为。他似乎在代表中医，其实他就是中医的败类，干吗呢？能代表中医吗？大家有个基本底线。我听说，有一个老中医，一个上午看了160多个病人，干吗呢？他连脉搏都没摸着，只摸着衣袖，玩儿什么呢？明明写着中药铺，却偷偷卖西药——"

田润章正愤愤不平地讲到这里，听到有人咳嗽了一声。田润章不知道谁在咳嗽，也没注意谁的脸色，大家却都朝冯世昌那里看。冯世昌的脸有些涨红，他狠狠地瞪了田润章一眼。

田润章继续说："我为这样的中医脸红。号称中医，还是中医大专家，还是当地的名医，你代表了中医吧，能代表吗？所以不是中医不伟大，是这些庸医太差劲。最差劲的还有些老中医的学生，学中医，可连药方都不知道怎么写，学得就是这么不踏实，学中医像是在支应差事，连医圣张仲景的名字都写不对，更不要说让他们去学习理解《黄帝内经》。中医要正本清源，就是要回归本源，回归本源即得智慧，即天人合一，成为真正的中医大夫……"

田润章讲完了话，会场上响起一片掌声，这时只听台下有人在喊．"田教授，你看大家多么欢迎你啊，你就接着讲下去吧。"

这声出自冯世昌之口，大家都明白他说这话是讥讽，是嫉妒，田润章当然也明白。所以田润章也不谦让，"好，既然冯中医有这个诉求，那我就再讲一讲，我很想再讲一讲。"他毫不客气地说。

刚才田润章已经在众人的眼睛里看到了人们对中医的理解和兴趣，他意识到，他所推动的中医改革，一定会得到呼应。他正要继续往下说，冯世昌却忍不住了，不但抨击他的观点，还当场说田润章当面一套背后一套，倚老卖老。

田润章说他的时候都没指名道姓，冯世昌现在却用这样不讲情面的口气当众侮辱他，气得他心脏开始隐隐作痛，他的眼前掠过一张张中医人的面孔，中医为什么衰落？就是这些唯利是图的人把中医搞衰落了。

这时有人看出了冯世昌的不地道，站出来用别的话题转移："中医应该整治，但是，如今是互联网时代，不跟网络对接没有活路啊。"

田润章义正词严地说："如果正确利用互联网是件非常好的事情，可现如今自媒体网络上有一种怪现象，凡是歌颂历史英雄人物事迹的文章，或者是电影、电视剧，总有一些人鸡蛋里挑骨头，抹黑，诋毁。在这种怪现象里，中医也遇到了同样遭遇，他们说西医好，看着外国月亮比中国都圆。可是，我们中国抗击疫情的成功经验，西方能比吗？为什么一些人还为西方唱赞歌，这群人究竟是什么人，他们的心是中国的还是外国的？我们中医要为人民服务，为国争光啊。我们的中医，借用鲁迅先生一句话呼唤一声——无穷的远方，无数的人们，都和我有关。我们的责任和担当在哪里啊？"

听了田润章的深情呼唤，一位老中医感叹地说："唉，田教授说得对，我经常跟家人说，现在西医不靠谱，中医断代了又没有几个有本事的，要小心翼翼地活着，不然哪天感冒说不定都会要了你的命。所以说振兴中医是件迫在眉睫的大事情。"

……

散会的时候，别人都走了，会场上只剩下了田润章和冯世昌、冯大兴，四目对两目，仿佛都在等待这场已等了几辈子的"复仇之战"。

冯世昌将愤怒的目光射向他："你个老东西，你们田家没有好东西，你凭什么对我含沙射影地攻击？别以为你到了武汉抗击疫情你就牛了，你的药方是我们冯家的，是你们的祖宗偷了我们祖宗的，你们田家自古以来就是盗贼，还有脸说我们冯家。"

田润章气得颤抖了："我是老东西你也不是小东西，你歪曲事实也改变不了你是庸医这个名称。"

冯大兴故意讥讽："歪曲事实的是谁？我看大家心里都有一杆秤。到宝河打听一下，'菊花清肺'到底是谁家的？就因为你有话语权你就在会上作秀。"

田好和蔡明月站在外面等父亲，一等二等还不来，又回会场看，没想到才走到门口就听到了冯家对父亲的侮辱。田好闯进会议室冲冯大兴吼道："冯大兴，谁在作秀？你说明白。"

田润章看到田好闯进来，怕把事情闹得不可收拾，然后挥手制止说："大家都息怒，响鼓不用重槌。咱们今天不争祖传药方的事了，你家的也好我家的也好，都是国家的，我拿出来服务国家。我现在就说你挂中药铺名字偷偷卖西药的事，你是轻视我们老祖宗的中医吗？"

冯世昌倔强地回："西药治病，有什么不好？"

田润章改变了争斗的口气说："我没有排斥西医，西医也有对人类的贡献。但我们老祖宗留给我们的是中医，我们要很好地传承。你说说，全世界人数最多的、最了不起的名字不是中医，难道是西医吗？我真的觉得是中医很环保啊，它全是地下长的，都是自然的东西，而西医都是化学提纯出来的，化学东西副作用很大，不符合环保这个理念，对于人身体的自然循环，所有的东西中医都具备，中医其实很科学，它跟蓝天、空气、水、土壤、阳光一样，它是自然生长出来的，难道不是吗？"

冯世昌说："这我也承认啊。"

田润章接着说："西药来得快，但是，化学成分多。今天我们大家说环保啊、绿水青山啊、大自然呀，这就是过去我们讲的天人合一啊，人跟大自然的关系，到今天全人类都在讨论。这次中国抗击疫情成功，全世界越来越对中医感兴趣，其实人们越来越发现，这是人的根源，人类都要弄通这个根源。你说，我们凭什么端着金碗讨饭吃？"

看着田润章像走火入魔一样地讲中医，冯世昌已经不耐烦了，给冯大兴使了个眼色，父子俩气哼哼地走了。

这时蔡明月也过来看是怎么回事，看到冯家父子走了，她也便和田家父子走了出来。

3

受到疫情的影响，人们生活方式都在改变。冷婕自感染新冠肺炎康复后，性情大变。出院在家休养的那一段时间，女儿和儿子都在工作，她生活虽然安静，却不是她想要的生活。她一向风风火火地干事，这一下子让她静下来她受不了，她就在家养狗、养猫来填补寂寞。在武汉疫情暴发之前，她的生意做得还可以，所以她为了让冯大兴与女儿分手，损失了一大笔钱。紧接着她感染住院，过了一段非人类的日子。等华龙的疫情形势刚平静下来，她生意便步入艰难地带，她期望着能和吕家结成亲家好在生意上平步青云，没想到女儿与田好谈起了恋爱，使她的美梦破灭。这一切的不顺利都打击了冷婕，这种情况下她动员儿子蔡猛接她班一起做生意，蔡猛却热爱警察职业，不肯答应。

或许经商之人在这个后疫情时代都是如此，冷婕的生意越来越不好做了，冯大兴的医疗器械业务也做到头了。他出了大事。先是公司遇到了经济困难，他盯上了"菊花清肺"，企图用这个品牌翻盘，他四下找人，想让厂家偷偷生产"菊花清肺"在华龙市场上兜售，可是找了好多厂家，都不敢与他合作。"功夫不负有心人"，最后还是找到了和他同流合污的人。

紧接着，"菊花清肺"出厂了，和原来的包装一模一样，结果内部有人看不惯他们这种违法行为，偷偷地给田好写了封信，告诉了他这个事情。冯家人怎么能够这么胆大包天，必须坚决抵制。不过田好并没有想把事情闹大，他一没先告诉父亲，二没举报，三没让蔡明月知道，他只是私下和冯大兴联系，想跟他好好谈谈。冯大兴就不见，没什么好谈的。于是田好就直接到公司去找冯大兴。

"我跟你没什么可谈的。"冯大兴沉着脸说。

"我有，看在我们从小一块长大的面子上，我必须跟你谈谈。"田好也没给他好脸。

"你想谈什么？"冯大兴明知故问。

"你知道不知道你偷偷地造药违法？你这是假冒伪劣产品！"田好质问。

"这个药方本来就是我们冯家祖传，你们田家盗窃，不追究你们就不错啦。"冯大兴很不以为然。

"你真无耻。"田好气得骂起他来。

"无耻的是你们田家。"冯大兴回骂着。

说到这儿，冯大兴不再跟田好争论，而是直接叫人把田好赶了出去。田好觉得好说好商量这条路已经走不通了，就给蔡明月说了此事。

"我跟你一起去找他。"蔡明月认为冯大兴对自己有着一份感情，说说他应该管用。

"你还是别去了。"田好不愿意让蔡明月掺和这事。

"我偏要去，我就是想看清冯大兴的真实面目。"蔡明月固执地说。

田好只好跟蔡明月一起去找冯大兴了。看见蔡明月跟田好一起来了，冯大兴的新仇旧恨一起涌上心头，但他出于有着和蔡明月和好的愿望，所以也是一忍再忍。

"冯大兴，听说你造假了？"蔡明月冷笑着问。

"你是听旁边那只狗叫的吧，我造假也是造我们家的假，跟你跟他都没有什么关系。"冯大兴居然把田好说成了狗。

"冯大兴，我今天才看清你，你连只狗都不如。"蔡明月叫骂着他，拉起田好就走。

冯大兴还不想和蔡明月闹出更大的不好来，所以也没再说什么，看着蔡明月拉着田好的背影，他狠狠地咬着牙根。

　　田好私下查出了冯大兴公司除了造假，还有许多违法漏洞，他马上查找冯大兴的资料，准备对其进行反击，免得他再祸国殃民。

　　这个非常时刻，冯大兴是屋漏偏遭连阴雨，下县的一个医院院长被华龙纪委专案组约谈，供出冯大兴多次向他行贿，冯大兴被捕。幸好田好还没有实施自己的行动。又因为冯人兴行贿院长的数目也不太大，交一定数目的罚金就可以免灾。冯大兴的公司现在几乎已是一个空壳，职员连工资都三个月没发了，父亲冯世昌为了不让儿子吃牢饭，先是给儿子手下的职工开了工资，而后又将自己多年的存款都搭进去了。

　　这次冯大兴虽然没有进监狱，可他的日子也不好过，他的医疗器械生意已经失败得一塌糊涂，还需要父亲的资助，而且他已经把父亲害得变卖家产了，他一时陷入绝望。

　　实际上，任何人在出事之前都是有征兆的，冯大兴也一样，他疯狂的行为已经一而再、再而三地显现，只是他还沉浸在对物质的狂欢中，对灾难的到来毫无察觉。这就是疯狂的人，疯狂起来就像做爱似的，高潮的到来，其实就是结束。他先是恐慌，然后是挣扎，拼命地挣扎，然后是绝望和死亡。未来的景象消失了，幻影远去，眼前又恢复了黑暗。

4

　　田润章终于做出了决定，把祖传的"菊花清肺"配方整个地捐给了国家。政府为此开了一个专门会议，并且为田润章颁发了红色的为国捐献证书。这一举动再次引起媒体关注，田润章在华龙又红极一时。华龙中药厂整合资源，将田家祖传再创了中医品牌"菊花清肺"

在市场上打响。

田润章这一捐献配方，又是发证书又是上媒体的，又引起了冯世昌的忌妒，气得浑身颤抖了。

2021年8月，南京机场暴发了德尔塔病毒，尽管是境外输入感染，但是这次病毒属于变异病毒，美国那边刚刚好转，又因德尔塔病毒而进一步恶化，经济出现危机。印度新增病例更是居高不下，国内秩序一片混乱。中国从南京机场暴发的病毒蔓延到了全国多个地方，华龙的形势也紧跟着严峻起来，蔡明月和田好马上又投入到紧张的抗疫工作之中。

华龙政府领导马上组织专家会议研讨应对方案，田润章和冯世昌都被邀请。视频会议上，与国际专家连线。

田润章用中医理论来解析病毒。他将病毒整个传播过程并针对问题进行根治，得出大胆的结论——属于中医的湿毒疫。他改变了武汉抗击疫情的做法，以开放包容的心态，将中西医结合医治的理论推向国际舞台。

外国专家对中医治疗新冠热情倍增。

田润章已在田好和蔡明月的帮助下，开设了线上治疗平台"田教授说新冠"。冯世昌看不惯田润章的样子，当场与田润章争吵起来。冯世昌说："姓田的，你这是沽名钓誉。人命关天，岂能当儿戏？"冯世昌话里有对田家的怨气。田润章愣了："老冯，你说怎么办？如果你能够说服我们，就按你的思路办！"还有一位医生沮丧地说："中西结合，不是创新。呼唤了好几年了，结果还是两半子，西医压倒了中医。中医完了！"田润章说："我不赞同你这观点，这叫长别人的威风，灭自己志气，唱衰中医！"冯世昌继续说："我不跟你们争论，事实胜于雄辩！傻子疯子也不会照你说的干，我们的建议好不好、行不行，国际上的专家自有分析和判断。"华龙卫健委的胡书记说："大家不要吵架，学术问题嘛，鼓励争鸣，不要瞪眼睛、骂脏话，大家都是好意。我们鼓励大家有探索精神，就是要敢想敢为，我们马上向上级汇报，然后再决定，今天先散会吧！"

田润章在会议上被气晕倒，赶紧送医院抢救。

事后，胡书记到医院看望田润章，扭头对办公室主任说："以后这样的会议，不要叫冯世昌了。这老中医说话太不讲究啦！"办公室主任点头答应。田润章把两家旧式恩怨说给胡书记。胡书记更感觉冯世昌有问题了。其实，田润章不在乎冯世昌说什么，而是希望他凭良心爱中医。他最恨那种欺世盗名的中医了。冯世昌不但不反思自己，还偏执地在外面造谣，说田润章忽悠中医药方，是为了自己挣钱。甚至造谣说田润章早就腰缠万贯，富甲天下了。

这话传到田好和蔡明月耳朵里。田好气得蒙了。蔡明月不让他出头，她气得找到了冯大兴讲理，"冯大兴，有你爸这样的人吗？还老中医呢，胡搅蛮缠，做人都有问题。能不能让你爹留点口德，田家对你们冯家已经够仁慈了。"她怒火冲天地说。

"哟，你还没有被田家娶进门呢，就来替田家骂人了，你骂得过我冯大兴吗？要不咱们比试比试骂人怎么样？"冯大兴表面上说着讽刺的话，其实心里已经气急败坏。

"冯大兴，你们冯家别不识抬举，田好手里有你一手的证据，只要一告你就得坐牢，这次对你已经够宽容的了，你们别太过分了。"蔡明月知道冯大兴对自己怀恨在心，怕再有什么不好的事情发生，说完这句话转身就走。

"你等等，蔡明月，你别走，你的话说完了，我还有话没说呢。"

知道冯大兴并没有追上来，蔡明月站住了。

"说吧。"蔡明月说。

"你到底有没有爱过我，我要你一句实话。"冯大兴竟然问了这么一句。

蔡明月肯定是爱过，如果不爱，她怎么会不管不顾地跑到风险极大的武汉呢？如果不爱，她怎么会痛不欲生呢？她对他的爱是在什么情况下一点一点消磨而去的，这点冯大兴应该心里有数，"没有。"她冷冰冰地说。

"蔡明月你等着，有你后悔的时候。"冯大兴大喊了一声。

蔡明月没理会他，坚定地转身走了。

南京方面采纳了田润章的意见，明显见到了效果。通过田润章的治疗方案，华龙和全国许多风险地区相继都很快清零。还有让人惊喜的事，那就是田润章的弟弟田运来在美国纽约唐人街医院一直在使用哥哥的方案，效果非常好，重症患者明显减少。至此中医在美国再次引起关注。田润章和田运来联合创作了一篇题目叫《抗击德尔塔病毒的中国方案》的论文，在《柳叶刀》杂志得以发表。

田润章的身体越来越不好，高血压病稍不注意就会犯，他用中药调理了一阵子，才算稳定了一些。这段新冠疫情平稳了，田好和蔡明月商量着要结婚，冷婕还是坚决反对。虽然吕家结不成亲了，但她还是想给女儿找一个做生意的有钱的人家，田家的书生气让她死活都看不上，感觉两家不在同一条道上。上次有了吕小军的帮助，她的生意虽然稍稍有了起色，疫情反反复复地出现，又导致资金运转困难了，女儿可是她的最后一根救命稻草，这个节骨眼上，蔡明月提出要和田好结婚，她坚决反对。

"你不同意我也得结，我都快三十岁了，你想让我做老修女吗？"蔡明月顶撞冷婕。

"谁让你做修女了，我就是觉得田家不合适，再给你找一个合适的人家。"冷婕说。

"怎么不合适了，田好和我在一起工作，又都是学医的，我们再合适不过了。"蔡明月顶撞母亲说。

"咱们家做生意，他们家研究中医，你想，能过到一块吗？"冷婕强词夺理。

"妈，你要弄明白了，做生意的是你，不是咱们家，我学的也是医，蔡猛是人民警察。"蔡明月说。

"咱们两家门不当户不对，反正我就是不同意这门婚事，你绝对不能和田好结婚。你要跟他结婚，我就去死。"冷婕又来威胁女儿。蔡明月都被母亲气哭了。

"妈，你说，你到底想怎么样？你不能为了自己挡着女儿的幸福路，你跟我爸就是因为没有感情而离婚的，你别让我再走你那条老路了好不好？"蔡明月哭着求她。

因为单亲，蔡明月从小就听话，母亲说什么就是什么，她觉得母亲一个人带着两个孩子，还做生意，真是太不容易了。可这样的理解却变成了母亲的变本加厉，把自己的女儿当成了一棵摇钱树来变卖。

蔡明月去找田好，然后扑到他的怀里诉说了母亲对他们婚姻的阻拦，哭得非常痛苦。

"不要哭了，我想想办法。"田好抱着蔡明月说。

"能有什么办法啊，要不咱们偷偷地把婚结了吧，不管她了。"蔡明月说的也是气话。

"那怎么行，你妈带你这么大容易吗，别着急，我来想办法，她不是生意上做得不行了吗，我去找找同学朋友试试，看能不能帮你妈融资，如果解决了她的困难应该就没问题了。"田好安慰着蔡明月。

"我妈怎么就知道钱呀钱的，她怎么就看不到你这么好的一个人呢？"蔡明月更紧地抱着田好。

田好为了给冷婕的公司融资，跑了很多公司，现在的生意不好做，结果都失败了。

"不要着急，我们再等等，一定有办法的。"田好还是这样安慰着蔡明月，蔡明月只有用眼泪来洗刷心里的悲痛。

英子继续她的旅游，这已经是越来越重的病态了，她有病之后，身体一闲，就意味着把女人的激情闲下了。田润章一直在研究怎么用中药医治英子的病。这个家庭虽说有缺失，但是，如果英子好好的，也是其乐融融。

5

蔡明月得到一个不幸的消息，她的父亲蔡东升在美国患上了新冠肺炎，还有美国现在对他可能有监视行为。

"怎么办呢？"她急得哭起来。

父亲虽然在她和弟弟很小的时候就离开了，可这么多年在心里也一直没有将他们抛弃，血浓于水，她自然是担心得不得了。

"别急别急，叔叔不是在唐人街开着中医医院吗，先让他帮忙治病，病治好了咱们就帮助他回国。"田好安慰她说。

这让蔡明月顿时看到了希望，她高兴地勾住田好的脖子在他的脸上亲得"啵啵"响："对呀，我怎么忘了，你赶紧给叔叔打电话吧，快让他去给我爸治疗。"

……

此时不但美国的新冠疫情泛滥，而且特朗普政府正在用力地打压华为，这让蔡东升对美国感到非常失望，他看到了美国国家的严重分裂和日渐衰落。新冠疫情在武汉暴发时期，让蔡东升感受到了中国的力量，中国很好地控制了疫情，经济复苏的速度也遥遥领先，这都是中国共产党的坚强领导和人民团结的结果。他总结出，中国将改变世界格局，这样的背景下，他精确地捕捉到了未来的窗口，并透过窗口看见了自己。他和同事马斯商量后，决定回到祖国在芯片上贡献力量。

消息传出，美国方面谈话挽留，他们只是说再想想，并没有马上表态走还是留。可就是当晚，他的同事马斯跳楼自杀了，医生说他是患了抑郁症。马斯是一个特别好的人，和他志向相投，算是同事与知己，他开朗直爽，说话幽默无比，哪里得过什么抑郁症。蔡东升自然知道这是美国的阴谋。过后他为马斯伤心落泪，同时又为自己的小命担心着，他恨不得马上回到祖国母亲的怀抱，却就在此时，他感染了新冠肺炎。这时的他害怕到了极点，他想有很大的可能他会在这次新冠肺炎中死掉。他把这一切的事情都发消息给女儿说了。

田运来接到侄子田好的电话后，马上想办法与蔡东升取得了联系，目前蔡东升的病情不容乐观，而美国那边可能暗自对他采取了什么措施，在用药方面根本就没有尽心尽力。为此，田运来动用了美国的很多关系，可以说经过很多难关才把蔡东升转到了自己的医院。

"如果我能活下去，你就是我的救命恩人。"当蔡东升躺在田运来的医院里时，他激动得热泪盈眶地说。

"一家人不说两家话，你们家蔡明月是我们家田好的准媳妇，咱们就是一家人，客气的话不用说，等我医治好了你，你千万不能再为美国卖力气了，回我们的祖国去效力吧，我也有回国的打算。"田运来感慨地说。

"我想回国啊，可我得到了美国绿卡，不知道回到祖国后，我们的国家还接纳不接纳我？"蔡东升无奈地说。

"只要你真心诚意地想为自己的国家做贡献，国家一定会接纳你的，咱们中国不就缺你这样高端的人才吗，安心治病吧。"田运来鼓励他。

蔡东升一时陷入了深深的思考之中。

"唉，不说别的了，先治病保命要紧，丢了命就什么都没了，留着这条命就什么都有，别的事我们再共同想办法。"

田运来用中西药结合的方法给蔡东升用上了药，两天后就见了效果。他把这个消息告诉了田好和蔡明月，还让蔡明月通过微信视频跟父亲通了话，看到父亲已经没有生命危险，并且已经得到了田运来叔叔的保护，她和田好激动万分，视频后他们相拥而泣。

"放心吧，无论想什么办法我也要把你爸弄回中国，说不定他还能赶上参加咱们的婚礼呢。"田好抱着蔡明月真切地说。

"嗯。田好，你真是太好了，我除了你谁也不嫁。"蔡明月蜻蜓点水般地吻了一下田好的脸说。

田好也用相同的方式回吻了她，"不对你好对谁好呀，小傻瓜。"

小傻瓜小坏蛋这样亲昵的词在蔡明月的身上很受用，又一股清澈的泪水从蔡明月的眼里涌了出来。

蔡东升的病一天一天好起来，他回国的愿望就一天比一天强烈，在他的身体里似乎有一股势不可挡的力量在驱使着他，"我本来是中国人，当初加入美国国籍是无奈之举，现在我坚决地要回国，就算不能加入中国国籍，我也要回国效力。我生是中国人，死也得是中国鬼。"他跟田运来激情澎湃地说。

在国内，蔡明月几次帮助父亲回国都没有成功，但蔡东升选择回国的意念更加坚定。人间事情都是双方的，好事有坏的一面，坏事有好的一面，疫情首先袭击了武汉，可是，西方表现得糟糕，让他看清了中国的体制优势，也看清中国的国运来了。尽管申请回国的路充满危机，好在他是芯片专家，中国急需他这样的高端人才。历经坎坷，蔡东升终于回到祖国的怀抱，当他下了飞机站在中国的土地上时，他禁不住举臂高喊："祖国，我终于回来了。"

高喊出这一句后，他热泪盈眶。

按规定，蔡东升进行了十四天的隔离。隔离结束之后，田好和明月来迎接他。

"爸爸！"蔡明月远远地就向着蔡东升跑去，蔡东升张开双臂迎着女儿，父女俩紧紧拥抱在一起。

"爸爸，你终于回来了，你再也别走了，我再也不想过没有爸爸的日子了。"蔡明月像个孩子一样哭着向父亲撒娇。

"不走了，爸爸不走了。"蔡东升也拍着女儿的后背温柔地对女儿说。

骨肉亲情是世间最圣洁也是最美好的感情，也是人与人之间血脉相连的关系，没有别的什么可以超越这种与生俱来的伟大。田好为这一对父女的深情拥抱而感动，忍不住拿起手机拍摄下了这一幕。

"爸爸，不用给你介绍了，你在视频里已经看到过了，他就是我的男朋友田好。"蔡明月此时显得快乐而调皮。

"蔡叔叔你好。"田好伸出手说。

蔡东升伸出手去跟田好握手，并且极为热情地说："这得感谢你们田家，我多亏了你叔叔，要没有他，说不定我的命就丢在外国了。"

这一句感谢一出口，田好竟然涨红了脸不知道说什么好，蔡明月看出了田好的尴尬，急忙说："爸爸，对田好不用那么客气的，他是我的男朋友，也就是你的准女婿，你还那么客气干吗？"

蔡东升用手指点了女儿的头一下，说："瞧我女儿，一点都不羞。"

三个人都笑起来。蔡东升看到了华龙的变化，感慨道："变了，都变了。当初，是我错了，美国逐渐衰败，中国才是人类的未来。"

第十一章 福祸两茫茫

1

2021 年 9 月 24 日，华龙国际咖啡美食文化节在梅江会展中心开幕。因为田好热爱咖啡，他就跟蔡明月去了梅江会展中心。

两人相互挽着胳膊正愉快地欣赏着，冷婕的电话却突然进来了，"明月你在哪儿呢，听着这么热闹。"冷婕说。

"在咖啡美食文化节上看咖啡呢，什么事，妈？"蔡明月问。

"你妈的公司现在都迫在眉睫了，你还有心思逛美食，你快给我回来。"冷婕这话里带着不满。

"妈，你到底有什么事，你说嘛。"蔡明月知道一定不是好事。

"田好有没有在你身边？"冷婕问。

蔡明月看了看田好，说："没在，有什么事你说吧。"

"那好，妈就直说了，我又跟吕顺增说好了，他又同意我跟他结亲家了，你快回来，我们商量一下赶快给你们定亲。"

冷婕这种命令的态度让蔡明月特别不好受，自己的婚姻大事一个当母亲的怎么能说怎么就怎么呢，母亲像是旧社会的一个厉母一样。

她离开田好跑到一个无人的角落，"人家吕小军根本不喜欢我，我也不喜欢吕小军，你们两个大人到底要干什么，是不是你和吕小军他爹有什么不可告人的关系？"对母亲这样无休无止地阻挡她幸福的路，蔡明月感觉自己都无法自控了，她冲着电话小声地喊，然后"呜呜"哭起来。

"明月你别胡说，妈是为你好，让你以后有钱花，还有，妈现在的生意实在是困难，快撑不了几天了，你不帮妈谁帮妈呢，你是最心疼妈的乖女儿是不是？"硬的不行来软的，冷婕还企图说服女儿。

"妈你别做生意了，我养你，你穿什么衣服我给你买，你吃什么我也给你买，我把工资卡给你都行，这行不行？"蔡明月哭着像是在祈求。

"妈这生意做到现在不容易，不能前功尽弃的，要没有生意做，那我活着还有什么意思，还不如死了呢。"冷婕又拿死来说事。

"好，那咱们一起死吧，妈，我不会嫁给吕小军的，你要喜欢你嫁他好了。"蔡明月急得挂断了电话。

田好看到蔡明月挂了电话才向她走过去，拉住了她的手，"你妈又逼你嫁吕小军了？"他心疼地问。

"她的公司一遇到困难就想把我当成摇钱树，天下哪儿有这样的母亲？"蔡明月靠在田好的怀里说。

"好与不好，她都是你的母亲啊，这事咱们共同想办法，我再找找我的同学，他的父亲是慧心集团的老总，他的实力相当雄厚，看能不能说通他们给你母亲融点资。"田好叹息着说。

没有想到的是，田好竟然把这件事办成功了，冷婕的公司得到了华龙慧心集团的融资，危机也一下子得到了化解。但是，冷婕现在并不知道田好幕后的辛苦，田好不让明月跟她母亲说。

生意场上，有些人的脸皮就被锻炼得越来越厚，比如冯大兴。眼睁睁地看着田好抱走了他的美人，他心里自然是不舒服，是特别不舒服，他的报复心就越来越重。想来想去，他没想到自己的错，而是把错都加在了冷婕的身上，是冷婕断了他跟蔡明月的美好未来，如果当初不是冷婕提出给一笔资金让他和蔡明月了断，蔡明月今天还会是他的人，也不会属于田好。再加上后来冷婕又出卖了他，他从心里更加地恨冷婕。

听说慧心集团的老总给冷婕融资了，冯大兴极端地焦虑。慧心集团早就是他眼里的一块肥肉，他上上下下跑了不下几十次都没有提到融资，冷婕她一个女人家是怎么得到的？难道是吕顺增帮她？不会啊，吕顺增早就看清了冷婕的真面目，不但不跟她结亲家，连理都不理她了。他想来想去想不通。

正在他郁闷不解的时刻，有人透露给他一个好消息，某县一家医院需要建设，如果能投标，将是一笔丰厚的利润。这可是一个好机会，冯大兴已经没有实力，可冷婕现在有，当他想尽办法拿到了投标书，就去找冷婕谈合作。

心里越有恨，冯大兴就对冷婕越是恭维，他先是虔诚地说了冷婕许多的好事，然后才说到了合作的事。冷婕一开始特别烦冯大兴，"不投不投，赶紧滚。"她毫不客气地赶他走。

"我的姐姐，你可要想好了，你经商这么多年了应该知道，这只有赚没有赔，这可是一笔大收入，过了这个村可就没这个店了。"冯大兴纠缠着她。

"谁是你姐，你可别乱了辈分。"冷婕瞪着他说。

"姨姨姨，这行了吧，只要你投资，你让我干什么都行，要能拿下这个项目，那我的公司起死回生也就没问题了。我也有我的目的，又不是在敲诈你。"

冷婕想了想，觉得这笔生意也可以做，毕竟冯大兴听她的。所以现在底气十足的她答应了注资与冯大兴合作。冯大兴得意至极。

2

田润章没有想到，英子向他提出了离婚。

田润章感到有些惊讶，英子想做什么他都默许，难道她还不知足吗？田润章一筹莫展，心里有什么东西揪着难受，但是思维马上沉静下来。天要下雨，娘要嫁人，他无法改变英子，重要的是，家庭的切要发生改变，但自己对这巨大的改变有准备吗？他能够承受吗？转念又想，自己再是教授，毕竟比英子大二十岁，可能她真找到了称心如意的人了吧？也不能耽误她的幸福。英子现在已经很少管这个家了，家里也没有她的孩子，那就放她自由。自己老了，还有田好和明月养老送终呢。

"你要想好了，我没有意见。"田润章很平静地说。其实，英子在等待他暴跳如雷，他的平静让她吃惊。

英子瞪大了眼睛望着田润章。

女人总是有许多名堂的。英子家在塘沽农村，文化水平低，没有追求，没有信仰。除了金钱和旅游，她的内心什么都不信。田润章试图鼓励她旅游，将英子从这种状态中拯救出来，现在看来基本是失败了。田润章接着说："你再想想，想好了对我说，我跟你去办手续。"

"好，我不用想了。"英子说，"老田，你难道不想知道我是怎么想的吗？"

"你中午就给我回复。"田润章说。

这是早上的事，过了中午，英子还没有想好，田润章也没有再提这事，他给田好打电话。田好来了，望了英子一眼，发现她的眼睛幽光闪闪。英子惝惝地出去了。

田好说："要不，我跟英子谈谈？"

"田好，我叫你来，不是跟你说她的。你下午有没有事，要没事陪我到老茶馆坐坐吧。"田润章的眼睛望着田好。

"爸，好，我陪你去。"田好说。

田润章有个习惯，心情烦乱的时候，就是到老茶馆去坐一坐，老茶馆已经很老了，但还保持着当初的风格，每天都有节目，说相声或者唱戏。田好知道一定是父亲有了什么烦心事，所以就算蔡明月约了他一起去逛街，他还是答应了父亲。他本来想着带蔡明月一起去的，想想父亲没有说让他带着，那肯定就是有话想要单独对他讲，所以他就打电话给蔡明月说了情况。

老茶馆一般下午营业，人们陆续落座，相互寒暄。疫情之后，关了好久，如今疫情缓解，重新装修开张。喝茶的人要用手机扫健康码。新开张的老茶馆还添了新业务，多了一个书屋，还卖一些图书。他买了一本贾平凹的新版小说《暂坐》，没有戴花镜，回家翻看。过去，田润章一般不用那里的茶具，带的是自己的茶杯。他是一位老顾客，服务员看到他很热情地跟他打招呼，给他倒上热乎乎的茶水，而后还要了一些零食，瓜子、糖果、点心、蜜饯、水果等等。

"爸，你今天怎么了，平常你不是不吃这些零食吗？"田好真的在为父亲的异常担心了。

"爸就不能搞一次例外？"父亲反问他。

田好不再吱声，皱了皱眉头。

墙上黑板上写的今天表演的不是相声，而是梅花大鼓和评剧，在田润章眼里，戏比相声更有味。可能是他们那个年代出生的人就是爱看戏吧。田好细细地观察着父亲，发现他今天跟往常的神情不一样，表面上看起来轻松，实际心里头压着很不开心的事。

"爸，您没事吧？"田好担心地问。

"有什么事啊，天塌不下来。"田润章说。田润章津津有味地听着，喝着茶。

"到底怎么了？"田好着急地问。

"你阿姨要跟我离婚。"田润章把嘴凑到田好的耳边说。

"为什么？"田好问。

"不说这个，看戏，戏这么好看，看看戏比什么都好。"田润章说。

"爸，你的血压没事吧，你千万别着急，她离就离吧，反正她在这个家也起不了大作用，以后我帮你再找一个合适的跟你做伴。"田好赶紧安慰父亲。

"爸没事，我吃了药，血压还不算太高。不说这个了，不说了，陪我喝茶听戏。"田润章制止了田好。

田好不想再问了，知道父亲心里不好受，就默默陪在父亲身边。

这一曲唱完了，田润章还来了一个"捧场"，竟嚷嚷着要田好花四十块钱买一个花篮献上。看到父亲假装高兴，可能是在用这种方法麻痹自己，他也就跟着瞎起哄，不管是真高兴还是假高兴，他还是配合着父亲，买了一个花篮。

父子俩从老茶馆出来。

"回家吃还是在外面？"田好问。

"在外面吃点吧，家里肯定是冷锅灶。"田润章无奈地说。

他们在外面找了一个小饭店吃过饭才往家里走。田好把父亲送到了家门口就走了，他不想见到那样的英子。

在父子俩去看老茶馆的时候，在家里的英子也没有闲着，她在清理田家的财产，最近她不去旅游了，一门心思寻找田润章的那一个亿的专利费。英子把所有的地方都找到了，甚至是柜子里的每一个角落，还有枕头里，还是没有发现钱的踪迹。田润章告诉她配方捐给国家了，她才不信，谁会放着一个亿不要白白捐给国家？这不过是防着她而已，八成是给田好留着的，这是对她有二心。找不到，那肯定是在他儿子田好那里，父子俩穿一条裤子还一块去喝茶听曲，那一定是在一块想什么办法糟践她。这样想着，英子更加气愤，在家摔了不少不值钱的东西。田润章回家后还看到了她起草的离婚协议书，里边提到一个亿的"菊花清肺"转让费的事。他顿时明白了一切，他一开始觉得英子是一时之气，谁知她这次是奔着巨款铁了心要跟他离婚。

"你写的离婚协议书？"田润章既愤怒又无力地问英子。

"律师帮我起草的，律师说了，那一个亿有我的份儿。"英子毫无遮掩，还很理直气壮。由于翻腾寻找，她脸上沾满了灰尘，脸也失去了光亮的色泽。

"你不是不知道，我已经把'菊花清肺'捐给国家了，哪来的一个亿的专利费？"田润章现在已经不想再与这种人吵，只想早早地结束这场婚姻，让这个为钱而来的女人离开自己。

"我才不信呢，律师也不信，谁会傻得放着一个亿不要，你就是对我有二心，我早就看出来了，你们父子俩偷偷地对付我。"英子愤怒地大叫，哭得一把鼻涕一把泪的。

"你真是有病！"田润章气愤地说。

"我就是有病，你不给我钱，我就天天跟你闹，直到你给我为止。"
英子哭喊着。

田润章哑然，微微闭了一下眼睛，然后起身走向了他的实验室……

3

有句俗语，叫不顺的时候喝口凉水都塞牙。田润章家里的事情正
头疼着，田好这边又出了大事。在下班的路上有人向他下黑手，把他
逼停后，不问一二三就从车上把他拽下来狠狠地打了一顿，然后扔下
他就走了。田好觉得自己死不了，因为他护着头，头没有被打着，只
是腿部疼得不能站起来，所以没有先打 120，而是忍着痛给蔡明月打
了电话。蔡明月紧急地赶过来，看到田好被打成那个样子，一下子就
猜到是冯大兴，这笔账她迟早是要算的。

田好的腿被打骨折了，在医院一住就是二十多天。这半个多月
来，田润章来过几次，一直是蔡明月照顾着田好。如果没有疫情的
话，卫健委的工作不是太忙，知道田好被打成重伤，领导也允许了蔡
明月去照顾，就算没有蔡明月，也会派另一个人去陪护的。

田好就要出院了。这天一大早，医生查完房，给田好交代完出院
的一些注意事项，说伤筋动骨一百天，需要多多静养。

蔡明月为他收拾了衣服及洗漱用品，办理了出院手续。她扶着田
好问道："感觉怎么样，能走出去不？"

田好笑了笑："哪有这么娇气，腿上的伤已经好了，能走的，慢点
就行。"

蔡明月怕他不行，搀扶着他出了医院门口，田好说："我们先回父
亲那里看看吧，现在不用上班，我就守着父亲待一些日子，工作的时

候我也没时间陪着他，现在总算有时间陪陪他了，得珍惜这个有利的时间。"

"好，我送你过去。"蔡明月说。

蔡明月开车转过华龙大道，马上到了田父的家，车停在楼下，田好突然又犹豫了："这一阵看父亲情绪不高，我也没问他和英子阿姨到底怎么样了。"

"他们怎么了？"蔡明月问。

家丑不可外扬，虽然蔡明月不是外人，可田好还是觉得说父亲和英子离婚的事挺难为情，所以一直也没说，现在只得对她说了。

"哦，英子阿姨这么贪心啊，真没想到，我想这时候田伯伯肯定不好受，你更应该陪陪他了。"

田好望着懂事的蔡明月，捏了一下她的手。蔡明月又另一只手拍了拍他的肩膀鼓励他："走吧，先不拿东西，人先上去。"

三楼不高，田好却走着挺费劲，蔡明月使劲地搀扶着才走了上去。田好敲了几下门，没人开门。两个人正在怀疑家里是不是没人，就听见里面有人向门外走来："谁呀？"

田好听出是英子的声音，这证明父亲和英子还没有离婚，心里算是轻松了一些，"阿姨，我是田好，我出院了。"他大声向里说。

英子开了门，上下打量着田好和蔡明月，然后面无表情地说："你爸爸没在家。"

看英子的神态，他父亲不在家，她并不欢迎他们进门，但在田好心里她怎么都是个长辈，于是没有表现出生气，而是很自然地问："我爸去哪儿了，去实验室了吗？"

英子很傲慢地说："你爸爸去哪儿了我怎么知道，大概是私藏那一个亿的专利费去了吧。"

这话说得阴阳怪气，让田好和蔡明月很是摸不着头脑，田好问："什么一个亿的专利费？"

英子"哼"了一声，冷冷地说："你也别在我面前装了，我知道你们父子像防贼一样防着我。"

看英子现在不太正常，田好不想再跟她说什么了，一时想走，可蔡明月却听出了端倪，她偏不走，非要治治她，给田家父子出口气，于是她皮笑肉不笑地说："田好刚出院，回那边我怕没人照顾他，所以他想在这个家住一些日子，这不有阿姨你在，我也放心，田好你先进你的卧室去，我这就下去给你拿东西。"

英子一听这个急了："可别，我照顾不了他，我连自己都照顾不好，你看，今早我都泡的方便面。"她还指了一下茶几上没有收拾的泡面桶。

真够懒的，蔡明月心里想，但也不能向这个女人低头："你伺候不了他，田伯伯伺候，自己的儿子怎么也不能不管他吧，医生说了，伤筋动骨一百天，他得好长时间才能正常地走路呢，不能让他自己住，万一摔个跟头可怎么办？"

蔡明月说着就扶着田好往里走，却被英子挡在了前面："田好你住我不反对，但是你爸爸没在家，得等你爸爸回来了才行，他只要同意我就同意。"

田好一时很无语，平时英子就是再不好也没有到现在这种地步，看来她现在真是要和这个家里的每一个人作对，翻脸不认人了，竟然能阻挡他不让进屋，他生气地说："这是我家，我住进来不用经我爸同意。"

"就是啊，田好是这家里的主人，他什么时候想住就能住。"蔡明月也跟着神气地说。

英子没好脸色地瞟了蔡明月一眼："蔡大小姐，我们家的家务事，你瞎掺和什么？怎么了，你这是急着要做主人吗？要把我顶走？告诉你们，门儿都没有，一个亿不分给我，我就赖着不走。"

看英子为了钱财已经变了性情，田好真是无语了，蔡明月却来劲儿了，她讥讽着英子说："阿姨，你都这么大岁数了，你想让我尊重你，还是想让我训斥你两句？你说这是你家的事，我还真管定了，就算田家有一个亿，我也不让田好分给你，我还得留着花呢。田好你等着，我这就下去拿东西，我就不相信你自己的家你自己还不能住了呢。"

田好想阻拦也没阻拦住，蔡明月已经下楼去了，不一会儿就拿着大包小包上来了，取了田好的用品，衣服放在他卧室的衣柜，洗漱用品放在卫生间，一切的动作都是那么自然，就像在自己家中一样。

英子生气地看着蔡明月，也无可奈何。

4

英子自进了田润章的家，和田好从来没有产生过这样的冲突，现在因为一个亿的事，产生了不小的隔阂。在这个复杂多变的世界里，人与人之间的关系，因为金钱也会变得复杂起来。当金钱凌驾于感情之上后，感情就变得不堪一击了。这虽然是大家都不想看到的局面，但却时常上演，根本杜绝不了。

真是验证了一句话：想看清一个人，谈钱就够了。

房子是一百三十平方米的，有三个卧室，以前正好够他们一家住，父母一个，兄妹俩一人一个。后来父亲娶了英子，田瑶不在这里住了，英子就占了田瑶的那个卧室，嫌弃田润章打呼噜就到那屋去睡。田好的卧室还属于田好，他虽然不在家里住，但每次回去都会在他的床上躺一会儿。

现在蔡明月把田好的东西都归整好了，窗户打开透了气，床单也换了，桌子擦了一遍，地也墩了一遍，顿时显得亮堂起来。田好躺在了床上，他给父亲打了个电话。

"怎么了田好？"还没等田好说话，父亲就担心地问。

"没事爸，就是我出院了，反正也不上班了，就暂时回了你这儿，想跟你住几天聊聊天。"田好说。

"你出院了啊，看我这当父亲的，只顾干自己的事，把你出院的事都忘了，那我现在就回去。"父亲埋怨着自己说。

"没事爸，明月在呢，中午让明月做饭，你记着回来吃就行。"田好说。

"我这就回去，这些天你英子阿姨不正常，跟狗一样，逮谁咬谁，你可千万别招惹她啊。"父亲担心地说。

田好没有告诉父亲他们已经和英子发生了摩擦，他真不想给父亲再添堵。英子现在也不吱声了，到卧室也不知道去干什么。蔡明月到厨房看了一眼，厨房收拾得挺干净，就是没有几个菜。冰箱也没有几样东西。

"田好，难道英子阿姨就不给田伯伯做饭吃？"蔡明月疑惑地问。

"以前是做的，后来光知道旅游，几乎不做饭。"田好说。

"那看起来她也不是懒人啊，厨房客厅都收拾得还算干净。"蔡明月说。

"哪儿是她收拾的啊，那是我爸雇的钟点工收拾的。"

听田好这么说，蔡明月觉得田伯伯好可怜。"那我去买菜了啊，今晚给田伯伯做点好吃的。"蔡明月说着就往外走。

"我给你微信上发钱买菜。"田好说。

"别事儿多了，你发钱给我那不把我当外人了吗，别发，发我也不收。"蔡明月说着，已经走出去了。

蔡明月买菜回来的时候，田润章也回来了，他们正好在门口遇见，两人手里各提着一兜子菜。

"田伯伯，你怎么也买菜了，田好不是说了吗，我做饭，这不，我买了这么多。"蔡明月两手都往起拎了拎。

"多了没事，田好在家就有的吃了。"田润章笑着说。

两个人到了家，英子还没有出来，田润章也没有说让英子帮忙，而是问蔡明月一个人做饭行不行，不行的话他去帮忙。蔡明月说自己行的，从小就做饭，没问题，让他陪着田好去说会儿话。

田润章走到儿子的床前，田好从床上坐了起来。

"你的腿能走路吧？"田润章问。

"能走，就是医生说让多休息，我知道你这些天心里不痛快，正好在家跟你做做伴说说话。"田好说。

"好，在家好，你这么多年都不在家里住了。对了，派出所查出是谁打的吗？"田润章问。

"没有，不好查，那一段正好没有监控，我一个也不认识，明月怀疑是冯大兴找人下的手，但是咱们也没有证据，也不能瞎说。唉，算了吧，就算真是冯大兴又能怎么样，就当让他出出气。"田好无奈地说。

田润章也深叹着气说："咱们田家一直都是心慈面软，这没办法，这都是基因里带的，不过这也是福气，宽容是福。"

"爸，你们到什么地步了？"田好压低声音把头向那屋的方向抬了一下，表示他在说英子。

"杠着，她妄想着分一个亿，没有的事她哪儿分去，可她就不信。不过没事，我扛得过她。"田润章安慰着儿子。

……

蔡明月的菜炒好了，蒸了一锅米饭，炒了四个菜，还做了一个萝卜丸子汤。她欢喜地一个一个端到餐桌上开始大声喊："吃饭喽。"

这话，其实她是喊给英子听的，然而父子俩出来了，英子并没有出来。怎么说人家也是个长辈，吵归吵闹归闹，自己不能做得太不像话，毕竟她将来还是要进田家门的，到那个时候，英子就是自己的婆婆，无论怎么样都是婆婆。所以她去敲英子门，"阿姨，吃饭了。"蔡明月爽朗地说，像是她们之间根本就没有发生过什么事情。

英子一点都没有客气，她推开门出来就上了饭桌，也不说话，端起碗就吃。田润章无奈地说："都吃吧，明月，这阵子你太辛苦了，今天又做饭，你多吃点。"

"好嘞，我吃两大碗。"明月笑着说，然后在父子俩的碗里都夹了菜。

英子吃了一碗饭，放下碗就又回到卧室去了，自始至终一句话都没有说。

5

田好出院后蔡明月就不得不去上班了，但她每天下班都买上菜到田家来做饭。这天他们正吃着饭，田润章的电话就响起来了，是滨海新区中医院崔院长打来的，说是上周他给一个病人开的药不但没有起到疗效，反而使病人病情更重了。

这里有什么隐情？

田润章虽说只研究中医药，但为了发扬当地的中医事业，他在中医协会会长的邀请下，隔三差五会去华龙市各大中医院坐坐诊，上周他坐诊的是滨海新区中医院。但他开的药即使起不到疗效，也不会使病人的病情加重的，他从来都没有怀疑过自己开具的每一张处方，所以他很惊讶地说："竟有这等事？肯定有些环节出问题了。"

崔院长也有这种怀疑。于是饭都没吃完田润章就急匆匆往外走。蔡明月追了出去，说："田伯伯，你要到哪儿去，我送你。"

"滨海新区中医院。"他焦急地说。

田润章到了中医院的时候，患者及家属都围着崔院长质问，还要求他赔偿。看到田润章来了，崔院长像看到了救星，痛苦不堪地说："田教授，您可终于来了，这些病人对您这周开具的中药处方不是很满意，您给大家解释一下。"

"大家静一静，有什么问题，我们一个一个地说，如果是共性的问题，那就派一个代表，把问题说出来。"田润章提高了嗓门，尽最大可能压制住众人的声音。

大家对田润章还是比较认可的，因为田润章是治疗武汉新冠肺炎的大英雄，又是华龙中医药大学的教授，所以有的患者就是专门冲着他来的。所以他一说话，嘈杂的声音逐渐平息了下来。

"田教授，这次吃了您的中药，病情没有控制，反而加重了。"

"田教授，我找您开过几次中药，但这次同一种名称的中药，我看药材和以前不一样了。"

……

众人七嘴八舌地表达了自己心中的疑惑，田润章皱了眉头，有病人家属把吃剩的中药拿了过来，田润章从中拿出一片中药，仔细看了看，向身旁的崔院长问："崔院长，这中药是从哪里进的货？"

崔院长说："我们医院进药渠道一直很正规的，您是怀疑这中药有假？"

田润章点了点头，他放下药片，向他面前的患者及家属说道："患者和家属朋友们，你们此刻的心情我能理解，你们找我看病开药，就是相信我的医术，性命相托，健康所系，现在出了这样的问题，我会给大家一个满意的答复，但是需要一段时间去调查，请大家相信我，我会对每一个人负责。今天呢，大家先回家，需要再取药的，现在还找我也可以，或者你们换别的医生开药也可以，我们保证今天拿到手的药，在每一个环节上不出现错误。"

田润章语重心长地和大家说着话，满脸显示诚意，大家也知道田润章教授的名声，相信他不会坑害病人，纷纷表示容田教授调查一段时间，待有了结果还会再找田教授看病。田润章感谢大家对自己的信任，众人离去。

中药房的主任被崔院长传唤了过来，崔院长问："目前的中药和原来的进货渠道一样吗？"

"这次的中药进的是冷婕公司的，原来她和我们在医疗器材上合作过几次，都是很熟的，信誉也比较好，她现在又经营起中药材来，我们考虑到她刚刚经营价格比较实惠，就进了一些她的中药。"主任说。

"就因为价格低廉，就不看质量了吗？你自己看看这些中药，就这成色和质地，和原来的一样吗？"崔院长把患者留下的一些中药展开让主任来看。

主任看了看这些中药，脸上顿时变红："崔院长，真对不起，由于太信任冷婕了，没有仔细验货，我现在就回药房清点出这些药品，让冷婕解释清楚。"

主任回药房的时候，崔院长和田教授就见药房的铁门从里面打开，走出一个人来。

这是一个打扮时尚的女人，一头松软的头发大波浪一样披在肩上，脸上浓妆艳抹，一袭风衣紧紧包裹了她纤细的身材。崔院长不认识她，她肯定不是医院里的人，但轻车熟路在药房里出入，可见和药房里的人是多么熟识。这女人一出门就撞见了崔院长，她似乎有些慌乱地向中药房主任挥了下手，算是打了一个招呼，便低头匆匆离去了。

他们进了药房，然后把从冷婕公司进的中药都展现了出来。药品在他们面前一包一包被打开之后，田润章一一做了品尝和对药材质地的评定，最后初步得出结论，这批中药属于劣质产品，其中不乏过期药品。

"这些药确定是从冷婕公司进来的吗？"田润章自然知道冷婕是蔡明月的母亲，所以又问了一遍。

中药房主任点了点头。主任现在非常害怕，因为她也不知会有这样的结果，她完全不敢相信和医院合作多次的冷婕会在药材上做出这样的手脚。

田润章回家后，蔡明月还没有走，于是他直言跟她聊到了从她母亲那里进的这批中药材。

蔡明月对母亲的生意从来就不过问，她只知道母亲在干医疗器材的生意，从来没听说过她还做药材生意，但如果销售伪劣中药材这个事真是母亲做的，那母亲和英子还有什么区别，为了金钱利益，连做人起码的底线都丧失了。这些年，蔡明月知道母亲在商战中摸爬滚打也非常不容易，但不管如何，做什么事情如果失去了诚信，那她的公司距离倒闭也就不远了。

蔡明月羞耻地说："田伯伯，我这就给我妈打电话核实这件事情。"

冷婕接通了电话说："明月，妈正在开会呢，你等会儿再打电话。"

说完她便挂了。

蔡明月正在气头上，今天这个电话如果打不通说不明道不白，她都替母亲丢脸，她再次把电话打了过去，冷婕很长时间才接了电话，问女儿："有什么事儿啊，等会儿我打给你。"

"不行，现在就要说！"她怕冷婕又挂了电话，态度非常坚决。

"什么事儿这么着急？你说吧。"冷婕问。

蔡明月问："你现在经营开中药了？"

冷婕答："是呀，疫情之后医疗器材不好经营了，要不换生意，那就是要等死。"

"那滨海新区中医院的中药是不是从你那里进的？"蔡明月焦急地问。

冷婕说："是啊，我们合作好几次了。"

蔡明月见母亲直言不讳，没有一丝隐藏，便直言说："那你到底知不知道这批中药是伪劣产品，现在病人吃上这药病情都严重了，都来找医院闹事了。"

冷婕听到女儿的话，心里也担心起来，她慌张地说："怎么会呢？我公司的药都是从正规渠道来的，怎么会是伪劣产品，肯定搞错了。"

蔡明月一脸严峻，吼着母亲："妈，你必须赶紧查清这件事情，这涉及人品问题。那里的药方是田伯伯开的，你必须给田伯伯一个交代，给病人和家属一个交代。"

第十二章　人心不足蛇吞象

1

生活啊，总是不尽如人意。其实，冷婕有她的苦衷。

她的医疗器材生意在新冠疫情到来之前还是做得很不错了，可新冠病毒一来，本来生意就难做了，自己正好又被新冠肺炎招惹了一下，生意就更加艰难起来。这时冯大兴帮了她一个大忙，冯大兴建议她做药材生意，她分析了一下当前形势，药材确实是一门好生意。没想到才做得风生水起，却出了这窝心的事。

放下女儿的电话，冷婕早已经对冯大兴充满了气愤，如果这批药材真出了问题，那一定是冯大兴搞的鬼。她马不停蹄地去滨海新区中医院验了一下那批货，果然跟自己的货相差甚远。

"是谁送的货？"冷婕问中药房的主任。

"是冯大兴的秘书赵玫玫跟一个司机。"中药房的主任说。

"好，我知道了，现在就把这批货搁起来不要动了，我会查清楚，我也会负全部责任的。"冷婕说。

冷婕从滨海新区中医院就去了冯大兴的公司，她怀疑是冯大兴这个小贼给她偷梁换柱了。

冷婕虽然是女人，也有私心，但在做生意方面还是比较靠谱的，她就是怕冯大兴从中捣鬼，所以每次同冯大兴一块进药材时都要亲自过目，亲眼看到药材进到自己的库里，从来不和冯大兴有产品上的交集。谁知就这么一问，她实在是忙着，而滨海新区中医院又要货，她就打电话给冯大兴，让他帮忙给送一下货。当时她还专门提醒库房的保管员小刘注意，生怕出什么问题，没想到还是出了问题。她想一定不是小刘的问题，出问题也是冯大兴出的问题。冯大兴那个人能不知羞耻地接受一个女人给他的钱，他的人品就没有那么高尚。她之所以亲自找上来而不是打电话，就是怕冯大兴跑路。

　　然而找到冯大兴时，冯大兴正和他的女秘书赵玫玫在办公室里打情骂俏。冯大兴根本就不爱赵玫玫，只是失去了蔡明月，他感觉到心里空虚，拿赵玫玫来填补这种心灵上的空虚而已。赵玫玫那种人，成天打扮得花枝招展，其实内心没什么内容，就是一个花瓶而已。

　　看到这样的场面，冷婕真是感到恶心，她想，如果现在明月还跟他来往，她宁可再给冯大兴几十万，也让他离开明月，这样的男人要做自己的女婿，那简直是丢死人。

　　"欢迎冷大经理。"看到冷婕气势汹汹地到来，就知道是药材出了问题，冯大兴心虚地站起来说。

　　"欢迎冷大经理，快坐，我给你倒茶。"赵玫玫也阴阳怪气地说。

　　"冯大兴，你明着说吧，我让你帮忙去滨海新区中医院送货，你是不是给我偷梁换柱了？"冷婕一坐就直截了当地问。

　　"哪儿有的事，不可能，我怎么能做那样的事呢，你还不了解我吗？即使我做不成你的女婿，那我们也是好朋友对吧？"冯大兴装作无辜地说。

　　"我就是太了解你了，才怀疑你，你别装无辜，走，你现在就跟我去滨海新区中医院看看那批货。"冷婕起身要冯大兴跟她走。

　　"哟，冷经理你可不能信口开河，我们帮你送了货，你应该感激我们才对，怎么还赖上我们经理了呢？"赵玫玫说。

　　"我问了，是赵玫玫你送的货，可送过去的货怎么和我库房里的货不一样呢，我这还没找你算账呢。"冷婕恶狠狠地瞪了她一眼。

　　"冷经理，你这话是什么意思？"赵玫玫不乐意听了。

　　"就是那批药有问题，所以才让病人的病情越来越严重，这亏得没有出大事，如果出了大事，这样的后果你们承担得起吗？"冷婕非常霸气地说。

"那也不能证明是药的问题啊，或许是医生开的药方有问题呢，给病人治不好病，遭了投诉，反而怪罪药物是劣质的。哼，若吃饭要噎死人，倒要嫌弃食物的不是了呢。"赵玫玫无理辩三分地说。

"可能吗，那天田润章教授坐诊，田教授治新冠肺炎都没开错过药方，现在能开错药方？你不要跟我胡搅蛮缠，你们不承认可以，我有办法让你们负法律责任。"冷婕站起来就要走。

冯大兴看着赵玫玫跟冷婕争吵，一直没有吱声，现在看到冷婕要让他负法律责任，他害怕了，赶紧站起来阻拦冷婕。

"阿姨先别走，你听我说，让我再查查，如果真是我这里出的问题，我负责我负责，千万别动公，这多麻烦，耽误时间还伤和气，走，现在我就跟你去滨海新区中医院看看那批货，如果是假冒伪劣，我就把它们拉回来，换新的，这行了吧，一切的责任我负。"冯大兴客客气气地说。

这明显的是冯大兴已经示弱了。他为什么要示弱，那一定就是他捣的鬼。冯大兴这样，但他毕竟是自己女儿以前的男朋友，有时候这个人还是有点用的，比如这次做药材生意，也是冯大兴领的路，所以只要冯大兴承认了，冷婕也没想过要追究他的什么法律责任。

"那这件事就到此为止，你赶紧地拉一批一等的货把那批烂货换回来，如果再出现什么错，我可就不客气了。"冷婕说完就走了。

冯大兴的胆量没有那么大，冷婕知道，他会去换的，这次不会再出错。这件事就算这么处理好了。

回到家，她把事件的经过对女儿说了。蔡明月赶紧把经过又对田家父子说了个清楚。又是冯大兴，田润章真是无奈，但是他也不想把冯家置于死地，他就亲自去找了崔院长，说这件事就算了吧，只要把药换成一等的就好，以后让验货的也长个心眼。

崔院长明白，药房主任肯定和冯大兴有着什么不可告人的勾结，但是这件事也是个教训，他偷偷地把主任教训了一下，也没有把事情搞大。

让一步海阔天空，在这件事上，大家都这样海阔天空地过去了。

田润章又重新给大家看了病，开了药，药没有问题，所以这些患者也就没有出现问题。

2

田润章的家里这一阵子极不太平。因为看不到那一个亿，所以英子不再提离婚，人家不离婚，田润章也不能往出赶她，毕竟她对他还是有救命之恩的。

现在田好住回来了，嘴不饶人的蔡明月又天天来家里做饭，这使英子感觉很不爽，虽然蔡明月看起来什么也不计较，每顿饭都叫她吃饭，她总觉得大家是在欺负她。这一天到田润章的实验室来找他。

英子不知道田润章的实验室在哪儿的，以前她从来没有来过，因为她对中医那些东西不感兴趣。现在家里有人住着让她不自在，她旅游的瘾又上来了，她来跟田润章要钱。

不知道具体地方，大概位置她还是知道的，她在楼下给田润章打电话，说她就在他实验室的楼下。田润章是不想让英子进他的实验室的，但既然来了，他还是把她请进去了。

一股刺鼻的中药味扑面而来，英子在鼻子跟前挥着手说："难闻死了，怪不得你身子成天是中药味。"

"我认为这是天下最好闻的味道，这就是我和你的区别，我们始终不在一条线上。"田润章给英子倒了一杯白开水。

"我知道你从来都瞧不起我。"英子说。

"错，我从来都没有瞧不起你，我娶了你，瞧不起你等于瞧不起我自己，是你自己瞧不起你自己，你的眼里只有钱，你看不到别的比钱更珍贵的东西。"田润章说得意味深长。

英子听不懂田润章的话，"难道钱不是最珍贵的东西吗，没有钱什么也买不到。"她还狡辩着。

"秀才遇到兵，有理说不清，我不想跟你理论了，说吧，你找我想说什么，要问一个亿的事，那你又白跑了，你得不到，因为我没有。"田润章现在说话也没有以前那么客气了，因为他已经无所顾虑了，这个家要和要散对他来说已经没有意义。

"我现在不要一个亿了，我要出去旅游，给我转一万块钱吧。"英子很不客气地说。

"好，你先回去，我马上在电脑上给你转。"田润章说。

往常，她每次出去旅游都没有要过这么多钱，先要两千，而后出去了没钱了再要，这次她故意张这么大的口，没想到田润章这么痛快地就答应了她。这说明什么？说明田润章有钱，有了钱就财大气粗了。她在心里下定决心不拿到钱不罢休。

英子这次拿了钱并没有去旅游，而是住在了宾馆。因为这一阵子，冯大兴和她有了交往，他们现在商量着一件秘密。冯大兴这个人就是贼心不改，上一次造假后被田好搞得赔了家底，现在他还想着通过不良手段赚回来。他不知道上次是有人举报了他，他认为是他造"菊花清肺"不是真出了问题，这次他想要个真的。后来他不知从谁那儿听说了田润章和他的小老婆为一个亿产生了矛盾，所以他就起了贼心，想从田润章的内部挖掘通道。英子提出离婚就是冯大兴给她出的主意。

他通过各种方式和田润章的小老婆英子联系上了，并且约英子去吃饭。

"先自我介绍一下，我叫冯大兴，你可能知道的，我爹是冯世昌，和田教授是世代仇家。"冯大兴开门见山地做了自我介绍。

"你找我有什么事吗？"英子警惕地问。

"听说你和田教授的感情并不好？"冯大兴试探着问英子。

英子觉得冯大兴问得有些莫名其妙，所以很生气："我们感情好不好跟你有什么关系，还用不着一个外人来操心。"

冯大兴依然笑着对英子说："当然有关系，如果你们关系好，那我就什么也不说了，如果关系不好，那我就跟你有的说了。"

"你想说什么你直说吧，别给我拐弯抹角的，我性子直，转不过弯。"英子不客气道。

"好，那我就直说了，现在有笔生意你做不做？"冯大兴显得很神秘。

"我不会做生意。"英了说。

"不用你做什么，你配合我就行。"冯大兴说。

"到底做什么生意，你倒是说啊。"英子急了。

"别急别急，阿姨，是这样的，我想用十万块钱买你家田教授的一个秘密。"冯大兴很认真地看着英子的反应。

英子苦笑了一下说："我知道你要买什么，就是那个药方，老田已经卖了，听说卖了一个亿，但是我不知道他一个亿在哪儿。"

通过这句话，冯大兴基本相信了外面对田家的传言是真的，于是他从包里拿出十捆票子说："那个药方，他卖也只不过卖一张纸，他肯定还有存根啊，说不定就写在什么地方，如果你能找到给我看看，这十万就归你了。"

英子看着这十捆红艳艳的票子，不可能不心动。嫁给田润章这几年，零花钱是没有少过她的，但像今天答应给她一万块的事情以前根本没有过，她在背后偷偷地攒了好几年的钱还没有攒够五万。这一下子就十万，她挺眼馋的。

"我是见过他有一个本子在保险柜里。"她脱口就说出来了。

英子的话让冯大兴的眼睛一亮："那你偷偷地给我拿出来，我不要，我只看一下子，然后拍个照片就给你，你再偷偷地放回去，对你一点影响也没有，你白得十万块钱。"

"让我再想想。"英子说。

"你还有什么可想的，就举手之劳的事，拿出来再放回去，什么也少不了。"看英子的表情，冯大兴已经知道自己赢了。

英子的心其实是兴奋的，但她故意装作思考了一会儿，说："好，不过这事你得保密，谁都不能透露。"

冯大兴心花怒放，但他也故作谨慎地说："当然了，不能透露的，这个要是透露了我的责任比你重，说不定要坐牢的，你一个家庭妇女不会有事，常言道不知者无罪，有罪的是我。"

"行，这个生意我做了，但是不能急，田好这一阵子在家住着，再说保险柜的钥匙不是那么容易搞到的，他在家时我不能开，他不在家时钥匙又在他身上，所以得宽限我一些日子。"英子说。

"那没问题啊，我也知道这事急不得。"冯大兴也说。

3

接下来的好几天，冯大兴每天都约英子出来吃饭，还让赵玫玫陪着逛商场，给她买了羊绒大衣，还有一条金项链。赵玫玫像是英子的亲生女儿一样嘘寒问暖，让英子真是感受到了一种无微不至的关爱。

"阿姨，你没有子女，田家又靠不住，不如就认了赵玫玫当干女儿吧，她也从小没了母亲，现在后妈也对她不好。"冯大兴笑着说。

"是啊，我可喜欢你了英子阿姨，你快说你认不认啊。"赵玫玫不仅在男人面前狐媚得让男人抵挡不住，这在一个老人面前的撒娇也让一个没有儿女的老人抵挡不住了。

"好好好，我认我认，你说我怎么这么福气，平白无故地就有了这么一个女儿。"英子开心地说。

"妈，你以后就是我的妈了，我以后好好孝顺你，不过这事千万不能让田家知道，他们家跟冯家是仇家，要让他们知道了我就做不成你的女儿了，我们以后要相互想念了就出来一起吃个饭。"赵玫玫说。

英子觉得赵玫玫说得在理，也答应着。这样熟悉了，冯大兴就跟英子谈到了那一个亿的问题。英子透露说，她根本就不相信田润章把药方捐献给了国家，她认为那是防着她，骗她的。这个冯大兴却和英子的想法不同，对于田润章捐献药方的事他是知道的，千真万确是无偿的，但是他不会告诉英子这件事，他不能让田家一直过得那么风光、那么舒畅，他正好趁机去挖田家的堡垒，他恨不得让田家"轰"一下子倒塌，所以他不会放弃这个机会。

"阿姨，我也听说那个药方田家根本没有捐献，他们可能就像你想的那样，防着你。你想啊，田润章有自己的孩子，如果让他不防着你那也不可能，但是我有一个办法可以让你分到钱，就算分不到一半也能分到一个亿的三分之一。"

"什么办法？"英子期望地问。

"办法很简单，你跟田润章离婚，离婚你就能分到财产，就算他不给你也不行。"冯大兴给她支招。

"可我拿不到他有钱的证据啊，我没见到他的存折什么的。"英子说。

"这个你不用愁，你可以起诉他，这些法院会给你调查的，他有多少财产，法院有办法调查清楚的，你一起诉，他的所有财产都会被封禁起来，谁也动不了。"冯大兴说。

冯大兴心里的仇恨表达得有点过早，表达出来他又有些后悔了，叮嘱英子等这十万拿到手了再分那一个亿的事。因为十万马上能得，那一个亿有点悬。冯大兴说，只要她把笔记本偷出来，离婚起诉书她就不用管了，他找律师给她写，保证能打赢离婚官司。

从听冯大兴说离婚能拿到那一个亿的专利费那句话起，英子就钻了牛角尖了，她想象着自己能分到一笔巨款，就算三分之一也要三千多万，三千多万啊，她可以去她家乡买一个最好最好的房子，她要向她的前夫们炫耀，要让他们的儿女仰慕。然后再把剩下的钱存到银行，到死都吃不清花不完的，或许还能找一个比自己小二十岁的小鲜肉呢。是啊，为什么一个男人能娶一个比自己小二十岁的女人，一个女人就不能找一个比自己小二十岁的男人呢？

英子居然虚无缥缈地想着未来的有钱的日子，她可以带着一个年轻的男人去美国、去俄罗斯，哪儿都可以去。看来钱真能让一个人的思维变得迷离，英子已经在自己心里的"巨款"中不知不觉地不再是自己。所以她在家里已经住不下去了，家里的人太多，仿佛阻挡着她天马行空的想象，所以就谎说去旅游跟田润章要钱。

田润章无奈地叹息了一声。

其实田润章一直很喜欢安静的生活，这点前妻都做得很好，英子到了这个家后比较闹腾，慢慢地他也接受了，毕竟她年龄小，活泼一点也不是不可以。这些天，田润章已经被英子闹腾得烦得不得了，让他血压猛升，所以英子跟他要钱去旅游，他马上就给了钱。英子不主动跟他联系他也不主动跟她联系，各不干扰，省得烦恼。

英子在外住的这些日子过着非常舒心的生活，有赵玫玫这个女儿陪着，还有好听的话听着，真是像过上了天堂般的日子。不过这几天她并没有闲着，她和冯大兴找来的律师正商讨着写那份离婚起诉书。冯大兴不想让她这么早折腾离婚，怎么也得先把笔记本的内容得到再说，可英子着急，英子说田好在家笔记本偷不了，不如先写着离婚起诉书，这样两件事都不耽搁。冯大兴不想让英子不高兴，所以就请了个假律师来应付这件事。英子不知道啊，特别正式地跟律师谈离婚的事。

写好了离婚起诉书，英子特别兴奋，天天让赵玫玫陪着逛商场，看到什么就想买什么，这什么事情都还没办成，两万块钱就要干进去了。冯大兴有点着急了。

"你回家看看去吧，看看有没有机会，这个事情夜长梦多。"冯大兴说。

"行，那我回家看看，有机会我就想办法给拿出来，我也看出来了，我女儿是真心对我好，我就看她面子也得想办法给偷出来，不过咱可得说好了，你拍了照我得赶紧地送回去。"英子不放心地说。

"肯定的，这你就放心吧，我拍了照片，要那个本子一点用都没有。"冯大兴保证。

4

在宾馆住了几天后，英子回家了。

田好还住在家里，田润章在，蔡明月也在，父子俩止住茶几上下象棋，蔡明月坐在田好身后，一副小鸟依人的样子。她进门一看这幅场景，心里就蹿上来莫大的火气，原来自己不在家里，他们是那么和谐，过得如此惬意。想到自己救过田润章的命，还伺候了他这么多年，他竟然跟自己不一条心，还联合儿子防着自己，她恼羞成怒，像狂躁病发作一般，一股劲进田润章书房里胡乱拿起书柜里的书就乱撕起来。

田润章先追了过去，看到英子在糟蹋他的书，气得血直往头上冲。他是一个堂堂的中医药大学教授，这一生的最爱除了研究中药还是研究中药，而这些书是他知识的源泉，可以说是他生命中非常宝贵的精神财富。英子既然能这样不管不顾，那说明她已经一点点都不顾忌他的感受了。他上前甩了英子一个耳刮子。

蔡明月本来不想管他们夫妻之间的事，可听到这一声响后赶紧向书房跑去，田好也跟着走了过去。

"你敢打我，我白白救了你，我瞎了眼跟了你，我还要撕你的书。"英子已经疯狂到极点，又去抓书柜里的书，被蔡明月挡住了。

"滚，你这个小婊子，你算哪根葱！"英子上前跟蔡明月撕扯着。

田好上前抱住了英子，英子乱踢着，可她的身体却动弹不了，一边乱踢还一边乱骂着："你们一家子都欺负我，我咒你们都不得好死！"

田润章真是气急了，血压一股一股地往上冲，终于还是倒了下去。这一下子英子不再闹了，也不去扶田润章，而是一屁股坐在了地上。

亏得田好和蔡明月都是医生，家里也准备着一些平时能用得上的医疗小设备，田润章总算醒过来了，然后吃了药，安静地躺在了床上。

其实这些天田润章已经想好了，英子一回来他就商议离婚的事，除了那一个亿他没法分给她，别的她想要什么都给她。他刚醒过来，英子就拿着一份离婚起诉书过来了，扔给了田润章。

"我已经咨询过律师了，这份离婚起诉书也是律师帮助写的，不是你说不分我就可以不分我，就算三个人分，我也得分三千多万。"英子理直气壮地说。

田润章已经这样了，英子还是不管不顾地来折腾他，田好和蔡明月也气得不知说什么是好了。这一次，无论如何不能让父亲再受英子的委屈了，她要离就赶紧离，他们一天也看不下去她了。

"英子阿姨，你要再折腾我们可不迁就你啦。"田好压着火说。

田润章制止了田好，然后拿起那一份离婚协议书来看，里面提到了救他的事，更主要的是分一个亿的专利费。田润章手哆嗦着读完了那份离婚起诉书，然后非常无力却也非常严肃地说："'菊花清肺'，它不止值一个亿，它价值连城，谁也买不起它，因为它不属于我，也不属于你，它属于国家。"

英子根本听不懂田润章说的话是什么意思，"你别跟我说得这么深奥来糊弄我这个没有多少文化的人，我不管它值十个亿一百个亿，你只给我一个亿的三分之一就行，你一份田好一份我一份。"英子心里除了钱现在什么都听不进去。

"那你就等着吧，老老实实等着，别再跟我折腾，你年轻，我却老了，我跟你折腾不起了，等什么时候我有了一个亿，我就给你分——也不给你分，全给你，我说的是真的。"田润章闭上眼睛说，有泪水从他的眼角流了下来。

田好无论如何想不到，作为一个堂堂大学教授的父亲，一个在武汉治疗新冠肺炎的大英雄，却被这么一个什么都不是的女人折磨得掉眼泪，他心里是多么痛啊，他真想一个拳头打下去，把眼前这个女人打得粉身碎骨。

"爸爸，你别说话了，你闭着眼睛休息一会儿。阿姨，你也先休息一会儿，咱们有什么事情好好地商量，闹成这样像什么样子。"田好压抑着自己才说出了这么一句话。

"是啊，都先静一静，什么事情都会有解决的办法。"怕事情越闹越大，蔡明月也是极力地压着心中对英子的火气，不能再激她了，她年轻能受得了，田伯伯可受不住。

此时英子也软了下来，但还是不大服气的态度说："我好好想想，你们也好好想想，就算我要离开这个家，咱们谁也别对不住谁是吧？"

英子说着就又出去了，整个晚上也没回来。第二天蔡明月有点担心地说："英子可别想不开，咱们要不要找找她？"

"她还没有得到一个亿，她不会去死的。"田润章说。

"想不到英子为了钱可以变得六亲不认，爸爸，你有多少钱，不如都给了她，赶紧跟她离了，让她走吧，你要孤独，我和明月再想办法给你找一个好老伴。"田好说。

"我什么都可以给她，当初她救了我的命，命不是能用金钱换的，这也是这么多年我能忍受她的原因，我一想到我的命是她救回来的就不忍心对她做什么。"田润章无奈地说。

"田伯伯，你心太善良了，田好也是，冯大兴欺负了他多次，他还是不忍心对他下手，连我跟冯大兴谈了几年对象都觉得他可恨得不得了，田好就是硬生生地一次次饶过他。"蔡明月这样说着，也实实在在感觉到了，自己爱上田好是多么正确。

书上说，善良，是一个人身上最好的风水，是世界上最美的成全，也是最好的投资，你给出了善良，一定会收获温暖。因为一个人的善良里，藏着他的运气，在不可预知的未来，你所积攒的福报，往往会给你带来意外之喜。

"这个田家，我进定了，我要用我的爱去温暖这对父子，让他们幸福。"蔡明月感动地想。

田好送明月回家，在汽车上，他突发奇想，好久没到清河旅游船上吃饭了。他一说带明月去那里吃饭，明月答应了，田好停好汽车，拥着明月到清河边，看那船是待发的样子，心里的光又亮了一些。

5

自从英子闹了一场后，老实了一阵子，去三亚旅游了一些日子，又回来了。田好发现英子旅游回家，脸色和神态都好了，难道旅游真能治病吗？田好对她还是不放心，还没有搬走，他不是不想走，一是继续观察英子，二是怕父亲一个人在家孤单。百善孝为先，工作再忙，不能忽略父亲的感受，父亲毕竟年龄大了，在武汉又做了手术，父亲心神不定，血压也忽高忽低的。

观察了几天，田好觉得英子回来后像变了一个人，安静了许多，虽然不说话，但是也适当地收拾收拾家。既然这样，田好也就搬回他自己那儿了。

田好基本已经好了，走路也没有问题，只是走的时间长了会疼。医生让他再休息一个月，单位领导也不建议他上班，可他觉得自己没事，在家也没有什么意思，就上班去了，不过每天自己不开车，由蔡明月接送。如果不是英子和父亲的事，这样的小日子有多舒畅。

结果田好的日子才舒畅了几天，田润章那里就又出了事情。倒不是英子跟他吵架了，而是他的小保险柜被撬开了，不但盗走了里面的首饰和现金，还盗走了田润章的一个秘密记事本。那些首饰是女儿的遗物，现金也没有多少，最重要的是那个记事本里有他研究中药的核心机密。

这个机密是田润章的命根子！

开始他并不知道自己的小保险柜被撬了，因为家里哪里都看不出被盗的样子。是他到家门口拿钥匙时发现钥匙串上那个小保险柜的钥匙不见了，猛然间他也以为是丢了，结果到了屋里一看，自己的小保险柜被撬了，里面的东西不见了，他才恐慌起来，为了不使自己的血压高起来，他先吃了药才给田好打电话。

"田好，你快回来！"田润章颤巍巍地说。

"怎么了？爸。"田好问。

"家里被盗了。"听声音田好知道父亲已经高血压又上来了。

"爸你先别着急，我马上就回，你先躺一下。"田好说着，已经动身往外走了。

家里被盗，田好并不是很担心，现在家里能有什么，现钱不会有多少，银行卡盗了也没用，就算最值钱的也不过是那套红木沙发，这个也盗不走。田好担心的是父亲的身体。

十多分钟的时间田好就赶到了家里，父亲正坐在沙发上，脸色苍白，说不出话来。他赶紧问："吃药了没，爸？"

父亲点着头，看到田好过来似乎有了依靠，顿时显得有了点精神，他指着书房说："保险柜被撬了。"

"啊？"田好真没想到被盗的是父亲书房角落里那个小小的保险柜里的东西。

田好跑到书房里去看，确实是被撬，里面空空如也。

"那里面都有什么？"田好问父亲。

"有瑶瑶的一些首饰和一个我研究中医药的核心秘密。"父亲无力地说。

"那除了这些，家里别的地方有没有丢东西？"田好观察了一眼，也没发现别处的凌乱。

"好像没有，我没发现，你说咱们要不要报警？"

听到父亲这句话，田好像是明白了点什么。"爸，你是不是怀疑是英子阿姨监守自盗？"田好轻声问。

田润章没有点头也没有摇头，这是一种默认。

"那你觉得她有什么居心呢？是拿着去卖钱了吗？"田好问。

"她想得到钱都想疯了，简直成了精神病一样。"田润章无力地说。

"那你打电话给她了没？"田好问，田润章摇了摇头。

田好没有顾忌太多，他拨了英子的电话，电话响了多声，英子终于接了，她问："田好，你有事儿吗？"

"家里被盗了，你快回来看看有没有丢什么东西。"田好故意这样说。

"啊？被盗了？都盗什么了？"她这样问，但田好能听得出来，她的声音不对劲。

"也没有丢什么，就是看起来乱哄哄的，你回来看看吧。"田好说。

"那你们报警了没？"英子这样小心翼翼地问，田好已经确定无疑了。

"还没有，你回来吧，看看你少了什么东西没，如果少了东西，咱们再报警。"田好尽量不失言。

"好，我马上回去。"英子说。

可一等二等英子还没有回来，田润章说："她恐怕不敢回来了，家里丢的东西重不重要她知道。"

"爸，你说怎么办？"田好问。

田润章无奈说："首饰没什么，可那个笔记本里有中医药的核心秘密，很重要啊，不能落入别人之手。"

"那咱们只有报警了。"田好说着打了110。

英子当然是吓得够呛，脸色苍白。她赶紧与冯大兴联系，想把那个笔记本带回去，就算田润章知道是她偷的，然后再拿回去，依她对田润章的了解，他不会把她怎么样的。可是冯大兴并不接她的电话，这急得她要死要死的，别说回家，就连田好再打电话她都不敢接，她在大街上的一个角落抓心挠肺地转来转去。

警察没多久就到了，拍照勘查现场。武汉新冠肺炎暴发的时候田润章的大名传遍了全国，华龙人当然无人不知，听说是田润章家被盗，公安局连派出所都没有通知，直接调动警力出了警。警察先对现场进行勘查，接着询问情况，先问了田润章又问了田好，问家里还有什么人，他们就把英子说了出来，可是英子的电话还是不接。这个公安有办法，通过技术手段就找到了英子所在的位置。当许多警察威猛地出现在英子的面前时，英子顿时就吓瘫了。

"你是叫英子吗？"警察问。

英子点着头，下身却失禁了。她自从跟着田润章，一直过着被人尊敬的日子，哪里经过这样的场面啊，顿时她大脑已经不听使唤。她被警察带到了田润章的家里。

　　田润章看到吓得走路都需要警察扶着的英子，心里顿时五味杂陈，又是心疼又是心恨。常说可怜之人必有可恨之处，现在田润章正是这种心态看英子。

　　"警察同志，你们先别问，让我问问她。"田润章往英子的身边一走，英子像是在噩梦中被惊醒了似的，一下子扑到了田润章的怀里。

　　田润章并没有往外推她，而是拍了拍她的脊背问："那个保险柜是谁开的？"

　　英子摇着头不肯说，田润章急了，把她推开了吼："你知不知道，那些首饰是瑶瑶的遗物，那个笔记本记载着中医药的核心秘密，你偷了它是犯罪的！"

　　英子被田润章的一声吼，吓得身子一挺，晕了过去。

第十三章　冲动是魔鬼

1

田润章家被盗的事情不知怎么传到了市委，市委一直拿田润章老人为荣耀，所以非常重视，命令公安局调集强大侦破力量。田家父子都是医生，英子根本就不会有事，不一会儿就醒来了。醒来后，她目光呆滞，半天都不说一句话。

英子没有细说，自己全知道上了冯大兴的当。冯大兴指使她干的。沮丧和愤怒折磨着她，所以她后悔莫及，不想哭也就哭了，正不知如何是好时，警察就到了她的眼前。

一切都来不及弥补，英子不知道该说什么、该做什么，很久很久，她向警察伸出了双手。

"你这是干什么？"田润章问。

"铐我吧，我犯法了。"英子喃喃地说。

警察愣了，茫然地看着田润章。

田润章呆愣了，震惊了，身体晃了晃，坐在沙发上，两眼紧闭。他没有办法马上表态。自从嫁给田润章，英子从来就是咄咄逼人的，那是性格使然，不肯妥协，一意孤行。可是，他万万没想到她也会堕落到如此地步。田润章连连叹息说，家门不幸，家门不幸啊。

田润章愤怒地捶胸顿足，心真的硬了起来，要让她受到应有的惩罚。英子突然恐惧了，双膝一软，跪在了田润章脚下，声泪俱下，"老田啊，我错了，我改啊，求求你别让我进监狱啊！"田润章犹豫了，他故意不瞅她，睁眼望着窗外的绿树，宿鸟栖息，一动不动，灰色的羽毛在风中颤抖。英子继续跪着哭诉，哭声里有一种撕心裂肺的痛。

警察见到这场面，有一些尴尬了。

足足过了半个小时，田润章心里有了一些松动，他缓缓将英子扶了起来，他想到了当初英子不顾一切地把自己送到医院，不免又心疼起来。只要她悔改，就给她一条出路。他握住英子的手说："没有要铐你，只要你把事情的经过说出来，把丢失的东西拿回来。"

事情已到这种地步，后果英子是担待不起的，英子变成了柔软的羔羊，一五一十交代了全过程。

人的欲望和人的想象是同步的。这件事本来是和冯大兴商量好了的，让英子偷笔记本出来拍照，然后再慢慢送回去，给英子十万块钱，这样神不知鬼不觉地就把这笔买卖做下了。英子好不容易才偷到了钥匙，可怎么打也打不开，于是冯大兴就跑到了家里，可是保险柜是有密码的，他也打不开，他就要撬。英子不同意，冯大兴就说去找个开锁的过来，还让英子先躲出去，说是万一要出什么事情，她不在现场就不会和她有关系。结果开锁的也没打开，冯大兴着急，就让开锁的走了，自己把保险柜给撬了。田好给她打电话，她又跟冯大兴联系不上，跟赵玫玫也联系不上。她顿时明白了，她被冯大兴和赵玫玫给耍了。

警察对英子的口述做了笔录。

田润章愤愤地骂："又是冯大兴，冯家人跟我田家没完啦！"英子把冯大兴的圈套描述出来。田润章心中沉甸甸的，英子竟然背着他和冯大兴搅和到了一起，田润章刚才的同情一下子就没有了，他简直是震惊。

田润章实在是再也控制不住自己了，狠狠地打了她一巴掌："你个臭婊子！"

英子被打蒙了，久久愣在那里。

她知道后果多么严重，她已经生无可恋，然后不顾一切地跑了出去。这下吓坏了警察，两个警察紧跟着追了出去，田好也追了出去。英子不知从哪儿来的力量，简直是不要命地跑，她跑到了楼下，然后向对面那座五层的物业楼跑去。那座五层楼最上面有一个露天的大阳台，不一会儿，她已经站在了那个阳台的边沿上，她对着追过来的两个警察怒喊："你们谁也别过来，你们过来我就跳下去。"

警察慌了，出现这样的后果那还了得？田润章和田好都赶来了，他们虽然感觉英子可恨，但是还不至于要人命。

田润章已经无力招架此事，田好把他扶在了旁边的台阶上坐了下来，然后他在下面冲楼上跟英子对话，想以此来安慰她。

"英子阿姨，我爸也是一时之气才打了你，你千万不能想不开，你快下来。"他竭尽全力地喊。

"我什么也不怪，我就怪我自己，我活着已经没有意义了！"英子情绪激动地挥着手哭喊着。

"英子阿姨，我们不会追究你什么责任的，你放心吧，快点下来，咱们有话好好说。"田好安慰着她。

田好真的害怕得不得了。田润章也坐在楼道里瑟瑟发抖。这时已有警察悄悄地到了楼顶，下面警察也铺好了气垫应对不测。

"我不要活着了，活着好累啊！"英子依然大叫着，像是已经没有了半点理智，这样喊着，她两眼一闭就要往下跳。

一个警察眼疾手快，蹿上前一把抓住了英子的胳膊，另一个警察也上前来抱住了英子。

英子挣扎着喊叫了一会儿，再也没有力气了，一下子瘫倒在地上，他们一起把英子弄到了家里。

一切水落石出。田润章感慨道："家门不幸啊！"他转身离开，黯然神伤，觉得身上魔法消失，他用中医读心的功力突然废了。

大家明白了，知道田老的贡献，却不知道他不幸的家庭生活。这样的结果使老人难堪，但是，也让老人有了摆脱这种虚伪苦恼的局面的可能。

家丑不可外扬，田润章请求公安不要做进一步处罚，冯大兴那里的事，让英子自己去处理，把东西要回来，然后让她不去做违法的事就可以了。至于以后应该怎么走，那下来再商量，离婚也好，不离也罢，自家的事情关上门自己说。

冯大兴对那个笔记本感兴趣，这田好能理解，可连那么点金银首饰都感兴趣，可见冯大兴骨子里是多么卑贱，这让田好真的太意想不到了。

当田好跟蔡明月说这事时，蔡明月羞涩地捂上了脸。

"田好，我都感觉我太不配和你在一起了，不如咱们分手吧。"蔡明月卑微地说。

"这和你有什么关系？"田好说。

"太有关系了，我竟然和冯大兴这样一个人谈过几年的恋爱，他出黑手打你，你说不计较就不计较了，还说那是因为他不服输，是一种男子汉的正常反应。可他居然连那点金银首饰都看在眼里，那他该是多么不堪的一个人，我丢死人了，我为自己感到耻辱，甚至现在都想找个地缝钻进去。"蔡明月没有哭，脸上滚烫滚烫。

田好上前抱住了她，吻她的脸，悄声说："我爱你。"可是蔡明月毫无反应，然后她无声地转身走了。田好在后面默默地追着她，一直解释着这跟她没有一点关系，根本不影响他们的关系……

2

黄昏的时候，一层透明的薄雾遮住了太阳。天空灰蒙蒙的。西天涌起一片乌云，后来乌云被风吹散，但是，还拖着令人烦恼的黑尾巴。英子被田润章的大度感动着，惭愧至极，无论怎么样，到底是死是活都有责任先把东西从冯大兴那里要回来。她跟冯大兴联系，冯大兴还是不肯接她的电话，她这次联系赵玫玫，赵玫玫接了电话。

"赵玫玫，冯大兴呢？"英子不客气地问。

"干妈，我正要找你呢，笔记本在我这里，我还给你。"赵玫玫温柔地说。

"那田瑶的金银首饰呢？他就在乎那么点钱吗？那是田瑶的遗物，在一个父亲心里那是无价之宝，他必须也得还回来。"英子不客气地说。

"什么遗物，什么金银首饰，冯大兴可没有对我说过这个。"赵玫玫说。

"你别装了。"英子说。

"我没装，冯大兴确实没有对我说过，我这就问问。"赵玫玫说。

赵玫玫说着就把电话给挂了，不一会儿又把电话给打过来了，"他也不知道金银首饰的事。"赵玫玫说。

英子急了，赵玫玫劝她别急，说现在冯大兴正调查这件事，一定会给她一个满意的答复，她让英子先过去拿笔记本。

把笔记本拿到手里，英子的手都颤抖了，然后她宝贝一样放进了自己的包里。

"这事老田已经报警了，冯大兴就算偷了笔记本中的秘密也不管用，叫他别再做坏事了，田家对他已经够好的了，没有让警察抓他，他也不能不识抬举。"英子现在完全是那种高高在上的姿态。

等了一会儿，冯大兴给赵玫玫打了电话，说那些金银首饰是那个开锁的人偷的，他马上就会送过去，让英子在那里等。然后他让赵玫玫把电话给英子，他在电话里有点威胁英子的意思："英子，我可告诉你，如果这事闹大了，我会说因为你分不到一个亿主动找我干的，你为了报复田家，所以这事你最好压下去，要不咱俩谁都跑不了。"

听到冯大兴的话，英子已经气得浑身颤抖，她现在肠子都悔青了，不该听冯大兴的话，他真是一个不折不扣的小人。通过这一场经历，她也真正了解了田家的为人。自己是多么贪婪的一个人，为了钱把整个家都闹得不安，她还有脸在田家待下去吗？真不如就去坐牢算了。

把东西拿回家时，田润章正躺在床上，脸色苍白。她没有吱声，而是把东西都放在了客厅的茶几上，然后把手中的家门钥匙也放在了茶几上，自己简单地收拾了几件衣服，恋恋不舍地背包走出了这个家门。

英子没有走出华龙，一整天都在街道上走来走去，实际她真不知道去哪里。她又想，自己和田润章还有一纸的婚姻，自己这么走了合适吗？翻来覆去地想来想去，她又折了回来。已经是傍晚了，天气突变，电闪雷鸣，刹那间暴雨如注。一向怕打雷的她躲在小区不远处的一个门市的屋檐下避雨，她冻得瑟瑟发抖，后来不知不觉地又走进了小区，迈着艰难的步子一步步上到了楼上，然而在门口待了半天，她实在是没有勇气再去敲那扇自己已经开了好几年的门。于是她蜷缩在门口，任雨水和泪水共同打湿着自己……

发生了这么多事情，田好不放心父亲，现在赶过来看望父亲，看到门口蜷缩着像个落汤鸡一样的英子，他惊讶不已："英子阿姨，是我爸不让你进门吗？"

英子摇着头不说话。田好赶紧打开门把她扶进了屋里。这时田润章已经起床了，现在正坐在沙发上看着英子拿回来的东西发呆。他的神情里，一点都看不到重要的东西失而复得的那种喜悦，而是透露着一种伤感。

门开了，看到两个人，他没有任何反应，还是那样呆坐着。

"阿姨，你赶紧去屋里换身干爽的衣服，我爸那里交给我吧。"田好说。

英子谨谨慎慎地到屋里去了。田好走到了父亲的跟前。

田润章这时开口了："田好，你说这意味着什么？"

田好一愣："意味着什么？"

田润章缓缓地说："这意味着她一辈子不该做发财的梦，她没有这个命。"

田好叹息了一声："唉，可怜之人必有可恨之处。当初，我们和田瑶就看出她对你好是为了钱，您就是听不进去。"

看到父亲不言语了，田好又劝父亲："英子阿姨脑子有病，这不能全都怪她，她是被蛊惑的。我是说啊，我们得惩罚冯大兴这个狗东西。多少年了，冯家人一直祸害我们，这个仇我来报！"

田润章一愣："你打算怎么办？"

田好攥紧了拳头："我狠狠地教训冯大兴这狗东西，恨死我了。"

田润章说："不成，打人是犯法的。冯家彻底堕落了，人在做，天在看，自有人报应，你别管了。"

田好趁机说："爸，像冯大兴那么可恶的人您都放过了他，英子阿姨您怎么就不能放过呢，恨归恨，您别怪罪她，既然她有病，您还得研制中药治疗她的病，毕竟跟了您这么多年。等她的病好了，你想离婚你们再离，现在不能乘人之危。"

田润章点点头说："我们田家的人都是菩萨心肠啊。你说得对，我们田家人，仁爱为怀，一定治好英子的病。"

田好说："爸，依我看，英子阿姨现在可能也彻底醒悟了，能不离就别离了，跟她一起好好过下去，我和蔡明月也改变一下对她的态度，她一个女人，身边没有一个亲人，想想也真是不容易，咱们都多给她点温暖，让她对我们充满信任才行。"

田润章叹气说："她能信任我们吗？我们全家人对她够好的了，可她眼里只有钱，她什么好都看不见。"

这时，只见英子换好了衣服从屋里闯出来，"扑通"一下跪在了田润章的面前，痛不欲生地说："我信任，老田，看在咱们多年夫妻的份儿上，你原谅我，我错了，我真的错了，只要你还要我，你让我做什么都行。"

田润章没有说话，而是把英子头按在了自己的膝盖上，然后用手抚摸着她被雨水淋湿的头发。

3

放过了冯大兴，可田好的心里却是憋了一股气。冯大兴越来越贪婪，背地里下他的黑手不说，还干起了盗窃他家里的事情。也是一时的气不过，想教训冯大兴几句，田好找到了冯大兴的公司，冯大兴正好在。

"冯大兴，你不觉得你这次玩儿得有点大吗？要不是我们田家饶你，你就得进监狱。"田好一字一板地冲他说。

"我凭什么进监狱，进监狱的该是你们田家，你们的祖宗就是江洋大盗。"冯大兴毫无悔改之心。

"跟你这种人，我是没办法，但是你这样下去，总有一天会有人收拾你，我希望你好自为之，别看你偷了笔记本上的那点东西，但是你要敢用上，你就没好日子过了。"田好警告着他。

冯大兴不以为然地"哼"了一声。

"是你对我下的黑手是吧，别以为我不知道。"田好又揭了他的短。

"你说什么我不明白，我只觉得你们田家的药方也有我们冯家一份，田家独吞了不好吧。"冯大兴绕开了打人的话题。

"你有什么证据说有你们冯家的一份呢？"田好反问。

"难道盗贼会留下偷盗时的证据吗？"冯大兴阴阳怪气地说。

"没有证据你怎么能随便称我们田家是盗贼呢？"田好也阴阳怪气地问。

"你不觉得你是无赖吗？"冯大兴没想到田好会对他这么说话。

"我认为你现在才是无赖。"田好用坚定的目光看着他。

可能是经历的事情太多了，冯大兴的性格已经大变，现在简直成了恶魔的样子。先是冷婕给了他一笔分手费威逼他跟蔡明月分手，后又感染了新冠肺炎，还需要仇家来给他治疗，这简直是对他的羞辱。再后来冷婕出卖了他，蔡明月投入了田好的怀抱不算，还恨他恨得要死，再再后来他偷偷生产"菊花清肺"，这么一个发财的大机会，竟然又被田家破坏，还让他们冯家为此破产。现在和英子做了这么一笔要发财的生意，没想到又惊动了警方。再就是现在虽然冷婕和他合作了，但是冷婕这娘儿们的心眼太多，恐怕他还斗不过她，很可能会让他一败到底。他现在恨田家已经恨到骨头里，甚至已经让他失去了本性。

"田好你是来和我决斗的吗？那么来，咱们今天拼个你死我活。"冯大兴撸起了袖子，眼里冒出了凶光。

"我才不跟人决斗，我是来警告你，别再打我们田家的主意，别再做坏事了，那样你就没几天蹦跶头了。"田好说着就要往外走，冯大兴上前挡住了他。

"想让我别对付你们田家了，可以啊，我现在有个要求，我要你们田家把从'菊花清肺'药方上赚的钱分我一半，分不分？分了咱们两家就算扯平了，不分，永远都没完没了。"冯大兴贪婪的目光里透着凶恶。

田好不想再和冯大兴争论下去了，你永远都叫不醒一个装睡的人，冯大兴现在不可能会让他叫醒，他正在幻想中酣睡。可是他想走，冯大兴却不让他走。

"说，分不分？"冯大兴逼着问。

"我们田家没有钱，'菊花清肺'已经捐献给国家了你又不是不知道，反过来说，就算我们家没有捐献，我们卖了一个亿，但这一个亿跟你半毛钱关系没有，你也休想得到。"田好也冲他恶狠狠地说。

这时冯大兴又被激起来，他上前给了田好一拳，打在了田好的肩膀上。

"你还没被打惨是不是？是不是胳膊也想断几截？"冯大兴吼着。

田好没有跟他一起怒，而是冷笑了一声说："你这是不打自招了是吧，你来呀，我真想胳膊断几截，然后我就再也不会犹豫亲手把你送到监狱了，你要知道，你和监狱只有一步之遥。"

这句话对冯大兴是起作用的，他突然收住了手，然后转了一个话题说："田好，你小子行，你抢了我的明月，你还这样欺负我，你他妈的真不是人。"

田好轻蔑一笑，明亮的眼睛带着质疑的神情。他揶揄地说："错了吧，明月不是我抢的，而你狗眼看不清珍珠，你只认钱，你跟明月的母亲用钱来做交易，把明月当商品一样出售，你觉得你不卑鄙吗？"

"那是冷婕的主意，不是我出的。"冯大兴大概没有可说的了，这样狡辩着。

"一个人的思想怎么能叫别人左右呢，你是太贪心了，我没有抢明月，我只是在无意中捡到了一颗别人不认识的珍珠而已，也可以这样说，我够着了一弯月亮，这弯月亮照亮了我前进的路。"田好自豪地说。

冯大兴已经没话可说了，"快点滚。"他吼着。

"你好自为之。"田好转身走出了冯大兴的公司。

4

在田家出这场"事故"的时候，蔡明月正在北京出差，田好也没有告诉她，怕她在外面担心受怕。她回来了，田好才告诉她家中发生的这一切。对田父和英子离婚和分钱之争，蔡明月没有表态，她还不是田家的媳妇儿，没有资格去评论谁对谁错，但是对冯大兴的所作所为，她很生气，她几乎要气爆了。她简直不敢相信，她曾经深爱的、不顾一切追随去寻找的冯大兴竟然有着这么卑鄙无耻的劣根，她为冯大兴感到羞耻，更为自己感到羞耻。

"对不起田好，是我连累了你们，如果不是我，冯大兴大概也不会这样祸害你们家，我一定替田家出这口气。"她又羞又气，真的不知道说什么才好。

"你这是什么话，冯大兴对付我们家是跟我们家有世仇，他总认为是田家的老祖宗偷了冯家老祖宗的药方，跟你半点关系都没有，你别瞎想，我也不允许你参与这场'斗争'。"田好抱住了她。

"可我咽不下去这口气，冯大兴现在真是畜生都不如。"蔡明月快要气哭的样子。

"正因为他畜生都不如，我才不允许你去招惹他。有什么事我来处理，这个时候他可什么坏事都能做得出来。"田好更紧地抱着她，生怕她被冯大兴欺负了似的。

"放心吧，我不见他，我让我妈来对付他，"蔡明月说，"听说我妈好像和他合作一个什么项目，他死皮赖脸地求着我妈给他投资。"

蔡明月马上给母亲打了电话，说了冯大兴在田家所干的龌龊事。冷婕本来就不太喜欢这个人，只是为了利益才答应了给他投资的事，一听说这样，马上就做出了反应。

"我就知道他干不出好事来，我知道自己该怎么做了。"冷婕说。

冷婕这次是听了女儿的，也可以说是彻底对冯大兴失望透了，断了对冯大兴项目的投资款。这样一来，冯大兴惊慌失措了，他找到冷婕问："这到底是为什么？你又听到什么谗言了？"

"田润章的小夫人英子，你指使她都干了些什么？"冷婕质问他。

"那是我们冯家和田家的恩恩怨怨，可能我处理得有点不当，可跟咱们合作也没有半点关系啊。"冯大兴还狡辩着。

"冯大兴你太幼稚了，你就是个混蛋，坏到家的一个大混蛋，我虽然对田家有看法，可还不至于去害人家，你倒好，给人家扔了一颗原子弹。原来我还高看你一眼，如今你彻底现出了原形，成了妖魔鬼怪，干坏事一点遮拦都没有，我怎么能跟这样的坏人合作呢！"冷婕恨恨地瞪着他。

"我不是你想象的那样子，我跟明月交往了那么长时间你不知道吗，我真不是——"冯大兴还想过多地狡辩。

"够了。"冷婕冲他吼了一声，"要不是看你那德行不强，我还下不了那么大的决心来让你和我女儿分手呢，当时我就应该看透你。"

"你这是卸磨杀驴。"冯大兴也吼了一声。

"我不想跟你争论，再也不想看到你，快滚出我的地盘，以后我们互不相识。"冷婕赶他。

冯大兴顿时软了下来，脸色也苍白无力，冷婕这一断资，冯大兴这一步走不动了，这一步走不出去，也许这一生都要完蛋，这样想着，他居然给冷婕跪下了，继续哀求着："姐，姨，不，奶奶，姑奶奶，你得帮我，你得帮我，你不帮我就彻底完蛋了。"

看着冯大兴那副恶心样，冷婕没理他，气愤地转身走了。

田家这里暂时安静了下来。经过了一场打击和雨淋，英子病倒了，虚弱地躺在床上，田润章正在给她把脉。在田润章看来，英子的病没什么实质问题，配几服药吃了就能好，就是她的虚病不好治。她疯狂旅游的病态属于精神方面的疾病，他百思不得其解，这次下决心一定得出一个结论，想办法为她治好。田润章给英子把脉时感觉英子身体虚弱，心神不定，可能她的这种病态就是在心神不定中造成的，再加上在旅游中吃不好睡不好，走进了一个错误的怪圈。

接下来他大胆地做着尝试，一是给英子开了几服宁神的中药，二是强制她不再旅游。英子开始真不适应，在家里一会儿哭一会儿笑，一会儿打一会儿闹的。在这个过程中，蔡明月主动承担了安慰英子的任务，她一没事就过来与她聊天，聊过去的婚姻家庭，聊东西南北的风土人情，还聊世间的人情冷暖。别看蔡明月岁数小，可她受的教育多，读的书也多，讲起来一套一套的，让英子惊叹不已。英子从来没有和家里的谁这样耐心地聊过什么，这一聊，她喜欢上了蔡明月，蔡明月也感动了她，她主动把冯大兴背后的阴谋全盘端了出来。

"明月，我给你说，我全给你说，离婚不是我本意，也是冯大兴给我出的主意。"英子泪眼婆娑地说。

"啊？"蔡明月有点不相信。

"他对我说，如果我离婚，就可以得到田家一半的财产，那一个亿的转让费我就可以分一半，最起码我也能拿三分之一。当时我鬼迷心窍，被他的话蛊惑了，现在想想，我后悔死了，冯大兴他就是见不得田家好，他就是想搞垮田家，我是上了他的当，可是我现在后悔也晚了啊，老田他不会再要我了。"英子已经泣不成声了。

"不会的，我田伯伯不会不要你的，你放心吧，只要你诚心悔改，我去说服他原谅你。"蔡明月真诚地说。

英子顿时对蔡明月感激得不得了。

就在当晚，蔡明月和田好出去逛了一趟菜市场，买回了丰富的食材，他们四人吃了一顿团圆饭。饭后，蔡明月和田好谎称有事就出去了，把空间留给了田润章和英子。以往，这老两口有过无数个这样的两人世界，然而英子的心却没有真正地和田润章在一起。今晚她才觉得跟他近了，然而她知道，他却跟她远了。

"老田，你过来陪我坐一会儿，好吗？"英子第一次祈求般地说。

田润章走过去坐在了她的跟前，说："你不用对我讲离婚的事了，我都知道了，明月都跟我说了。"

"老田，我是一时糊涂了，我——"英子被自己的哽咽卡住了。

"我早就跟你说过，冯家对我们田家有仇恨，这是历史遗留下来的难题。你啊，就是不听，非得掺和进来。"田润章叹着气。

"我错了，我真的大错特错了，所以，走到今天这种地步我谁也不怪，我就怪我自己。"她懊悔不已地又哭起来。

田润章拿了一个毛巾递给了她，"我也有对不住你的地方，这么些年，我天天忙于中医研究，忽略了你的感受。你还年轻，要钱享受生活，我都理解。但是，不能用极端手段，财要取之有道，如果不是我的力挺，你现在就进了监狱了，懂吗？"田润章耐心地对英子讲。

英子频频点头，只顾擦着流不完的泪。

"我现在实话告诉你，'菊花清肺'我真的捐给国家了，捐给了中医事业，你如果要钱，家里的存款都可以给你，我死后房子也给你。"田润章说着，将一份遗嘱拿出来递给了她。

英子难以置信地望着田润章，心中的坚冰终于融化了，她哭泣着说："我错了，我在生活中迷失了自我，现在我真正感受到了你对我的好，我想找回自己，你还能接受我吗老田？"

看着田润章沉默地坐在自己跟前，她把头靠在他的肩上继续说："老田，现在想一想，我真的太不该了，我连自己的孩子都没有，我要钱有什么用？我们现在的家什么都有，不缺吃穿，还图什么呢？快快乐乐地过好日子才是最重要的。我现在真的很崇拜你，也很仰慕你的人品，敬佩你对中医的坚守，我……"

英子已经哭得说不下去了，可田润章心中此时也无比温暖，他老泪纵横地将她揽进怀里，两人冰释前嫌。

5

冯大兴的经商之路，在谎言、欺骗、激情的怂恿下向着深渊坠落。他的公司已经倒闭了，目前牵扯上了五百万的债务。如果没有冷婕的贪婪，就不会拆散他和蔡明月。他给蔡明月算过命，她是一位旺夫的女人，他如果有了明月的爱情和帮助，注定会事业兴旺。

下雨了，雨被风吹得忽东忽西。冯大兴呆呆地站在雨中，任雨水把身体浇得通透，他真的很希望这雨水能把自己从内到外冲刷得干干净净，那么自己可以从头再来。可是能吗？他想，已经不可能了。

冷婕转身甩掉他的一刹那，他的心中便生出了罪恶的爪牙。冯大兴丧失了理智。丧失了理智的人大抵上有两个极端，一个是异常愤怒的人，另外一个是特别痛苦和委屈的人，这两种极端都让冯大兴碰上了。他的头脑暂时已被蒙蔽，他想要的是什么他根本不知道了。

天刚蒙蒙亮他就潜伏在蔡明月家的附近，因为他知道蔡明月有晨跑的习惯，毕竟他们恋爱了好几年，她几点出门几点回家他都清清楚楚。果然，才等了几分钟，蔡明月就从家里跑出来，还是妙曼的身姿，依然披着朝气蓬勃的长发，他心在颤抖，在恨？还是在爱？或是在嫉妒？他什么也说不清，他只管开车在后边追着她，追了一段后，他猛地超过她，停下来一把把蔡明月拽进了车里。

蔡明月只顾跑，大脑里也只顾想着田好，所以根本没注意后边有车在追她，当冯大兴从车里出来她才看清他，她刚要开口骂，自己已经被冯大兴拽上了车。她挣扎着想下，冯大兴向她吼了一声："你敢下去我要了你的命。"

蔡明月真不敢再动了，她看到了冯大兴那张狰狞的脸，然后迅速地给田好发了一个共享位置。

"最好把你的手机收起来，放到你前边的那个箱子里。"冯大兴疯狂地开着车冲蔡明月吼着，此时的他完全是一个劫匪的状态，蔡明月害怕极了，她想打电话恐怕已经得不到允许了。

"我拿着手机不打电话，谁来电话也不接。"为了不刺激冯大兴，明月柔和地说。

冯大兴吼："不行，快放进去！"

蔡明月乖乖地把手机放进了前边的箱子里："冯大兴，你想干什么？咱们有话可以好好说。"她想稳住冯大兴再说别的。

"现在我什么都不想说，我只想让你老老实实在车里待着，我一会儿再跟你说，因为我现在说不清。"冯大兴气喘吁吁，仍疯狂地吼。

蔡明月试着想打开门，门已经上了锁，她打不开。就这样，冯大兴把明月带进了城郊一个破旧的厂房。厂房里堆着高高低低的旧机器。下了车，蔡明月就想着要逃，却被冯大兴极力地控制，接着她被冯大兴用带来的胶带一圈一圈缠住了双手，然后又缠住了双脚，蔡明月倒在了地上。

"冯大兴，我求求你了，你放过我吧，你别胡来，你要是要钱，我跟妈妈去说。"蔡明月哭着，她想用示弱来得到解脱。

冯大兴冷笑一声，"你们谁想要放过我啦？你、田好，还有你妈冷婕这个破女人，你们都想把我置于死地，如果不是你们，我怎么能沦落到今天这种地步？"冯大兴围着蔡明月转了一圈恶狠狠地说。

"没人要把你置于死地，你一次次地做坏事，田家人在武汉救过你的命，田家人一直在忍让你、迁就你，你怎么就感觉不到呢？"蔡明月像是在点拨他。

冯大兴说："田好，我更不会放过他，放过你，就看你对我的态度了。因为我还是爱你的。你如果答应离开他，我们还好商量。"

蔡明月愤怒了，大声吼："你懂得什么是爱吗？你不配！为了金钱你抛弃了我！你真是恬不知耻，就是一个魔鬼！"

"你这个臭婊子！"冯大兴狠狠地扇了蔡明月一巴掌，"我什么坏事都没做过，就算做过也是田家逼我做的，我死都不会放过田家。"

冯大兴这样骂着，脸色狰狞，双手已经去解蔡明月的衣扣了。

"滚开，畜生，你别碰我！"蔡明月终于忍耐不住了，她嘶哑着声音喊。

冯大兴又冷笑一声："我又不是第一次解你的扣子了，怎么，现在成了贞洁烈女了？我就不信你一下子就变成贞洁烈女了，我就是不让你为田好那小子变成贞洁烈女，我要让你变成真真实实的婊子。"冯大兴的脸再次扭曲变形，蔡明月已经找不到冯大兴的一丁点影子了，在她跟前的是一头恶毒无耻的魔兽。

"冯大兴，你不会得到好下场！你这个恶魔，会受到惩罚！"蔡明月眼中瞪出无助且又仇恨的光。

这时冯大兴突然收住了自己的手，又突然地跪在了蔡明月的跟前，像是有东西附体一样变成了另一个人，开始向蔡明月苦苦哀求："明月，我是爱你的，我爱的是你，当然是我在感情上背叛了你，我不知怎么办，虽然我知道你无法原谅我，但我还是想和你在一起，我可以什么都没有，但我不可以没有你，没有你我不能活下去。明月，原谅我吧，你答应跟我，答应和我结婚，那么我就会重新开始，我重新做人，为了你什么都可以，行不行明月，你给我一次活下去的机会，好不好啊明月？"

冯大兴用手去抚摸刚才打过的通红的蔡明月的脸，这让蔡明月极度愤怒和鄙视，"滚，畜生。"她冲冯大兴吼骂道。

冯大兴继续泪水涟涟地哀求："不要让我滚，明月，我们试试好吗？我们试试看可以不可以，一定可以的，我们以前很和谐的不是吗？明月，我爱你，我要你，我不能没有你。"

"你没有机会了，我不会再和一头魔兽好下去的。"蔡明月冷冷地说。

"不，我不是魔兽，我是爱你才变成这样的，我想一辈子拥有你，我怕你不给我机会才这样的。"冯大兴特别伤心的样子。

"你别给我装可怜，当你从我妈那里接过那笔钱的时候，你就应该明白，你已经不是我蔡明月爱的那个人了，你已经变成了贪财无赖，你就是一个伪君子。"蔡明月讥讽着他。

"你说，田好那狗日的有那么好吗？"冯大兴瞬间又转回了他刻毒的时刻。

"好，他比你要好一千倍一万倍。"蔡明月说。

这句话刺激得冯大兴双眼冒着凶光，一副要杀人的样子，他步步向蔡明月逼近，蔡明月连连向后边退着，"冯大兴你不要胡来，你胡来是要犯法的，到那时谁也救不了你了。"蔡明月恐惧地说。

"犯法，犯法又怎么样，我得不到，他田好就不能得到，我不让田好得到你，我要毁了你，毁了你，你听懂了吗？就是烟消云散，我跟你一起变成蝴蝶慢慢飞，多浪漫的一对——"冯大兴大概已经不知自己在说什么了，只听一声呼喊打断了他。

"明月你在哪儿？明月你在哪儿？"田好呼喊着明月的声音由远而近地传来。

"田好，我在这儿，你不要过来，冯大兴已经疯了。"蔡明月真怕田好一露面会刺激冯大兴更加失去理智。

可田好已经到了，"田好，别过来。"明月大声呼喊。

当眼前出现一幅刑场的场景，而被"执行"的是自己心爱的人，田好也丧失了理智，"冯大兴，你个狗东西，你竟然绑架明月，我跟你拼了！"田好喊着就冲冯大兴扑了过来，冯大兴与他厮打起来。冯大兴比田好要威猛那么一筹，他随手摸起一块石头使劲一抡，砸在田好的头上，田好马上无声地倒了下去，头上的鲜血立刻向下涌出来，瞬间就流了一片。

蔡明月晕倒在地，好在田好冲进来之前已经报警，他也给蔡猛打过了电话，警察随后就追过来了，冯大兴被控制住了。

第十四章　人世间有一首长恨歌

1

警察将田好和蔡明月紧急送往医院。田好颅骨受伤，住进华龙友谊医院抢救。一天，两天，三天，五天过去了，他还没有苏醒——

明月一刻不离地守候在田好的病床前，她紧紧握着田好的手，目不转睛地深情地望着昏迷的田好，泪水一波接着一波。

"田好，你睁开眼睛看看我，你看看我啊，我是明月，你不是说过吗，我就是你生命中的一轮明月，你在哪儿你就能看到光，可是我在啊，田好你看到我的光了吗？我在照亮你回家的路，你快回来啊，你回来啊……"蔡明月独自呢喃着，她没有看到背后有一个人抱着一束鲜花已经站了很久，并且她眼里闪烁着感动的泪花。

"明月，我来看看田好。"蔡明月一回头，竟然看到了夏诗瑶。

"谢谢你夏诗瑶，谢谢你还记着田好。"蔡明月依然紧紧攥着田好的手说。

夏诗瑶把鲜花放在桌子上，看着昏迷的、插着一身管子的田好，满含泪水中释放着心疼的目光说："明月，我真的很抱歉过去伤害了田好和你，现在我明白了，真正爱田好的是你，而我只是自私地想占有他，我也相信田好在你的呼唤下会早点醒过来，我真心地祝福你们白头偕老，到时候你们举行婚礼的时候，一定要通知我。"

蔡明月拉起夏诗瑶的手，真诚地说："诗瑶，我们曾同事一场，我当然明白你是个好女孩儿，你是太爱田好了才做了一些自己不能控制的事，我和田好都没有怪过你，你以后依然是我们的好朋友。"

有爱的世界就有阳光，蔡明月相信田好会醒来的。

田好喜欢菊花，更爱听那首《菊花台》的歌。明月拉着他的手为他唱《菊花台》：

> 你的泪光　柔弱中带伤
> 惨白的月弯弯　勾住过往
> 夜太漫长　凝结成了霜
> 是谁在阁楼上　冰冷的绝望
> 雨轻轻弹　朱红色的窗
> 我一生在纸上　被风吹乱
> 梦在远方　化成一缕香
> ……

六天，七天，八天，九天，就在第十天的中午，田好在蔡明月的歌声中慢慢地睁开了眼睛，"明月，我好像听到你唱《菊花台》了。"田好还没睁开眼睛便说了一句话。

蔡明月激动得再次泪流满面，"是的，我在唱，我一直都在为你唱《菊花台》，我终于把你唱醒了——"明月紧紧抓着田好的手亲吻着说。

"冯大兴呢？冯大兴有没有欺负你？"这时他猛地想起了昏迷之前的情景。

"别急别急，我这不是好好的吗，冯大兴绑架了我也打伤了你，已经被逮捕了。"蔡明月急忙安慰他。

田好得知自己已经昏迷了十天后，又极力地回想当初的事，他说梦见了故乡盘山的菊花。他喃喃地说："明月，你说人死后，会变成一朵菊花吗？如果不能变成花，就变成一棵树。"蔡明月捂住他的嘴巴："你没事啊，不允许你瞎说！"田好微微笑了，他说收到了蔡明月的共享位置，以为是她想告诉他她在哪儿，没想到这个位置越走越快，越走越远，他马上感觉到了不对。打电话也不接，于是他就报了警，之后又给蔡猛打了电话，当他赶到地方，看到冯大兴的车停在那里时，他就冲了进去，看到蔡明月被绑架着，他就什么都不顾了，可是接下来他就什么也不知道了。蔡明月告诉他，他被冯大兴用石头打晕了。

田润章得知儿子已经醒了过来，激动得老泪纵横，英子给做了鸡汤，他们一起到医院来看田好。

"爸，阿姨，能看到你们一起来看我，真好，我感觉特别好，等我好了，就把明月娶进家门，咱们一家人一起好好过日子。"田好说。

"好，就按你说的办。"田润章拉着儿子的手说。

"田好，我盼望你跟明月早点给我生个大孙子，我给你们带孩子。"英子也激动万分地说。

田好高兴地点着头，蔡明月的脸上洋溢着一朵"幸福红"。

多行不义必自毙，冯大兴这次想获得自由已经是不可能的了。失去了自由之身，他才知道自由是多么可贵，哪怕没有钱，没有房子，没有蔡明月也没有一切，那也比失去自由更值得珍惜。可惜冯大兴明白得已经晚了，绑架、伤人再加上被供出的受贿，众多的恶行使他已经成为了阶下之囚。

为了偿还儿子的债务和赔偿的金额，冯世昌无奈地把自己的"莲年青中药房"卖掉了。

落井下石不是田家的作风，田好跟父亲商量着怎么帮冯世昌渡过难关。田润章默默地从一个锁了多年的抽屉里拿出来一本日记对田好说："这是祖上留下来的一本日记，我一直当遗产留着，现在你拿过去送给冯世昌，还有，我已经准备了五十万，一起带给那老东西，这不是咱们田家向冯家低头，而是要告诉冯家，咱们田家是仗义的，不欠他们冯家的什么。"

田好支持了父亲的做法，出院后不久他把日记和钱包成一个小包裹，带着去"莲年青中药房"看望正在清理东西的冯世昌。

"你来看我的笑话吗？你们得意得太早了。"一看是田好，冯世昌脸色难看地说。

田好先是没有说话，然后把带来的包裹放在了冯世昌跟前的桌子上，"这是我父亲让我给你的，日记是祖上留下的，你慢慢看吧，记载着田家和冯家的整个争斗过程。钱是我们田家帮你渡难关的，你别客气，也不用你还，我们田家是最讲道义的，从来不看别人家笑话，你好自为之。"田好说完就走了出去。

冯世昌望着田好远去的背影，才颤抖着手打开了包裹，他用了一天的时间去看那本日记，日记记载的内容在说明一个问题，历史上的家族斗争错在冯家。老人的眼泪流下来了，独自惊叹："老朽自愧不如啊！"

在这件事情上，他感受到了田润章那颗满是伤痕，却依然仁爱博大的心。这种博大的胸怀只有精通中医精髓的人才能具备啊。

2

花开的季节，铺天盖地地香，起雾一般。田好已经在准备和蔡明月举行婚礼了，冷婕的公司现在经营得还不错，所以已经默许了女儿跟田好结婚，只是她做生意做得比较信命，她找了个有名的算命师傅去给女儿看了一个好日子。这个对田好和蔡明月来说都没什么，只要母亲同意，能得到母亲的祝福，能和和美美地举办一个婚礼，几个月的等待又算得了什么呢，正好准备一下需要的东西。

在这个期间，田好决定去监狱探望一下冯大兴，蔡明月坚决反对，"你还没有被他坑够吗，他都差一点害了我，差一点把你打死，我不允许你去探望他，他罪有应得。"她生气地阻止。

"明月，佛语中有一个词叫'慈悲为怀'，在古代，医学被称为'仁术'，医生被称为'仁爱之士'，'上医医国，中医医人'，'不为良相，即为良医',咱们虽然没有到医院当医生,可咱们学的都是医学,一定要有仁爱之心。"

"你以前不是挺反感你父亲给你讲中医文化的吗,怎么现在也给我讲起这个来了,我不想听什么仁爱之心,我就是不想让你去见冯大兴,想到他竟然绑架了我,还想侮辱我,我就讨厌透了他,没法原谅他。"蔡明月固执地说。

"我最近读了一些父亲推荐的中医的书,看懂了一些道理,医生要修身养性,深怀仁慈之心,对于我们这些在社会中从事各行各业的普通一分子,也应该彰显人道主义、济世精神。中医对做人的启示,也不仅仅是谙仁道、做仁人,我渐渐觉得,中医对做人其他方面也有着很多参考价值。"田好越讲越深奥,似乎已经继承了他父亲的精髓。

"唉,你魔鬼附体了。"蔡明月叹气说。

"错,中医是一门广博的学问,保持着人与天地为一体的大生命意识。《内经》就说:东方生风,南方生热,中央生湿,西方生燥,北方生寒,药名诸如潞党参、川桂枝、怀牛膝、潼蒺藜等都有着地名,包含着整个华夏大地,可见中医的内涵深远。我们做人也应该时常试着站在更高的高度,有着更远的眼光,把自己放在这个广袤的天地间,放在这个无限的时空中。有了这种大生命的意识,方能感受时代脉搏,顺应时代潮流,成大事、成气候。明月,我相信你能懂得我说的话。"

蔡明月看到田好陷进去的样子觉得非常可笑,她笑了。

"明月,你别笑,中医是人学和科学的统一,涵盖文史哲、儒释道、数理化,涵盖着文科与理科、古典与现代、古奥与尖端,是感悟,是艺术。我们做人也应该让自己各项素质全面发展,做一个学识丰富的人,做一个情感丰富的人,才能不断增长自己对世界的理解、对生命的理解,拥有一个更精彩的人生。"田好继续讲。

蔡明月看着田好,像不认识他似的。

"中医博大精深,对做人方面的启示还有很多很多。每当我增加一点点感悟，增加一点点对中医的理解，就自然增加了对做人的理解。这就是中医，这就是中国文化。"

田好说到这里，看着蔡明月似懂非懂的样子，像个孩子一样天真可爱，禁不住上前紧紧地抱起了她，然后把吻雨点般地滴在了她的脸上，蔡明月脸色潮红地接受着这一切……

田好最终还是去探望了冯大兴，冯大兴也接受了他的探望。面对这个冯家的仇人，这个夺爱的情敌，他感慨地诅咒这个世界说："在这荒谬的世界里，谁也别想做赢家，疫情不会走，大于疫情的灾难马上就要来了，地球留给人类的好日子不多了，没有赢家，你不是赢家，冷婕不是赢家，谁都不是赢家，你们都要和我一样很快就要完蛋。"

没想到都到了这个地步，冯大兴还没有完全清醒过来，"冯大兴，这是你的一厢情愿，因为你始终保持一颗暗黑的心，这样下去你永远都走不出自己的阴影。我来看你是因为我有一颗仁慈之心，我希望你好好反省自己，等你出来后重新走阳光大道。"

"哈哈，仁慈，我已经不知道什么叫仁慈，也不用你来这里教训我，你也不用假慈悲了。"冯大兴冷笑地说着，然后转身往外走去。

"你父亲那儿，我会常常去看看，我希望你好好改造，你已经误入歧途了，回头是岸。"

"还有浪子回头金不换是吧，我恐怕换不成了。"冯大兴先一愣，后来又说了一句讥讽的话。

蔡明月在高墙外等着田好，看他出来的神情就知道他这次会面不太愉快，"是不是挨冯大兴的骂了？"蔡明月问。

"没有，他就是仍执迷不悟。"田好无奈地说。

田好上了车，坐在驾驶位把头抵在方向盘上很伤感的样子，蔡明月伸手拉田好的手，安慰他说："好了，我们做到仁至义尽了，至于冯大兴，咱们不管他了，我都对他那么失望了，你还在乎他干吗？"

田好抬起头来，盯着蔡明月，沉默了半天才问："明月，你是不是很久不锻炼了？"

"是啊，自从冯大兴劫持了我，我就再也没晨跑过，怎么了，我是不是不好看了，我胖了好几斤呢。"蔡明月嘟着嘴说。

田好摇了摇头，抚摸着她的脸蛋说："不是的，你没有不好看，你一直都是我最好看的女神，只是刚才突然感觉到你的手冰凉，心里顿时产生一种悲凉，觉得我这个做准丈夫的太不合格了，连保护都保护不好你，倒是觉得你和冯大兴在一起的时候总是朝气蓬勃，比现在精神得多。"

"不许你再提他，现在那一段成了我不堪回首的过去，你别再让我恶心了好不好？"蔡明月甩开田好的手。

"好了好了，我不提冯大兴了，让我亲亲你，我现在特别想亲亲你。"田好又抓起了她的手。

蔡明月把身子转过来，深情地看着田好，然后幸福地闭上了眼睛，田好把嘴唇盖了上去，蜻蜓点水般吻了一下，然后捧起她的脸说："明月，你看你，不仅手冰凉，连嘴唇也那么紫，我感觉到连气息都不是很齐，所以你真需要好好地调养一下了，等有时间找我爸给你把把脉，给你配几服药调养一下身体，在做我的新娘之前，一定要调养得好好的。"

"我是激动得气息不齐，哪里是什么不好，我看你是嫌弃我了。"蔡明月撒娇说。

"又瞎说。"田好紧紧地抱了她一下，启动了车子。

3

英子逐渐地好起来了，不只是身体，精神疾病好多了。还有通过这次"离婚事件"，她彻底醒悟了。她主动辞掉了家里的钟点工，当起了贤妻良母，田好和蔡明月经常过来吃晚饭，一家子过得其乐融融，这样田润章的心境也开阔起来了。人的心情好了，看起来也就有了精神，田润章脸色红润，工作也就有了动力，在大学的工作室里继续研究中药，现在正在研究一种恢复肺功能的中药。这个期间，他和田好见面多了，自然也沟通了许多，他为田好推荐的自认为特别好的书，田好也能认真地读下去了，并且经常和他在茶余饭后切磋一些中医方面的东西。田润章发现，田好对中医产生了浓厚兴趣。

田好去监狱看冯大兴，企图帮助冯大兴迷途知返的事田润章是知道的，也相当支持，还很欣慰。但是就有一点田润章还没有达到目的，那就是田好对他家中医药的传承。传承是一项很大的事业，党的十九大报告上就明确要求："坚持中西医并重，传承发展中医药事业。"总书记指出，中医药学是中国古代科学的瑰宝，也是打开中华文明宝库的钥匙。田好不是认为它不重要，而是在他心里，他还是不想把整个身心都投入到那样深邃的通道里面，这是一个人的兴趣取向，并不是叛逆。

田好是一个有理想有抱负的人，他还是在乎仕途，在乎仕途并不是贪图名利，他对父亲讲仕途。他说仕途对于小人可能就是为自己扬名立万、飞黄腾达、谋取个人利益的捷径，可对他来说不是，他应该说是君子之列，君子坦荡荡，自己活一辈子不是都为自己，而是得为人民为国家作出更大的贡献，仕途就是这样一个平台。田好拿圣人孔子为例跟父亲讲，孔子的一生都在想要当官，他当官的目的是为了使国家得到治理，人民得以安居乐业，社会结构因此更为合理，这也就是孔子的弟子写出的儒家"修身齐家治国平天下"理论的来由。儒家的人的目标，都是社会的精英，国家的精英栋梁、高端人才，所以，仕途绝对是在乎的，目的也是光明正大的。

田润章听了儿子的解释也释然了许多，传承也罢，仕途也罢，只要好好地做人，做一些有益于国家和社会的事，不去祸害国家和人民就很好。现在家庭也很和睦，别的似乎都没那么重要了。

蔡明月这一阵子心情不怎么好了，在田好说了她的呼吸急促之后，她也感觉到自己真的不是激动，而是有好一阵子都感觉呼吸憋闷了，还常常有上气不接下气的感觉。再照镜子看自己的嘴唇，确实不是以前的红色，而是紫红色。她学医，是有医学知识的，所以就觉得自己可能得了肺病，于是她瞒着所有的人去医院里做检查。检查结果是——肺衰中晚期。

此时，距离她的婚期也只有一个月的时间，她和田好已经约定好了下周就去拍婚纱照。可这一切的美好却在眨眼之间被毁得七零八碎。这是怎样的一个致命打击，蔡明月躲到一个无人的角落痛快地大哭了一场。前边就是一条河，河水流淌得无拘无束，像是这个世界上的任何事都与它无关。蔡明月的泪水似乎在那一个独自的下午已经流尽了，只剩下一双干枯的眼睛。

混乱地哭了一个下午，她的大脑又变得清醒起来。虽然她得的不是肺癌，但是肺部衰竭也非常危险，何况已经是中晚期，若不及时治疗，随时都会有生命危险，这也是医生告诫她的，让她尽快住院治疗。但蔡明月心里明白，就算治疗，那可能也是延续自己的生命而已，自己将失去和田好长长久久生活下去的愿望。

她坐在车里，望着窗外路上的车来车往，不知该何去何从。就这样，她一个人坚持了好几天，最后还是把病情告诉了母亲。她让母亲先别把这个消息告诉田好，她还没想好如何对田好说这件事。冷婕一时愣了，随后就是害怕，她马上就要带着明月到北京去看病，她不相信女儿得了这种病，她觉得那是医院误诊。这个时候母亲成了她的唯一，女儿也成了母亲的唯一，这么多年，没有一件事可以像现在这样把母女俩的心依靠得如此之近。

第二天，蔡明月给田好发了一个微信，告诉他，她跟着母亲去了母亲的安徽老家，老家的舅舅出了点事情。田好还在微信中责怪蔡明月走得太急，连声招呼都不打，约好的婚纱照也只能推迟了，他还想等她回来一起去购置一些墙上的装饰品，比如字画什么的。他们每天都有联系，但是蔡明月却没有以前那种多情了，每次在微信中只说一两句话就说在忙，然后再说，就没有动静了。田好似乎预感到什么，但也觉得不会有什么的。"能有什么呢？不会有什么的。"他想来想去，这样来安慰自己，内心也十分煎熬。

4

此时，北京医院的医生正拿着一张肺部 X 光片在认真地观察。

"怎么样医生，我女儿的肺到底怎么回事？"冷婕焦急地看着医生。

"医生，我是学医的，虽然我学的不是这个，也看不懂这个 X 光片，但你也不用瞒我，是什么病就直接告诉我好了，说出来我就明白能治不能治了。"蔡明月十分平静地说。

医生看了看蔡明月，在她脸上稍稍盯了几秒钟，说："华龙医院的结果是对的，是肺衰竭，并且已经不是早期，可能你平常气短的症状早就有，只是你没有注意而已，现在你必须马上住院治疗，不然说不定会出现肺部急剧衰竭的情况。"

蔡明月虽然觉得自己有着足够的支撑力，当得到医生的这个结论时，头还是蒙了，眼前的事实让她和母亲的幻想都破灭了，她倒在了母亲的怀里大哭起来。冷婕抱着女儿，从来没有感觉到如此无助过。

"妈，我就要死了。"蔡明月哭得肝肠寸断。

"不会的，我的明月不会死，我们现在就办住院，妈妈就算倾家荡产也要救你。"冷婕坚定地说。

"妈，我不想在北京住院，我想回华龙，我死也死在华龙，那里是我的家。"蔡明月说。

"北京的医术好，这个你听妈妈的。"冷婕坚持着。

"不，这个你得听我的，我真的想回华龙，在这里我觉得不踏实，我要回华龙，妈你答应我。"蔡明月求着母亲。

看着女儿坚决的样子，冷婕只有答应女儿，这个时候，她没有勇气拒绝女儿的一切要求。

"妈，现在千万别对田好说，我还没准备好怎么对他说，让我再想想。"这是蔡明月在冷婕的怀里清醒一点时说的第一句话,仅仅一句,做母亲的已经感受到了女儿对田好的爱有多么强烈。

"好,我的宝贝女儿,我不说,现在咱们就回去住院,先住院治病,别的都不重要。"此时的冷婕才感觉到了财富对她来说并不是最重要的,她要女儿活着,她只要女儿好好地活下去。

冷婕想,回华龙也好,田好的父亲是那么大的一名中医教授,明月现在是他们家的准儿媳,以田家的人品,他们一定不会不管,一定会竭尽全力去解救她的。而现在的问题是,女儿不允许冷婕告诉田好她得病的信息,女儿一向任性,可现在这样任性到底好不好?冷婕想来想去,这事不能依着女儿的任性,她决定回家后让蔡猛把这个信息传递给田好。

"妈,我带你去天安门看看吧。"在回华龙之前,蔡明月对母亲说。

"我去过。"冷婕说。

"你没有和我一起去过啊,我想跟你一起去看看,像小时候一样,你拉着我的手,好不好?"蔡明月撒娇般说。

这种像是最后让妈妈陪伴一程的话,让冷婕真的受不了,但现在她是女儿的主心骨,所以她不能哭,更不能脆弱,她答应着:"好,咱们去看天安门。"

路上,蔡明月想的并不是她在北京上过的四年大学曾多少次去过天安门,而是想起了小时候爸爸曾经带着她来这个地方的时候,她跟爸爸坐在火车上,心情特别地激动。

"爸爸,天安门是个什么样的门?"她天真地问。

爸爸笑着说:"天安门是一个特别大的门,明清时代,皇帝和百姓出入城门都要从那里过。"

"这样啊。"蔡明月若有所思地想着。

"天安门是中国人的精神地标,象征着我们的凝聚力和向心力。"爸爸又说。

那时候她的岁数不太大,不懂爸爸说那句话的含义,等她慢慢长大,又在北京上了大学,经常来这里瞻仰英雄纪念碑时才真正懂得爸爸话中的含义。此时，她也特别想念爸爸，她也想让爸爸马上就到她的身边来，然后一手牵着爸爸，一手牵着妈妈，那该会得到一种力量吧。这样想着，她的泪水不由得又流了下来。

冷婕这时正在和蔡猛聊天，她把事情告诉了蔡猛。

"是真的吗？"蔡猛不相信地问。

"嗯，你先不要太伤心，我们得振作，要不你姐很快就会垮下去，咱们是你姐的支柱。"冷婕说。

"我该做什么，我该为我姐做什么？"蔡猛问。

"你去告诉田好，婉转地告诉他，别让你姐知道，也让田好稳住情绪，先装作不知道，现在谁也不能刺激你姐，否则会前功尽弃。"冷婕说。

回到华龙，冷婕要女儿马上住院，可蔡明月却要母亲给她两天的时间去处理一下她和田好的事情，让她无牵无挂地去住院。

冷婕依了她。也正好，冷婕也可以处理一下自己公司的事情，然后心静地陪女儿住院治疗。

5

在蔡明月躺在床上正思考着如何和田好提出分手这件事时，蔡猛正在和田好一起喝酒。

田好并不知道蔡明月已经回到了华龙。傍晚的时候，蔡猛给田好打了电话，说他最近很郁闷，想去他那儿喝点。田好猜测着应该是他跟金小兰又发生了什么不愉快，就痛快地答应了他，下班回家在半路的饭店捎回了几个小菜。蔡猛来时，田好都准备好了，菜摆在了茶几上，酒和酒杯也摆上了。蔡猛一进门，环视了很久已经布置好的新房。

"怎么，羡慕了吧，你得加油了，等我和你姐结了婚就开始筹备你和金小兰的婚事，你姐说了，金小兰突破不了弟弟的那一关得你去突破，你这孩子真是太老实了，去突破啊。哈哈。"田好开着玩笑对蔡猛说。

蔡猛没有接下句，田好看不到蔡猛心里的疼痛。蔡猛去卫生间洗了洗手，还顺带着洗了一把脸，凉飕飕的感觉让他觉得心也特别地冷。他又环视了一下这个卫生间，两套还没有开封的牙缸牙刷整整齐齐地摆在架子上，仿佛止耐心地等着它们主人的到来。他的眼眶又一热，他在镜子中看到自己发红的眼睛，又重新洗了一把脸，然后拿毛巾擦干，走了出去。

"蔡猛，这是怎么了，怎么眼眶都红了？"当蔡猛坐在田好跟前，田好才发现了他红色的眼眶。

"我遇到了伤心事，哭了多半夜，来喝酒吧。"蔡猛说。

"怎么了？快给姐夫说说，是不是金小兰她——"自跟蔡明月有了婚约，他在蔡猛面前从来就以姐夫自居，蔡猛也欣然接受。

"不是金小兰的事。"蔡猛说着，倒满了两杯酒。

"那是工作的事？"田好担心地问。

"也不是。"蔡猛说，"姐夫，来，咱们先共同喝杯酒。"

蔡猛端着酒和田好碰杯，然后一仰头倒进了嘴里，看蔡猛喝完了，田好也倒了进去。

"到底怎么了？你倒是跟姐夫说说啊，你想急死我啊！"田好急问。

蔡猛吃了一口菜，又吃了一口，再吃了一口，然后放下筷子说："姐夫，我非常愿意你是我一生的姐夫，我多想你是我一生的姐夫啊！"

"到底怎么了？你姐她——"田好拿出手机就要打电话，被蔡猛按住了。

"你先别打，听我说完，你不能没有心理准备，她也不能，你会刺激到我姐。"

田好已经意识到事情的严重性，"你姐到底怎么了？"他的心都悬到嗓子那儿了。

"我姐……我姐……她得了……肺衰。"蔡猛艰难地说完了这句话。

田好一下子就瘫了下去，而后又猛地站起来焦急地喊："那你小子还找我喝什么酒，赶快去救她啊！"

蔡猛又把田好按在沙发上，说："姐夫，你先坐下，你听我说，我姐并不想让你知道她的病，她现在也没在医院里，她说需要两天时间处理一下你和她之间的事情，现在大概正在考虑怎么样对你说，你现在千万不能刺激她。"

田好已经六神无主了，"不行，我得马上见到明月，我现在就要见到她，不行，我不行了，我需要马上见到明月！"他坐不住了，站起来走来走去。

"姐夫，你别这样，为什么要过来告诉你呢，我就是想让你有个心理准备，你不要太情绪失控，这个事得顺着我姐的思路往下走，让她一步一步来安排，否则她会承受不了，我们都是健康的身体，就算悲痛一点没关系，她如果太悲痛了，对她的病情不是件好事，所以现在我们做的每一件事都得十分谨慎才行。你懂吗？"蔡猛说。

田好慢慢地坐回了沙发，"我该怎么办？"他无助地问蔡猛，也是在问自己。

"你再稍等一下，我姐明天会找你说的，至于她会怎么做我现在也不知道，看她怎么做再说你怎么做好吗？"蔡猛说。

田好忍着痛，点着头。蔡猛走后，田好在无尽地责怪着自己。他早就看出了蔡明月的脸色最近不是太好，上一次他还说过她的呼吸急促，嘴唇发紫，但蔡明月说是激动的，他也没在意。他早该注意到那是肺衰的症状啊，他是学医的，他学医干什么用呢？怎么连自己的爱人病了都看不出来？他痛苦地大叫。他想着把这个事情告诉父亲，现在也许父亲就是明月的救命稻草，可蔡猛说了，一切都等两天以后再说。

躺在床上，田好装作像往常一样给蔡明月发微信："明月，我想你。"

蔡明月好久没有回，他又发，来表达自己对她强烈的爱："明月，我好想你，我们明天就结婚吧，我一天都等不及了。"

足足等了一个世纪那么长，蔡明月终于回了微信："田好，我回来了，今天太累了，明天别去上班了，带我一起到'摩天轮'吧，我突然想去坐坐'摩天轮'，非常想。"

如果是平时，蔡明月这样说田好可能会高兴地答应，现在这个时候，他却拒绝了她："明月，明天咱们结婚吧，就明天，好不好？"

蔡明月又是相当一段时间的沉默无语，田好当然明白她在经历一种怎样的痛苦煎熬。他心痛至极，却还要拼尽力气掩盖着这种心痛，忐忑不安地等待着。

蔡明月终于还是回复了，她说："我好累，我今天想早点休息。田好，明天请假吧，我去找你，我想好好地跟你待一天，行吗？"

"好。"田好答应了她。

这是怎样的一个难熬的夜晚，不见月亮，不见星星，只有黑暗吞噬着整个世间。

蔡明月也同样那么煎熬，她想独自承受着突如其来的痛苦。她知道，肺衰甚至比肺癌更可怕，同样会无情地夺走她年轻的生命。她现在的心里也很矛盾，怎样做才是更好的，她想来想去，还是决定分手。有句话叫长痛不如短痛，分手只是一种短痛，或许过个一年两年就会好起来，然后他会再遇到更好的女孩儿，成一个家，生两个孩子，过上完全美满的生活。如果不分手，那对田好将是无休止的折磨，更多的是连累。她不想让田好为了她而走进一个新的不能自控的漩涡。田瑶的离开对他的打击已经够大了，记得田瑶刚离开的那段日子，他吃不下睡不好，甚至连走路都像有人抽掉了他的筋骨一样摇摇晃晃。但是无论有多么痛，都能用时间去治愈，而连累他的痛恐怕一生都无法治愈。所以这个婚是不能结了，她已经考虑好了。

父亲蔡东升，蔡明月同样也想到了这个给予了她生命的人。父亲回国后状态不错，抱着对祖国母亲的热爱，全心地投入了报效祖国的力量在工作。父亲回国后蔡明月和他见过几次面，一起在外吃吃饭，聊聊天。蔡明月渐渐地发觉，父亲并没有母亲说得那么绝情，他完全是一个慈父，只是他不会表达自己的感情而已。蔡明月和蔡猛也一直有把这家再组到一起的愿望，这个愿望越来越强烈。此时，这个愿望就更加强烈了，那么就算自己真的离开了这个世界，弟弟蔡猛也有了一个完整的温暖的家。

第十五章　幸福来敲门

1

天终于亮了。阳台上跳着麻雀，一跳一跳的，声音悦耳动听。田好有些咳嗽，他喝了两袋"菊花清肺"，就给蔡明月发微信，说要去接她。蔡明月却拒绝了，她说让他安安静静地在家等，她自己开车过去。等了那么久那么久，蔡明月终于到了，两手拎着买来的东西。来之前她逛了一趟超市，买了很多菜和肉。

"快来接我啊，你看我都拿不动了。"一进门，看到田好望着她发愣，蔡明月就嗔怪地对他说，但是她满脸都带着笑。田好还注意到了，明月尽管戴着口罩，通过她乌黑的眼睛看出她特意化了淡妆。

田好从蔡明月手里接过了东西，蔡明月已经换上拖鞋走进了厨房，回头看到田好还呆呆地站在原地，忍不住地问："怎么？我才走了几天就不认识我了？"

田好马上意识到自己的失态，把东西放到了餐桌上，然后上前从背后抱住了蔡明月，"明月，我爱你。"他把头靠在蔡明月的背上，深情地说。

蔡明月先是没有动弹，也没有说话，稍等了一下，看田好还是没有放开她，她才试着转过身来。她推开田好笑着说："来，帮我洗菜。"

田好又抱住了她，而且把她抱得很紧很紧。

"怎么了嘛田好，快先帮我洗菜啊。"蔡明月又往外推田好。

这时田好的泪水已经从眼里流了下来，"明月，咱们结婚吧，现在就去拿结婚证，我等不及了，走，我们现在就去。"他拉住蔡明月就要往出走。

蔡明月甩开了他的手，"怎么回事啊，怎么说吃就端啊，我现在还没想好要不要跟你结婚呢。"她瞬间变得严肃起来。

"明月，你不要这样了好不好？"田好又拉住她的手说。

"我怎么样了，你看你那熊样，怎么越看越没有男子汉的气概，我可不需要你这样的男人，我的男人一定是顶天立地的。"蔡明月认真地说。

蔡明月越是这样说，田好的心就越难受，他终究还是坚持不下去了，"明月，我不会离开你的，无论发生什么样的事情，你要相信我对你的爱，我们共同经历了这么多，难道你还不相信我吗？"他伤心地说。

蔡明月像是感觉到了什么，但依然装作坚强，违背自己的心愿说："田好，我知道你对我是真爱，可是我现在突然觉得我的爱不真了，我觉得我的爱还在冯大兴身上，昨晚我梦到了他，我感觉我还爱他，我不能丢下他不管，我得帮助他好好地改造，让他重新做人。"

如果不是蔡明月说到冯大兴，兴许他还没有那么激动，尽管他知道蔡明月说的百分之百是假话，他还是无法抵挡自己的醋意。

"不，冯大兴他不配你，不行，你必须是我的。"他几乎忘记了蔡明月是个需要呵护的病人，毫无收敛地吼叫了一声。

蔡明月被吓愣了，紫色的嘴唇微微颤动，紧接着泪水夺眶而出，"田好，你干吗要这样霸道呢，我为什么必须是你的，我有我的自由，我是想过要嫁给你，可是我现在反悔了，我不想嫁给你了，我想我有这个权利。"她的话语里充满了坚定。

"不，明月，你不要再掩饰自己了好不好，明月，我知道了，我什么都知道了，你不要再这样了，我心疼得要死了。"田好又上前抱住了她，任蔡明月怎么推，他都没有放开。

"明月，我们现在就去我爸那里，新冠肺炎那么难缠的病他都能用中药治好，我相信我爸用中药照样可以治好你，走，我们现在就去。"田好放开蔡明月又要拉着她往外走。

这时的蔡明月已经哭成了泪人，她从田好的手里抽出自己的手，说："怎么每一个都不尊重我的选择，我都要死了，怎么他们还这样对我，我不想让你知道我病了，我不想，我只想让你看到我的好。我的病让我自己来承受，我不想连累你，我想让你有一个完美幸福的一生，而不是残缺不全的，所以田好，尊重我的选择，放弃我，去重新寻找自己的幸福，好吗？"她的嗓音已经有些嘶哑，语气中带着真切的祈求。

"不可以，没有你，我的生活就谈不上完美幸福；没有你，我的生活才是残缺不全的。明月，别逃避了，让我们一起来同病魔做斗争，我们有爱的力量，相信我们的力量加在一起就会产生无比的魔力，就会让病魔望风而逃。"田好把蔡明月的头按在了胸前，疯狂的泪水一滴滴落在了她的头发上，像晶莹的露珠一样闪闪发光。

蔡明月再也无力反驳了，她靠在田好的胸前，感受着他汹涌澎湃的心跳，双臂环住了田好的腰，"好，我答应你，但是现在我们不能结婚，等我好了再结婚好吗，我可不想做一个带病的新娘。"

即使田好真的好想马上就和蔡明月结婚，马上就想承担起一个丈夫的责任，他还是没有再逼蔡明月，他知道蔡明月无论如何不会答应他现在结婚。

饭后，田好带着蔡明月到了父亲那里，他们毫无遮拦地对田润章说了这件事情。可以看出来田润章内心是非常震惊的，但他表面上却显得特别稳重。

"你们别着急，也许没有你们想象的那么可怕，来，明月，我给你把把脉。"田润章朝蔡明月挥手慈爱地说。

蔡明月把胳膊伸给了他，田润章非常认真地为蔡明月把着脉，一次，又一次，再一次，田好一分也没离开父亲的眼神，他从父亲的眼神中在寻找着希望的火花。许久许久，父亲终于开口了："你们不要着急，明月的肺衰症状没有到那种不能治疗的地步，或许西医不能攻克的难题，中医就能攻克，新冠病毒那么顽固咱们都能攻克，咱们齐心合力就能战胜肺衰。田好，明天你就给明月去办理住院，先用西医进行治疗，我再给她开些增强免疫力的中药，然后我抓紧时间再找华龙的专家研究一下，看什么样的中药对这种病治疗最有效。"

"好。"田好点头说。

"谢谢田伯伯。"实际蔡明月从田父的话语中能听得出来，她的病绝对不是轻症，田父只是在鼓励自己而已。

2

女儿明月得了肺衰的消息是前妻冷婕告诉蔡东升的，冷婕从来没有觉得自己会像现在这样如此地需要这个男人做精神支柱，而这个男人也没有放弃自己的责任，马不停蹄地赶到了女儿的身边。蔡东升赶到医院推门进病房的时候，冷婕把一根手指放在嘴前朝他"嘘"了一声，轻声说："女儿刚睡着，让她睡一会儿。"

蔡东升轻轻地走到女儿的跟前，静静地看着女儿苍白的睡脸，心疼至极。冷婕给他使了眼色走了出去，他也跟了出去，他们来到了病房外面的楼道口，站下了。冷婕突然扑到了蔡东升的怀里抽泣起来，她抽泣着说："东升，我好害怕啊，我特别害怕。"

和冷婕一起生活了那么多年，蔡东升还是第一次看到她这么伤心无助地哭，第一次感觉到她是个女人，她是个母亲。他五味杂陈地把冷婕抱在怀里拍着她的肩膀安慰着："没事啊，有我呢，咱们的女儿不会有事的。"

冷婕没再说话，一直在蔡东升的怀里哭了很久，之后他们没有再说一句话，重新进入了病房。蔡明月还睡着，他们坐在了女儿病床的两边。过了十多分钟，护士推门进来量体温，蔡明月醒了，看到父亲，她微笑着对父亲说："爸爸，你来了啊，你的工作怎么样了？"

蔡东升攥住女儿的手说："我的工作很好，你呢？现在觉得怎么样了？"

蔡明月嘟了一下小嘴，开着玩笑说："你不是看到了吗，我还能笑出来，应该暂时死不了。"

"臭丫头，不许说死。"冷婕这样呵斥着女儿。

蔡明月又笑起来，说："爸爸，你看到了没，我妈现在变得特别像个妈妈了，像天下最好的妈妈。"

冷婕被女儿说得有点不好意思了，嗔怪着："我什么时候不像你妈妈了，不是你妈妈你和猛猛能长这么好？"

蔡东升自然明白女儿是想拉近他和冷婕的关系，也笑着说："你妈其实挺好的，就是个性太强了，我以为她从来不会哭，结果她是会哭的，只是没到伤心处。"

说到这儿，蔡东升又觉得自己说漏了嘴，让女儿知道了妈妈是多么伤心，赶紧转移话题说："你和猛猛小时候你妈特别没耐心，只能看你们笑不能看你们哭，你们一哭她就呵斥，有时候还会动手打呢。"

"你是没打过，你也没怎么管过他们啊，你总是忙啊忙，成天忙得不着家，要不是这样，我怎么会不要你？！"冷婕不满中带着一丝撒娇的味道。

蔡明月看着拌嘴的父母，仿佛又回到了小时候，她的眼泪止不住地流了出来。

"怎么了明月，是不是哪儿又不舒服了？"冷婕问。

"没有，我是看到你和爸爸拌嘴幸福地哭了，我多希望能天天看到你们这样拌嘴啊，有爸爸也有妈妈，那样才是我最幸福的家啊！"

两个人顿时被说得哑口无言，正好这时护士过来拿体温表，紧接着，金小兰进来了。

"明月，我今天跟别人换班了，今晚我陪你，让大家都回家休息。"金小兰一进门，就旁若无人地说。

一个穿着白衣服戴着口罩的护士竟然跟女儿这么亲近，蔡东升不禁用疑惑的眼光瞅着她，蔡明月看到父亲的眼神急忙介绍："爸爸，这是金小兰，我的高中同学，她也是这个医院的护士。"

解开了疑惑，蔡东升赶紧冲她点头说："你辛苦了。"

"原来是叔叔啊，我第一次见呢。"金小兰也爽朗地说。

"爸爸，金小兰可不是外人，她呀，说不定就是你将来的儿媳妇呢。"尽管自己是病人，但蔡明月也不想把气氛搞得那么紧张，她笑着补充介绍。

这话让蔡东升感到有些意外，他张嘴带着疑问"哦"了一下，不知说什么才好。

"你儿子蔡猛从小就爱金小兰爱得发疯，发誓非金小兰不娶。"蔡明月紧接着再补充了一句。

"明月，你当着叔叔阿姨的面这样说，让我情何以堪啊！"金小兰真是羞得不知如何是好了。

冷婕以前并不喜欢金小兰，她也从来不赞成家庭经济条件一般的金小兰成了她的儿媳妇，她想让蔡猛娶一个有钱人家的女儿。可女儿这一病，在田家和金小兰大爱无形的付出中，她改变了对所有人的看法，她猛然之间爱上了这个女孩儿。

"有什么羞的，我现在就以准婆婆自居了。"冷婕也跟着说。

正热闹着，蔡猛也赶了过来，他捧着一大束鲜花，看到这种场面，竟然有点不知所措，"我鲜花送给谁？"他装作尴尬地说。

"当然送给女朋友了。"蔡明月说。

"明月你太坏了，你明明知道蔡猛是送给你的，还开我的玩笑，我去找花瓶。"金小兰说着就出去找花瓶了。

女儿笑起来红润的脸庞让蔡东升感觉到了爱的力量。曾经他在什么地方看到过一句话：爱的力量是无穷的，爱若在，干戈可以化为玉帛，死水可以重泛涟漪，生命可以创造奇迹；爱若在，快乐和幸福就会拥抱我们，不会与我们擦肩而过。爱和被爱都应该是一种幸福，他现在似乎悟出了一些从前不曾有过的道理。他期望爱的力量能使自己的宝贝女儿重新恢复健康。

3

　　医院采用了田润章的意见，中西药结合来治疗蔡明月的肺衰，西药是医院的医生开的，中药自然是田润章开的。半个月时间，蔡明月就明显好起来。但是田润章明白，要真正治愈不是一件容易的事，需要多方的调理，最主要的是心情，他特意嘱咐田好，一定不要让蔡明月有心情上的不愉快，所以田好尽力地让她快乐。

　　这些日子，冷婕想了很多，这天她来医院跟田好换班的时候特意把田好叫到外边，要跟田好聊一聊，"田好，我首先要给你道歉，以前是我的不对，我一心想让明月嫁个有钱有势的人家，让她做个阔太太，现在我彻底醒悟了，有什么都不如有个好男人，以后你们想什么时候结婚就什么时候结婚，我再也不会阻拦了。"

　　"阿姨，你的话太见外了，我一直把你当自己人，明白你说什么做什么都是为明月好。"田好虔诚地说。

　　"那好，咱们就把话往直了说，我现在想把公司转让掉，一是给明月治病，二是我不想经营了，干了这么多年，累了，想享受一下清闲的日子了，你能不能帮我一下，跟你同学的父亲说一下，让他把我的公司收购了？"

　　田好不支持她这样做，"阿姨，你的公司现在才顺当起来，经营到现在多么不容易，不能半途而废，明月这里有我呢，我不会不管她，再说了，蔡叔叔也会管的。"田好说。

　　冷婕被田好感动得热泪盈眶，"谢谢你田好，要不是你，我的公司也早就完了，阿姨以前对你有偏见，现在给你道歉。"

　　"阿姨，以后可别再说道歉这两个字了，以后我们是一家人。"

　　田好回去上班了，一路上他都难过得要命，厄运怎么就降落在明月头上呢？"菊花清肺"能够治好新冠病人，能够治好肺衰吗？他在心里祈祷着心爱的人快点好起来。

冷婕回到了病房，又和女儿忏悔万千地说："明月，妈妈以前做错了，你不要怪妈妈，妈妈从来没有不爱你，只是我可能存在自私，妈妈以后改。"

蔡明月自然理解母亲，以前的那种怪早就消失得无影无踪了。母女俩的隔阂就在这一次的磨难中消除了，温柔的母亲又回来了，蔡明月有一种因祸得福的感觉。

母女俩正谈着心，吕小军捧着一束鲜花推门而进，这让冷婕感到吃惊，心里也存在一丝愧疚。

"小军，谢谢你来看我。"蔡明月微笑着说。

"你太客气了，我不应该来看看你吗？我们差点成为一家人呢。"吕小军明显瘦了，脸色也不好。

这时的冷婕在吕小军面前不知道说什么好，只是冲他点了一下头，她想出去，被吕小军叫住了："阿姨，你坐。"

冷婕又坐了回来。吕小军先问了蔡明月的病情，说需要钱的话尽管吱声，他会全力相助，这让母女俩都很感动。看到吕小军，蔡明月想到了田瑶，如果田瑶活着该多好，他们是多么合适的一对啊，可老天就是这么不公。

吕小军和母女俩聊了起来，"我马上要接任父亲的地产事业了。"他一点都没有显出高兴的样子。

"你父亲怎么不干了？"冷婕疑惑地问。

"国家出台反垄断政策，国家在房地产领域加大限购，地产不好做，父亲说我年轻有精力，要我接管锻炼一下，他去干别的，其实我真怕我胜任不了。"吕小军说。

"你一定行的小军，听田好说你建议父亲给华龙的共同富裕项目捐了一亿元，是真的吗？"蔡明月问。

"嗯，就是因为这一次的建议，父亲说我的站位高，才决定把房产事业交给我做。"吕小军还在叹气。

"看你，这么大的魄力还叹什么气啊，你一定前途无量的。"蔡明月鼓励他。

"我现在已经改变了策略，想把集团的地产资产清空，在蓟县盘山投资建一个菊花中药园，也算是由房地产的转型吧，这是一步险棋，要想走得稳，需要田家的支持，明月，这个需要你跟田家吹风了。"吕小军说。

"这个不用我啊，你跟田好也那么好，他一定会帮你的，田伯伯也很喜欢你，你这是干利国利民的大好事，田伯伯一定会支持你的，你放心吧。"

吕小军感谢了蔡明月，又说了一些祝福她早点战胜病魔的话就走了。他走后，冷婕又发感慨地说："多好的一个人，明月你真是没那个命。"

"妈你又来了，我都跟你说过多少次了，吕小军爱的是田瑶，如果不是田瑶牺牲了，他都打算跟我们一起办婚礼呢。你没看出来吗，他现在都没有从那种痛苦中挣扎出来。"蔡明月责怪着母亲。

田好听父亲说盘山山顶上的一种菊花叫"天女菊花"，他特意独自去采摘了一些回来，经过父亲的炮制，掺入了中药的配方里熬了药让蔡明月服了下去，没想到的是，两天后，蔡明月突然陷入了昏迷状态，这让所有的人都惊慌不已，特别对于田好是一种疼死的折磨。

"难道是'天女菊花'的缘故？"田润章组织众多中医专家来给蔡明月会诊，大家都否认了这个猜测，结果诊断是因为病症的本身造成的这种现象。因为蔡明月的病已经接近中晚期，好也是一时之好，各种因素都会引起急剧发展、控制不住病情的情况。在医院的积极急救和田润章及华龙中医界各位专家的努力下，蔡明月暂时脱离了生命危险，只是还处在昏迷之中。

蔡东升和蔡猛都来了，大家焦急地等了整整一夜，第二天早晨蔡明月才终于睁开了眼睛，看到身边的亲人，蔡明月哭着问："你们都在，我是不是要死了？"

"别瞎说，你怎么会死呢，你既然醒过来了，马上就会好。"尽管大家都很激动，都争着向前，还是田好说了第一句话。

蔡明月冲大家微笑了一下，看着爸爸、妈妈和弟弟都在，也算是欣慰地笑了，她拉住爸爸和妈妈的手说："醒来能看到你们都在，真好，爸爸，你回家吧，让我们一家人好好地过美满的日子好吗，答应我好吗？"

蔡东升看了冷婕一眼，发现冷婕的眼里释放着一种期待的光，于是红着眼眶点了点头。蔡猛没有说话，只是把头扭到一边去抹眼泪。没有一个儿女不喜欢家庭团圆，蔡猛虽然跟父亲没有姐姐跟父亲的感情深，可那是他的亲生父亲，他也希望这个家是一个完整的家。

看到父亲点了头，蔡明月的泪水一串串地流了下来。蔡明月稚嫩的双肩承受不了如此毁灭性的打击，她需要的是心灵的辅助，这个大家都明白，所以趁这个机会，田好也表白了自己："太好了，一家子总算团圆了，我现在也做了一个决定，等明月好一些，有了精神，我就和明月举办婚礼，当着你家人的面，明月你可不能拒绝我。"

蔡明月没有拒绝，而是带着幸福的神情点了点头。

4

在蔡明月得病住院的这一段时间，田润章可谓是绞尽脑汁，他清楚蔡明月在儿子田好心里的位置，所以他多么期望能通过自己的手把这个准儿媳治好啊。自女儿田瑶牺牲后，蔡明月代替了女儿的位置，孝敬他、安慰他，特别是她让英子的思想彻底地变了，变成了一个懂事温存的女人。实际在英子心里，蔡明月的位置也不亚于田润章，她三天两头提着保温桶往医院里跑，熬一些有营养的汤类给蔡明月补身子。

田润章想起在一本医药书上曾经看到过，有一种菊花对肺有特殊的疗效，书上不但介绍了这种菊花，还有图。于是他就开始在自己的医药书籍中翻阅，整整翻阅了一天，终于找到了，他如得到珍宝般地欢喜。书上介绍说的这种菊花叫"美美姬墩"，是一种极为罕见，长在高寒地区的山顶上的特殊菊花，这种菊花对肺有特殊疗效。田润章每天研究蔡明月的病，她得的肺病是极其奇怪的一种肺病，按正规治疗痊愈的可能性不大，田润章把身边的菊花都让蔡明月试过了，开始效果还算好，后来就不太明显了。"或许这种'美美姬墩'可以发挥意想不到的魔力呢，只要有一丝希望我就要争取。"田润章暗暗给自己打气。

田润章打电话把田好叫过来，让他也看了介绍"美美姬墩"的这一部分。书上介绍这种菊花上呈现两种颜色，一种是金黄色，一种是血红色，如果两种颜色的花交织在一起算是阴阳结合，药力会更加有效。霜降之后，平常的菊花的花瓣就会一片片凋落，而"美美姬墩"却像冬天里的勇士，傲然挺立在山野之中。这样的菊花是极其罕见的，自然也很难得到。

"无论多困难我都要想办法弄到这种菊花。"田好特别激动地说。

"那你先到华龙的各大药店去找找，万一药店里有呢。"田润章说。

田好马上付诸行动，开始往华龙各大药店奔波，结果却是徒劳。在绝望的时候，他突然想到了冯大兴的父亲冯世昌。冯世昌在华龙开了多年的中药房，他对中药的种类和出处应该比父亲知道得更多，说不定他知道哪里能摘到这种菊花，可是以冯家的人品和对他们田家的偏见，他就算知道又能告诉他吗？不管怎么样他都要去试试。

田好没想到冯世昌这次对他极其热情。听说蔡明月得了肺衰之后，冯世昌也表示愿意帮助。蔡明月和儿子冯大兴谈了几年的恋爱，儿子也经常带她回家里来，在他心里对蔡明月还是有一定感情基础的，并不认为她是个和自己不相干的外人。在田好对他说了"美美姬墩"这种菊花后，他开始只认为这是一个传说，但经过翻阅了大量的资料后得知，确有"美美姬墩"这一种菊花，它们分布在峨眉山和秦岭一带。

为了救真爱女友的命，田好只身到秦岭去，他一走就是半个多月，也没告诉蔡明月。刚开始母亲哄着她说田好在值班，后来又哄着她说田好出差了，可在每次与田好的通话中她感觉得到，田好没有值班也没有出差，他是背着她在做什么会让她担心的事。她多次问母亲，冷婕看她急成那样子，才告诉了她实情。当蔡明月得知田好去秦岭给自己采菊花后，担心得不得了。

"田好，你快回来，你不要再为我这么拼了，我不想你有什么危险，我的病就听天由命吧。"蔡明月哭着说。

"明月，我没事，现在你什么都不要管，只管好好地配合医生治疗，然后好好地等我回去，我在外面，你不要让我担心你好吗？"田好乞求般地对她说。

蔡明月知道再担心也无济于事，不如静心等待，"好，我听你的，你找不到那种花就快点回来，我想早点看到你。"她柔弱地说。

"好，我听你的。"田好这样答应着，心里却有一种不找到"美美姬墩"誓不回还的决心。

结果在秦岭一带根本看不到"美美姬墩"的踪影，田好只好转身去了峨眉山。

田润章最近一段时间神经比较衰弱，每天晚上都做梦，他这几天的梦中老梦见自己的前妻在不停唠叨，说他不关心儿子的安危。开始的一两次他没有在意，只觉得是心里太惦记儿子了才做这样的梦，可连续这样四五天后，他有了不好的预感，他打电话让儿子早点回来。感觉到儿子的执着后，他毅然不顾英子的阻拦向峨眉山赶去，他要和儿子一起去承担这种冒险，他相信父子合力才能产生威力。

田好极不赞成父亲去峨眉山找他。父亲渐渐地老了，身体已经没以前那么健壮了，后来又经历了田瑶的离去，他的高血压缠身，他根本不能承受登山这样的劳累。可他也抵挡不住父亲的坚持，父亲还是来了。田润章看到眼前经过风吹日晒憔悴不堪的儿子，想到梦中前妻的唠叨，心情极其悲伤。

"好，辛苦你了。"田润章第一次这样叫自己的儿子，眼眶都红了。

"爸，你更辛苦，我真不忍心你为我这样子。"田好也感到特别心痛。

"不要这么说，明月她在我心里也是我的女儿，你英子阿姨现在都把她当亲闺女一样，我们都要想办法救她，早点把她娶回来。"田润章满含亲情地说。

"爸，谢谢你。"田好深情地拥抱了父亲。

"好了，准备登山吧，说不定美丽的'美美姬墩'正在风中摇曳着它的身姿等我们去采摘它呢。"田润章拍打着儿子的脊梁说。

父子俩相视一笑，向着峨眉山勇敢挺进。

第十六章　精神的高峰

1

季节往深秋里走了，天就一天比一天冷了。

与华龙蓟州的盘山一样，峨眉山的景区之内经过了开发，资源与环境已经不是原始状态，所以景区之外的山才是采药最好的地方。峨眉山，有名的是金顶大佛，他们没有兴趣去朝拜，他们的目标是菊花。奇峰险要，越往上走树木越显得杂乱无章。但是，这里的风不冷，却是以一种温和的姿态吹拂。阳光像尖锐的金片一样刺进山洞的黑暗中。在攀登山峰的途中，田润章拄着拐杖走累了，就靠在石头上歇一歇，田好蹲下给父亲揉腿。父亲的腿静脉曲张，他常常抱怨腿的神经疼。父亲眯眼仰起鼻子吸那沁人心脾的山野气息。他们听见树丛鸟歌唱的声音。

田好一边揉着一边和父亲一直在探讨人生的精神世界。

田润章轻轻一笑："人一思考，上帝就发笑。"田好静静地听着，没有说话。官场与做学问真不一样，官场上不但要会喝，还要有好口才的。光做不说，那就是埋头拉车不抬头看路，累死也不好提拔了。田润章觉得没有精神境界能够用语言表达出来，如果说出来，就失去其野生的活力了。是啊，田好自小到大，在父亲的口中吐出来的一直是中医中药，没有说什么大话。务实、严谨，像一个工匠。这让田好对父亲产生了一种由衷地佩服。

"家庭也一样，何为幸福？幸福也是一座高不可攀的高山，需要我们每一个人一生去琢磨它、破解它。"田润章又补充道。

父亲说的这话有点深奥，或许他也只是想到什么说什么，根本没有实质上的意义，但他还是听到了心里。他真切地说："爸，我懂得，所以我不会放弃明月，你放心，我不是那种不负责的人。"

田润章仰头望了一眼前方，田好看父亲气喘吁吁的样子，"爸，要不你别上了，你在这里等着我，我自己上去看。"田好担心地说。

"害怕攀登高峰的人，永远在山下徘徊，我不能做一个在山下徘徊的人，我一定要战胜它。"田润章振奋了一下精神说。

这样父子俩攀登了很久，到达半山腰的时候，田润章说："我能把你这个官迷，引到中医上来，死也值了！"

田好说："爸，我的决心你还怀疑吗？"

田润章欣慰地笑了，目光转向了陡峭的山峦。田好突然在远方发现了两朵特殊的小花，"爸，你看，那是不是'美美姬墩'呢？"

田润章也很兴奋地说："走，快去看看。"

到了跟前，他们发现两朵花果然和书上图片上的菊花一模一样。原来"美美姬墩"真不是一个传说，它是实实在在存在的，两朵血红色的小菊花闪闪发亮，像是明月花枝招展朝气四射地在风上舞蹈，田好等不及地就伸手要去采摘，却突然被父亲大声地制止道："等等，不要采。"

田好在父亲的喊声中缩回了手，"怎么了爸？"他问。

"不要采摘，把它的根一块挖出来，带回去兴许能在家种植。我们的祖先就是从盘山上挖了天女菊花带回家搞种植才研究出了'菊花清肺'的，不仅使'菊花清肺'传承了下来造福了后世百姓，还救济了一方当时的穷苦百姓。这个菊花如果真是传说中的那么神，那对国家来说又是一个巨大的贡献。"田润章激动地说着，从包里拿出来一个小铲子递给了田好。

田好没想到父亲还是有备而来的，不愧是一个经验丰富一心想着国家的老中医教授，田好在心里又对父亲增添了一份尊重。田好从父亲手里拿过小铲子，小心地挖着这两棵小美菊，田润章又在周围观察了一阵，并未发现再有这种菊花。但是只要有，肯定不会就这两朵，田润章满怀信心地和田好一起向上攀登。

毕竟是上了年纪，登一会儿就感觉力不从心，就要坐在石头上休息一下。在休息的当儿，田润章又跟田好讲起了自己的梦。

"田好，这几天我老梦到你妈。"田润章说。

"哦，可能是因为你太想念她的缘故吧。"

田好说出这句话，又觉得有点讽刺。父亲跟母亲的婚姻很一般，母亲是那种默默无闻只讲奉献的女人，对于父亲要做什么她从来都不干涉也不过问，所以父亲谈不上爱她，只是尽着一个丈夫的本分而已。而对英子，父亲透露着的是一种爱，无论英子做什么，他都能体谅她、原谅她。这些田瑶在世时，他也和田瑶讨论过这一类的问题，可母亲总归是过去时了，总不能不让父亲去找个伴，总不能叫父亲找了个伴也像对母亲那样，那对父亲的生活也没什么好处，所以就默认了父亲和英子。

儿子说出这句话，田润章的心疼了一下，想想自己在孩子的母亲面前真不是一个称职的丈夫，但这种疼也是一闪而过，"我挺对不住你妈的，为了支持我的事业，快四十岁了才生了你们，后来又默默无闻地照顾你们，我只顾工作也没怎么关心体贴过她，你们小时候也没怎么管过。"他愧疚地对儿子说，这种愧疚也是发自肺腑的。

"爸，你别想那么多了，我的愿望只想你过好你的现在，让你颐养晚年，可是到现在我还在连累你，我很惭愧。"田好也觉得这一个马上就七十岁的老人还陪着他攀登这样的高山，惭愧更是不少。

父子俩从来没有像现在这样心如此贴近，可能父亲无意中又戳到了自己的痛点，他稍微沉默了一下又说："我想瑶瑶了，刚才说到她，仿佛看到她笑着在向我招手。"

"爸，别胡思乱想了，走，我们继续找菊花。"田好伸手去拉父亲，父亲也把手伸给了儿子。

绕着这个地方，父子俩又继续寻找。秋天的峨眉山有着无垠的金黄与绯红，但在田家父子眼里这并不是最好的风景。他们无心欣赏风景，眼里放着寻找的光。

"爸，你快看。"田好突然惊喜地大叫了一声。

顺着田好的手指，田润章也看到了前边的上方开出的一片又一片的与众不同的美丽的血红色的小菊花，无疑，那是他们要找的救命菊花。他和儿子一样，瞬间有点要飞起来的感觉。

父亲激动得半天没有说出话来，田好已经拿着小铲子上前去挖了。那个地方有点高，站着是挖不到的，田好只好四下去找大一点的石头垫在脚下，他找到了一个厚一点的大石板搬回来放在脚下，踩上去又踮着脚使劲伸着胳膊才可以挖到。挖的时候，土沙石都落下来顺着他的脖子往下滚，他却毫不在意。田润章站在田好的身旁，田好挖一棵就会小心地递给父亲，父亲又一棵一棵像珍宝一样轻柔地放进包里。一棵又一棵，田好有点心花怒放的样子，仿佛明月马上就可以活蹦乱跳地在他面前调皮撒娇了。

田好心中有个疑问，峨眉山的菊花为何与北方盘山不同？田润章坐在石头上喘息了一阵，唠叨着说："一方水土养一方人，十里不同风，百里不同俗。菊花也一样。地方不同，山川不同，文化不同，诞生的植物就当然不同了。"

天公不作美，就在田润章和田好努力获取救命菊花时，天上突然掉下了雨点，还有冷风吹了过来。出来的时候天气半晴半阴，以平常的经验来看，应该不会下雨，所以父子俩根本没想到带伞的事。

"爸，你冷吗？"田好转头问父亲。

"不要紧，快挖菊花吧，没有比救命还重要的事。"田润章急切地说。

雨点下得密集起来，打湿了父子俩的衣服，但有爱有希望就有温暖，父子俩似乎没有感觉到天气的冷酷无情。当田好挖完所有的血红色的小菊花时，他又意外地发现，再向上一些，在一片草丛中开着一些金黄色的小花，他仔细一看，狂喜不已，原来是几朵金黄色的小美菊，"爸，上面两朵金黄色的菊花。"他又惊喜地大叫了一声。

"真是太好了，你小心一点挖。"田润章也特别激动，因为资料上说过，两种颜色的菊花在一起是阴阳结合，发生的效力会更佳。

　　只是那几朵小黄菊太高了，他怎么都够不着，他又去找了一块小一点的石板放在上面，还是够不着。他不可能会放弃这几朵救命菊花。

　　"我蹲着，你踩我肩上去挖。"田润章想出了办法。

　　"不行，那怎么行，我一百六十多斤呢。"田好说。

　　田润章很平静地说："那你蹲着，我踩你肩上。"

　　听父亲这么说，他觉得这个办法行，就把小铲子递给了父亲，自己蹲了下去。父亲毕竟是老了，也消瘦，即使站在一百六十斤儿子的肩上，他还是站不住，试了好几次，还是从田好的肩上倒了下去，差点摔在地上。

　　"真是老了，不服不行，还是我蹲下你踩我肩上吧。"田润章无奈地说。

　　"恐怕你更受不了，不行，让我再想想别的办法。"田好看着父亲在雨中瑟瑟发抖的身体，难过得要命。他后悔让父亲跟他一起上山来。

　　"怎么不行，快点吧，明月还等着咱们去救她的命呢。"田润章急躁地吼了一声。

　　田好犹豫了一下，还是踩上了父亲颤抖的双肩，他终于够着了那几朵可爱的小美菊，然后迅速地往下挖，眼看就要挖完了，只听"咯嘣"一声，父亲脚下的石板断了，按说也不是大事，可是由于田润章的力气已经用尽，随着"咯嘣"一声响，血压往上一升，他顿时有了晕厥现象，身子无力地倒下去……

　　如果是在山下，田润章或许还能及时送到医院，可这是在山上，即使田好拼命地背着父亲往山下跑，那也比不上死神的脚步，田润章还是闭上了他的眼睛，永远告别了人世，告别了心爱的中医。

　　父亲干了一辈子的中医药事业，结果为儿女而牺牲，这让田好悲痛欲绝。父亲也是为中医药而牺牲，他保全了一个老中医人的高尚的不朽的灵魂。这叫田好怎么能不悲伤，他冲着苍天大吼："难道保全灵魂的人，非要舍弃生命吗？"

田好艰难地把父亲运回华龙，深藏千万个内疚埋葬了他。全市各大中医专家和老百姓都自发地站在街道两旁给为中医药事业辛苦了一辈子的老教授送行，包括冯世昌。蔡明月虽然没有进田家的门，可田父已经失去了女儿，她不能让他就这样遗憾地为了自己而走，她穿上了全身的孝衣，作为女儿也好，儿媳也好，真切地喊着："爸爸，一路走好。"

　　一碗沾着田父生命之血的汤药被田好端到了蔡明月的面前，可蔡明月望着那碗汤药，却无法将它喝下去。明月双手颤抖着，眼里的泪水一串接着一串，像是生无可恋的样子。

　　"明月，这是父亲用生命换来的药，你不喝，让他在九泉之下都不会瞑目的。"田好也掉着泪说。

　　"我不相信什么九泉，我对不住你们田家，是我害了田伯伯，我活着还有什么意义，我不想喝了，把那些救命的菊花留给需要的人吧。"蔡明月神情游离地呢喃着。

　　这是田好最怕的结果，他本来是想瞒着她的，可是父亲去世的消息已经满布了整个华龙，甚至是全国的网民都在朋友圈内祭奠这位在武汉新冠肺炎暴发时的"中医功臣"，华龙中医药大学也发布了讣告，在这个网络发达的新环境里，他已经做不到隐瞒事实了。

　　"明月，你必须好起来，然后好好地活下去，这是父亲的希望啊！"田好祈求着她。

　　田润章的去世对冷婕来说也是一个不小的震撼，一个为女儿而牺牲的老人，他多么地让人尊敬，冷婕再一次意识到自己以前的腐朽思想，她惭愧至极，看着田好端着的一碗药汤，她也在劝说着女儿："明月，你有活着的意义，你活着的意义就是赶快好起来，然后和田好结婚，你田伯伯为你牺牲了，你得让田家的血脉源源不断地延续下去才算对得住他啊！"

　　蔡明月愣了许久，不说话，却在田好一勺一勺的输送下默默地咽下了那碗药汤。

　　田好回到父亲的家，英子正悲痛欲绝地呆坐在沙发上，已经哭干了泪水，看到田好回来，也没有说一句话。

"英子阿姨，你也节哀顺变吧，你放心，即使父亲不在了，我和明月也会把你当自己的亲生母亲对待的，你想走，我们祝福，你想留，我们孝敬，你需要什么尽管说，只要能满足你的，我们都满足你。"田好情真意切地安慰着她。

英子瞬间号啕大哭起来。

2

蔡明月的病情也在"美美姬墩"的作用下好了许多，可见这种菊花确实对肺部的病产生着与众不同的作用。

"我要像祖宗发挥了'天女菊花'的价值一样，让'美美姬墩'也发挥它的绝世价值。"田好攥着拳头暗暗给自己鼓劲。

夏诗瑶经常到医院里去探望蔡明月，她跟蔡明月已经完全没有了以前的那种隔阂，而是真心地希望她能早点好起来，早点和田好结成最好的一对。爱一个人就是看着他幸福，经历了那么多，现在的夏诗瑶深深地懂得了爱强求不得。这样一来，田好反而很感激她，对她也消除了以前的那种有意疏远，而像真正的朋友一样对待起来。

蔡明月自然明白夏诗瑶一直爱着田好，从她看田好的每一个眼神中都能看出来，她对田好有多么依恋。她也明白，夏诗瑶看她是真心的，但趁机看见田好也是有的。一次病房里没有别人，只有蔡明月和夏诗瑶两人，蔡明月直截了当地问："夏诗瑶，你能不能看在我是一个病人的份儿上告诉我一句实话，你现在是不是还疯狂爱着田好？"

夏诗瑶被蔡明月问得尴尬了，脸有了些潮红，也许一时想不好怎么说。

"没事，你就实话实说吧，我们现在已经没有隔阂了，现在都是诚心诚意地对待对方，无论你爱还是不爱，我都不会生气，我爱着，我懂得单方面的爱是怎么一回事。"蔡明月鼓励着她说。

"怎么说呢，当时我对田好真是一见钟情，可是田好从来没有接受过我的示好，也没有明确表示过喜欢我，其实说所有的话做所有的事都是我的一时冲动和一厢情愿，我幼稚到家了，你不要怪我好不好？"夏诗瑶说着，眼里却滚下了晶莹的泪珠。

"我挺佩服你的，为了心中爱的人，就义无反顾地跟他去了武汉抗击新冠疫情，当时武汉那么危险，这确实需要相当大的勇气，当时听说你写了血书请战，我挺震撼的。"蔡明月说。

"那算什么血书啊，又不是咬破手指写的，我才下不了那么狠的手，我是用采血针扎着写的，只是写了几个字而已。"夏诗瑶觉得有点难为情。

"你现在后悔去武汉吗？"蔡明月问。

"当时挺后悔的，可现在不后悔了，即使田好在武汉爱上了你，毕竟我得到了锻炼和成长，我现在觉得自己成熟多了，像个大女人了。"夏诗瑶笑着说。

"说不定有一天我会把田好还给你，你千万不要拒绝啊，你还要替我好好地照顾好他，让他幸福地生活。"蔡明月没有露出伤感，而是以一种期待的眼神看着夏诗瑶说。

夏诗瑶急忙向她摆手，"不不不，明月，你千万别瞎想，我真没有跟你抢田好的意思，我现在特别想让田好幸福，他只有跟你一起才幸福，跟我一起不会幸福的，因为他从来没有爱过我。"夏诗瑶终于有勇气说出了自己以前不想承认的话。

"爱是可以培养的，只要你一心爱他，一心对他好，他会被感化的。"蔡明月说出这些话其实是有心的，如果自己不在了，她真的希望田好能和夏诗瑶走到一起，毕竟夏诗瑶爱他。

"明月，你千万别瞎想，我经常过来看你并没有别的意思，但包含着一个意思是为自己赎罪，由于我的不理智，我做了许多伤害田好的事，特别是在他的仕途方面，如果不是我的举报信——"夏诗瑶内疚得说不下去了。

"别说那事了，田好不会记着那事的，他不是那种记仇的人，我也不是。"蔡明月拉住了夏诗瑶的手。

"我知道，其实在田好和你相爱之前我比你更了解他的为人，所以才那样爱他的，他是一个负责任的男人，他爱你，你真幸福，我也真心地祝福你们。"夏诗瑶流着泪说。

隔了一天，夏诗瑶带来一幅父亲用彩绘图案绘制的彩色年画《中医英雄田润章》。这一幅年画比起以前她送给田好的那幅更为细腻，背景是峨眉山，画中人正聚精会神地采摘高山上的一棵金黄色的菊花。

"这是我专门让父亲为你们做的，没有别的意思，就是想以这种方式表达对老人家的怀念，明月你可别多想，我并不是想刺激你。"夏诗瑶解释着。

"没有多想，我特别喜欢这幅画，我相信田好也特别喜欢，是吗田好？"蔡明月问。

田好点着头，端详着这幅画问："我爸已经不在了，你爸为什么不用黑白底色而用彩绘呢？"

夏诗瑶说："我爸爸说，田老生如夏花之灿烂，去世了，他应该还是灿烂的，所以就用了彩绘。"

拿回家后，田好将父亲的遗像摆好。桌子上一共两幅画，一幅是黑白照片，一幅是彩色年画。田好忽然想到，父亲还活着，彩色的代表白天，黑白的代表黑夜，无论是白天还是黑夜，他都在。

田润章的离世，让冯世昌也极为震惊，他在听说整个过程时，老泪纵横地叹道："老田为中医药事业奉献了一生啊，连死都死在了采药中，这是命中注定要让他成为王者，我自愧不如啊！"他独自感叹着。

田润章生前研究出"菊花清肺"，用在新冠肺炎之后，有显著治疗效果，可谓在中医界名声红极一时。糊弄人一时，糊弄不了一世。冯世昌喝了这种中药，极度细品，他心服口服了。连连感叹自己行医多年，无所建树，只是默默无闻一介草民。这个心理差别常常使他在夜晚面对窗外长吁短叹。

田润章的死给冯世昌内心以极大的震动。这位老中医，曾经多么迷惘，多么痛苦，今天从田润章身上重新认识了中医的精髓。冯世昌不仅参加了田润章的葬礼，还走进了田润章的家里，望着田润章的遗像，望了很久。

　　冯世昌朝着遗像深深地三鞠躬。

　　鞠躬以后，冯世昌紧紧握住田好的手说："田好啊，叔叔明白了，在宝河，在华龙，在国家，真正能代表中医的，非你爸莫属啊，老朽自愧不如，愿他一路走好，灵魂得以安息。"

　　"谢谢冯叔叔不计前嫌给我爸爸送葬，谢谢你能来家里看他。"田好尊重地说。

　　"惭愧，惭愧啊！我们都是宝河人，两家世仇太深太深了。我们应该放下包袱，携手共进，遗憾的是，你爸先走了。"冯世昌叹息着说。

　　冯世昌走出家门，揩掉了脸上的泪水。走到门口，门槛绊倒，跌了一跤。田好急忙上去扶冯世昌，冯世昌说："别扶我，让我自己起来。这是你爸考验我呢！"说着，独自支撑着爬了起来。

3

　　明月的病渐渐好了起来，但是如果想痊愈，那是一个长期坚持的工程，医院没必要再住下去了，他们办了出院，在家中西药结合继续服药治疗。经过生死考验，田好再不能等下去了，他要马上让蔡明月做他的新娘。《霍乱时期的爱情》里有这样一句话：爱情终究是爱情，距离死亡越近，爱就越浓郁。田好就是在这种浓郁的爱之下跟蔡明月举行了一场盛大的婚礼。胡书记敢于担当，他没有食言，主持了他们的婚礼。

　　婚礼之上，蔡东升和冷婕，当然还有英子，都为这对新人给予了最深情的祝福。

吕小军也来了，他不凑人群，而是安静地坐在一个角落，默默地为这对新人表示祝福。从他的眼神可以看出来，他在承受着思念田瑶的痛，他幻想着田瑶穿着婚纱向他走来的样子，泪水默默地淌了下来。

　　夏诗瑶也来了，她的眼里也闪着晶莹的泪花，那是心痛的泪水，也是祝福的泪水。

　　婚后的田好幸福与焦虑并存。他担心明月的身体，她的身体暂时无恙，可是父亲早就给过判断，痊愈的可能性不大，随时随地都可能复发。经过了这么多才修成正果，而这种果实吃得并不香甜。他在不知不觉中渐渐厌倦了办公室的生活，越来越浓重的忧患意识使他无法真心地再用一杯茶、一张报纸坐在宽敞明亮的办公室消磨时光。很多时候，他坐累了，走到办公楼的院中望着大树发呆甚至叹息。国家出台反垄断政策，互联网时代暴利终结，以后的中国规则变了，靠工匠精神、靠手艺吃饭的年代开启了。他最多的是想他的父亲，父亲的一生都在为中医药事业奋斗，即使离开了这个世界却也永远活在人们的心中，而自己，就算在官场混得风生水起最后又能留下什么？一丝一毫也不能留下。如果一时糊涂，还会身陷囹圄。

　　"人生自古谁无死？留取丹心照汗青。"田好怎么会突然想到这样的诗句呢？是因为父亲吗？

　　"我是一个生下来就负有重要使命的人，所以我选择了终生与中医为伴。"他又突然想起父亲曾经对他说过的这句话。

　　然而自己呢？自己就没有重要使命吗？自己就这么枉然地走过一生吗？不，他有使命，冥冥之中父亲像是在呼唤着他。那么今天这种使命又以何种形式体现呢？

　　"明月，我不想在官场混了，我真的混不下去了。"田好把自己模糊的心情向妻子表露。

　　此前，可能因为蔡明月也在卫健委工作，所以她从内心不希望田好离开那里，她不想让田好离开的原因并不是她希望田好能在自己的眼皮底下当多大的官，是她舍不得他，她希望能每天都看到他。即使结了婚，夫妻出双入对、同出同进那种比翼双飞是多么地让人羡慕。

可经过了这一场大病，田家为她所做的一切让她明白了，也深深地懂得，继承父业可能是田好走下去的最好的方式。

"田好，不如你休息一段时间吧，好好想想自己究竟需要什么，无论你想干什么，我都支持你。"蔡明月温存地说。

田好把蔡明月紧紧地搂抱在怀里，蔡明月享受着爱人的怀抱，抬头望着他，没有说话。她清楚，她不能为他做什么，只能用自己的柔情去温暖他，去鼓励他，给他勇气和信心。

"我该怎么办？我迷失了自己。"田好痛苦地说。

"没有，你没有迷失自己，你只是太累了，需要静下来思考。现在什么也别想，今晚，咱们回家去看英子阿姨，好吗？"蔡明月说。

"好。"田好点着头。

是啊，好多天都没有去看过英子了，不知道她一个人过得怎么样。

小两口到来时英子正泡着一包方便面吃。失去老伴的这些天她才真正领悟到了什么是孤独。中午就没有吃饭，现在虽然还早，肚子却饿得"咕咕"叫了。心和胃虽然都长在身体里面，可它们相处得也不和谐，胃喊饿，心却不想吃。不想吃也得吃，毕竟还是要活下去的，所以她就将就着泡了一包面，连煮的心思都没有。

"阿姨，你怎么吃这个，这怎么行，你身体会受不了的，快别吃了，我们买肉了，我给你做红烧肉。"蔡明月看到她泡的方便面，心疼地说。

英子的嘴角微微颤抖了几下，泪水不听话地就往外流。

"阿姨你别总哭，我们知道你孤独，不会不管你的，我看这样吧，明月，咱们干脆搬过来住吧，你看行不行？"田好赶紧说。

"好啊，我巴不得呢，搬过来我就有妈了，我就可以当小孩儿了，就怕阿姨不愿意。"蔡明月故意调皮地说。

"愿意愿意，我愿意，你们要真搬过来，我天天给你们做饭吃。"英子急忙梨花带雨地说。

"好，那就说定了，明天我们就搬，你可不能反悔。"蔡明月笑着说。

"我才不会反悔，我就怕你们嫌弃我，你们不嫌弃我就烧高香了。我现在就做饭去，红烧肉我最会炖了，我来吧。"英子说着向厨房走去。

"看阿姨你说的，以后你就是我的亲婆婆，我哪能嫌弃呢，一点都不嫌弃呢。"蔡明月跟着英子进了厨房。

田好望着家里这两个女人的身影，莫名地又伤感起来。他走进了父亲的书房，看到衣架上挂着父亲的白大褂，忍不住拿下来穿在了身上，然后他就穿着这个白大褂走到书柜前，随手翻阅着一本本父亲曾经阅读研究过的书籍。有的书他翻开一页就合上了，有的书，他站着不动一直能看好多页。就这样，他越来越觉得自己的灵魂出了窍，他依稀成了父亲，又依稀感觉到了一种自己不能丢弃的使命。

田好很少走进父亲的书房。他虽然学医，可学的是西医，也是在父亲的威逼下学医的。而且在最初还以不学中医要挟父亲。最后还是父亲妥协了，父亲觉得只要是学医就好。实际上，父亲一生钟情中医，一心想让田好继承他的中医药事业，田好却一次次地拒绝了他，最后让他遗憾而去。其实，在峨眉山父亲的最后一搏，是用自己的生命来唤醒他、拯救他，使之子承父业。

想到这些，田好有着说不清的痛楚，热泪又盈出了眼眶。父亲去了，让这个家庭沉浸在一片悲哀之中。如果化悲痛为力量，就是接过父亲接力棒，当一个普通的中医研究者，告慰父亲在天之灵。父亲给他留下的资料，他要仔细地研读。只有站在父亲的肩膀上创新，才是他最后的出路。当他现在捧着这些中医的书再读的时候，竟然能读下去了，而且有些还读得津津有味，达到痴迷。他与明月算来算去，这样的神助力让田好的大脑又渐渐地醒悟过来，可能自己最终是属于中医世界的……

田好跪在厚厚的中医书本上，默默地说："爸，我决定离开卫健委了。不是那里不好，为了您的期望，我忍痛割爱了。中医的光环都让您带走了，如果我努力了，还是没有建树，您在那个世界别骂我啊！"

过了很久，饭菜已经上了餐桌，却看不到田好。

蔡明月叫了两声，没有答应的声音。她以为田好是为他们搬过来做准备了，在收拾屋子，却不料他钻到了父亲的书房去读书了，这让她感到很意外。

蔡明月悄悄地推开门，看到田好背影的时候，她望着那个像极了田父的背影沉默了许久，她仿佛看到了田好正与他的父亲在进行心灵上的对话，她甚至不愿意去打扰他们。于是她又轻轻地关上了门，出去跟英子说了一会儿话。

田好还是没有出来，饭菜都要凉了，蔡明月又轻轻地推开了书房的门，静静地走到田好的跟前，她温柔地从背后抱住了他，把自己的头紧紧地靠在了田好的身后，像是在和他传递一种无形的、却谁都能懂的信号。一股暖流在田好的身体内涌动起来。

4

冯世昌现在变成了一个颓废的老头，除了一个家，他几乎啥都没有了。当他变卖了自己的所有资产给那个不争气的儿子抵债时，他用金钱换来的小媳妇就抛他而去了。儿子进了监狱，他一生的荣耀都被儿子给败坏了，他无法在众人面前抬头，大部分时间把自己囚禁在一百三十平方米的家里，一条小媳妇留下的叫"歪歪"的泰迪小犬和他做着伴。这只泰迪小犬像是对现在这个没有精气神的主人特别理解，白天乖乖地在家里，除了吃喝撒就是卧在冯世昌身边呼噜着睡觉，冯世昌一动，它就会惊心地猛地抬头看一眼，仿佛害怕它的这个主人再把它丢弃似的。冯世昌有时候会坐在阳台的躺椅上晃来晃去，过去的人生他不想去回想，他只是把脑子清空了来摇着自己的日子，活一天少一天的感觉。

晚上的时候，冯世昌就会和他的小"歪歪"出去溜达溜达，他主要是遛遛小狗，让小狗拉一回。小狗被前主人训练得很规矩，它能到便池里小便，大便一天一次，就晚上出来在草丛里解决。开始的时候，拉完大便，它会跑到冯世昌的身边，然后抬起一条腿来等着冯世昌给它擦屁股，后来看冯昌世只顾往前走路，根本就不会理会它，它就放下腿又"颠蹦颠蹦"地跟着跑过来。以前的主人一句一个"歪歪"地叫，现在的主人不叫它的名字，什么也不叫它，它也习惯了。这种状态和冯世昌一样，就活着吧，能活着就好，一切都不是原来的样子了，不去死，就只能选择这样苟活。

这一段时间，因为蔡明月的病，田好对别的事情也没有想起过。这一天他突然想起了冯世昌，记得父亲葬礼后他还来家里祭奠，不知他现在怎么样了。

田好向蔡明月要冯世昌家的地址，蔡明月有点不高兴地问："你要这个干什么？"

"我想去看看冯世昌，儿子在监狱，媳妇也跑了，他也挺可怜的。"田好说。

"他可怜吗？他把儿子教育成了一头兽，他现在的下场是作茧自缚。"蔡明月生气地说。

田好没有再吱声，可蔡明月还是把地址给他说了，"田好，你和你爸就是太善良了，有的时候真感觉你们都是一种愚善。"蔡明月无奈地说。

田好向蔡明月一笑说："明月，你一样地善良，从你给我地址这一点，就没有进错我们田家的门，应了那一句'不是一家人不进一家门'的话。"

蔡明月摇着头无奈地说："嫁鸡随鸡，嫁狗随狗吧。"

田好一直在为冯世昌痛心惋惜，他想起父亲在世时和他说过田家和冯家的中医药发展史。两家人都很追求上进，明明暗暗斗争了好几代人的时光，都不认为对方是正源中医，有时候还互不来往相互生恨。到了田润章这一代，他希望和冯家和好，为了祖国的中医药事业，共同发展中医，但是冯世昌压根就没有和他合作的意思。

田润章和田好一起在峨眉山寻找"美美姬墩"时曾经对田好说，田冯两家的中医药经营理念不一样，很难融汇在一起，还是希望将来能有一日，田家和冯家相互交换中医治疗思想，相互公开中医药秘方，大家取长补短，这样中医药发展会更好。

田好问父亲："爸，我觉得冯世昌不是庸医，他懂中医，只是中医他经营不起来，也为一些利益，所以堕落了。"

田润章点头说："你说得对，为中医他是努力过的，他想过要和咱们田家比试比试，只是在这个路上他为了利益妥协了，咱们的经营理念始终为病人服务，做好药为祖国，他不是这样的理念，他被金钱蛊惑了。"

当人性的每一个角落都被金钱腐蚀以后，这个人会变得越来越自私，不可理喻，完全以自我为中心，变得谁都不在乎，认为自己只要有钱就行了，有钱什么都能买到，钱就是万能的。一个时常抱着这种想法的人，会渐渐变得没有灵魂，会从失去自我开始，慢慢忘记了所有，实在是可悲也可叹。

"挣钱，只是谋生的一种方式，我们活着的最终目的，还是让自己过得幸福，拥有开心，如果金钱最后起的是反作用，那么就需要反省自己，是不是你本末倒置，忘了初心，因为生活中有着太多人，最后迷失在这条道路上。我一定要抽个时间去和冯世昌好好谈谈这个问题。"田好对父亲说。

"好，我支持你。"田润章欣慰地看着儿子说。

无论如何，田好没有乘人之危或幸灾乐祸的表现，冯世昌此时最需要有人安慰。这段时间，田好几次从冯世昌以前经营的"莲年青中药房"经过，现在已经换了名字，叫"莲年青药房"，一字之缺，却失去了在田好眼里的风采。药房已经易主，门市却红火。有曾经的员工在易主之后又来做工的。田好看着"莲年青药房"，心中感慨万千："有一天我一定让华龙这个最早最大的药房还原它应该有的样子。"

5

　　田好去超市买了两大包慰问的东西，才向冯家的方向走去。他能想象到冯世昌现在的生活，所以他一包买了营养品，另一包买了一些蔬菜肉食。

　　冯世昌开门见了田好，一下就惊呆了："是你？你怎么来了？"

　　"冯叔叔，我来看看你，给你买了些东西。"田好说，然后进屋把东西放到了厨房。

　　"田好，我真不知道说什么好，我对不起你们田家，我有罪啊！"他叹着气说。

　　"冯叔叔，你不要再说这个了，没有谁对不起谁，以后我会经常来看你的。"田好真诚地说。

　　小"歪歪"终于看到有人串门特别高兴，跑到田好的跟前向田好示好，田好弯腰摸了摸它的头，它的尾巴摇得更欢了。

　　田好坐了下来，冯世昌想给他倒上一杯热水，可饮水机里没有热水，他打开冰箱，想给田好拿一些水果，可冰箱里面没有一丝果蔬。

　　他坐下来惭愧地说："好几天都没有出去买东西了，我也懒得去菜市场，唉，无脸见人啊。"

　　田好安慰他说："冯叔叔，你不要自暴自弃，要振作起来，这样伤了身体可是不行，我觉得冯家的中医药还能站起来。"

　　冯世昌沮丧地摇头说："我都这把岁数了，大兴又是这么一个不争气的东西，还有什么希望东山再起，这辈子不可能啦，我就是活一天算一天吧，都不知道还能不能看到大兴出狱的那一天。"

　　田好从自己带的包里面掏出一个挺大的纸包放在茶几上，说："冯叔叔，这点钱你先拿着生活，没有了你就张口，虽然我和大兴一直没有做成好朋友，可我们也是一块长大的，也算发小，我会尽我的所能。"

冯世昌把那包钱拿起来递回田好的手里，说："这钱你不能放这儿，我也不能花，上次你留下的我也不能要，我这就给你去拿，我不能要啊，我一直想着要给你送回去的。"

田好一把拉住了站起来的冯世昌的胳膊，说："冯叔叔，那笔钱你留着，你等着，我会让你东山再起。"

冯世昌顿时老泪纵横。

"冯叔叔，我爸没有为一个亿的巨款所诱惑，而是把'菊花清肺'无偿捐献给了国家，现在华龙中药厂已经在大批地生产，正在服务大众。可是政府并没有让我父亲白捐，奖励了他一百万，他拿出来一半给你，就是希望你继续为中医药事业做点贡献。"

冯世昌浑身颤抖着，他仰天长叹："润章兄啊，你是有多么博大的胸怀啊，我自叹不如你做人的境界，我现在才明白，为什么你在中医药领域中能频频获得大奖，咱们俩的格局不一样啊。你活着的时候，主动找我好几次，谈到合作事宜，那时的我真是孤僻自傲，目光短浅。现在，我就下定决心，我们两家人捐弃前嫌，诚信合作，为祖国的中医药再奉献自己应有的力量。"

听到冯世昌的这一声长叹，田好的眼眶也湿了起来。

"冯叔叔，只要我们诚心服务于众，大家都会支持我们的事业，我是晚辈，在中医药方面没有经验，希望以后你能多多传授于我，让我尽快进入正常轨道。"

冯世昌此时像变了一个人，立即生龙活虎不减当年的凌云壮志，他说："大侄子，有你这句话，我们两家没有办不成的事情，我还能为祖国的中医药再奋斗二十年，我有信心。今天见了你，我仿佛回到了青春年少的我，咱们整上两个菜，我们晚上好好喝上一壶酒。"

"行，冯叔叔，我陪你。"田好应着。

喝着小酒，田好和冯世昌对新冠肺炎的治疗交换了看法，冯世昌赞同田好先从精神上开始治疗的方法。

冯世昌说："人得了疾病，心情很关键，人逢喜事精神爽，闷上心来瞌睡多，如果一个人长时间在疾病中压抑自己，那病情只能越来越重。"

"这其实不是我的观点，是我父亲的，我现在才明白，其实在中医的理解上，你与我父亲无异，只是恩怨使你们走得越来越远。"田好遗憾地说。

"所以说，我后悔啊，如果当初就明白现在的道理，和你父亲合力研究中医药，我想现在我们必定会研究出比现在更有价值的东西，那是无价的啊。我是被利益给冲昏了头脑，心里一直对你父亲不服气，可是我万万没有想到，正是这种不服气，我输得一败涂地，荒废了最好的年华。我愚蠢至极啊，我这是混账到家了！"冯世昌独自举杯一口饮下杯中酒，仿佛在用酒水冲刷心中的耻辱。

"冯叔叔，现在还来得及。虽然我父亲去世了，可是还有我，我现在正准备传承父亲的中医药事业，我希望你能先把我扶起来，然后我们并肩作战，冯叔叔你肯吗？"田好特别情真意切地说。

冯世昌的泪水长流起来，他的一生都没有流过那么多的眼泪。

田好和冯世昌讨论到很晚才回家，他让蔡明月先睡。他回家的时候看蔡明月睡得正香，然后就静静地走到了父亲的书房。

在这次和冯世昌探讨中，他们谈到了治疗新冠肺炎大脑后遗症的方法，所以他就迫不及待地跑到父亲的书房去寻找能让人安心宁神的书籍。蔡明月醒来不见田好，以为他还没有回来，结果去厕所的时候发现，书房亮着灯。见田好如饥似渴地在深更半夜翻看着中药书籍，她走上前去说："你是不是疯了？什么事情让你大半夜的这么痴迷？"

蔡明月冷不丁地出现吓了田好一跳，但马上就恢复了过来。他把今天和冯世昌谈话受到的启迪和蔡明月说了。他对蔡明月说："我和冯叔叔谈论了新冠肺炎后遗症的问题，尝试着用中医的方法治疗这个后遗症，反正我也正激动着，趁现在夜深人静我查查这方面的资料，你先去睡吧。"

"嗯，那我不打扰你了，你一会儿早点休息，明天还上班呢。"蔡明月说着就往外走，然后轻轻地为他关上了书房的门。

蔡明月出了屋，田好就拿出笔记本做着记录：以增加患者新鲜事物感为目的，同时增加患者的身体免疫力，并增强患者对疾病的抵抗力，患者家属鼓励患者有战胜疾病的信心，让患者多下地活动，增加肺活量。以上的治疗方法，一方面需要家人和医生对患者的心理进行安慰和鼓励，一方面配合以中医药治疗。中药处方里面，除了基础方之外，增加安神定志的中药，增加提高免疫力的中药，增加滋补大脑的中药……

　　不知不觉，天渐渐亮了起来。田好整整一夜都没有合眼，然而他并没有困倦之意，稍稍在床上休息半小时就上班去了。

第十七章　绿水青山有菊花

1

房地产行业走到头了，华龙房价也有回落。吕小军执意转型，还是得到了父亲的支持。他在蓟州区盘山的开发项目早已动工，他最大的项目是建一个集养生、科研、旅游于一体的中药园。

吕小军的父亲知道，儿子建设中药园的深层含义。

田润章在世时吕小军曾找到他，两人促膝长谈，这个建议也是田润章给他出的。田润章对他无私的奉献使吕小军感动不已也激动不已，这个差一点就成了自己岳父的人，毫无保留毫无私心地辅助他，这让吕小军对田家产生了无限的敬意，这使他对田瑶产生了无尽的思念。

深夜来临的时候，是一个人心灵最脆弱的时候，也是思念最疯狂的时候。吕小军从来没有感觉到现在的自己如此孤独，有时候孤独得可怕。可是，爱人已去，如今的思念清冷如霜雪，现在思念一个人的滋味，就像欣赏一种残酷的美，然后用很小很小的声音，告诉自己要坚强面对。

田瑶的牺牲对吕小军打击太大了。

吕小军想想自己的二十多年，作为一个富家公子哥，该享受的几乎都享受过，他从来没有对自己放纵过。他与那些富二代不同，商界的风雨，他一尘不染，这得益于父亲的呵护，还有他的品行，他是看重人间真情的。抗击疫情的时候，他主动捐款八千万。一半给了武汉，一半留给华龙抗击疫情。田瑶意外牺牲，让他猛然掉进深渊，可他从来没有像现在这样魂不守舍，从来没有像现在这样思念得痛彻心扉。那个短发的英姿飒爽的女警察，她就那么英姿飒爽地走了，吕小军在无数个夜里都泪洒这个偌大的园区。

曾记得，吕小军刚认识田瑶的时候，田瑶就为他讲关于他们家的"天女菊花"的故事，后来又听到"菊花清肺"的传奇。

"黄菊开时伤聚散。曾记花前，共说深深愿。重见金英人未见。相思一夜天涯远。罗带同心闲结遍。带易成双，人恨成双晚。欲写彩笺书别怨。泪痕早已先书满。"

多少次，吕小军喃喃地背着晏几道的《蝶恋花·黄菊开时伤聚散》，默默无声地流泪。

对田瑶的思念还那么浓，田润章老人也匆匆地走了。这对吕小军来说又是一个不小的打击。想到他曾与田父促膝长谈，想到田父对他的殷切期盼，又怎能不使他撕心裂肺呢？

吕小军曾把田瑶的遗像拿到田润章遗像跟前，长跪不起地对父女俩喃喃不休："……田伯伯，你在那边让瑶瑶别忘了我，告诉她，我依然在爱她，想她……瑶瑶，你好好照顾你的父亲，你们别走丢了……你们父女记着到盘山上去看我，到菊花开的时候，也一定要来赏菊……"

虽然药植园还在建设之中，但菊花已经在这里捷足先登，在这样一个特殊的秋天开得一丛一丛、一片一片，铺了多半个园区。而田家父子从峨眉山上挖回来的"美美姬墩"菊花在吕小军开发的盘山药植园里也已初见成效。它们像是最珍贵的宝宝一样，被吕小军用篱笆墙围着，高薪聘请了全国有名的菊花种植大师来培育。当时田家父子从峨眉山上带回来的菊花是有数的，回来后把菊花小心地采下配了蔡明月的药，根和茎都被菊花种植大师精心地培育着，现在也是有好大一片，再等一年就可以大面积种植了。

盘山的菊花节，吕小军约了田好和蔡明月去赏花，最主要的是让田好去赏他的父亲用生命换回来的"美美姬墩"。实际不用邀请，田好和蔡明月也要去的，他们还带上了英子。

现在他们与英子生活在一起，过着融洽和谐的日子，英子在忏悔中又在弥补中。她以前疯狂地旅游从来就没有过感悟，只是走来走去，看来看去，任何一个地方只能用"美"与"不美"来形容，她的心是粗糙的，不懂得去欣赏风景和品味风景，现在却像在不知不觉中发生了眼界和嗅觉上的改变。当她看到吕小军这药植园中千姿百态的菊花，姹紫嫣红的色彩和清隽高雅的香气让她久久地闭上了眼睛，然后流下忧伤的泪水。

"田好，明月，我好像看到了你爸爸笑着向我走来，好像闻到了你爸爸身上的味道。"她动情地说。

蔡明月挽着她的胳膊，被英子的话语感动着，也忍不住眼泪汪汪，她说："阿姨，你使劲地闻吧，这就是爸爸的味道。"

"人为什么总是失去之后才醒悟呢？"田好在心里呢喃。

这个盘山菊花节，吕小军的药植园并没有向外开放，他想独守一年属于自己的时光。

那满园的菊花虽然不畏寒霜欺凌傲霜怒放，比盘山上的菊花还金黄、还艳丽，可在他的眼里却是纯净的，容不下那么杂乱的目光和呼吸，这些菊花活在他的精神世界里，那是一种至高无上的美，代表着人的精神，也代表着中医药事业繁荣，不属于大众的眼睛。

田好和蔡明月也无心去赏盘山，绿水青山之中盛开着大片的菊花。英子更无心，她甚至走到"美美姬墩"旁边再也走不动了，她说："我在这里坐会儿，你们该干什么干什么去吧，我好像看到了你爸在这里采摘菊花，我想坐在这里跟你爸说会儿话。"

这句话太伤感了，说得大家都忍不住眼泪汪汪。

蔡明月说："就让阿姨在这里待会儿吧。"

英子眼圈红了，点了点头。

"阿姨，你一会儿给我们打电话，我们就过来接你。"田好说。

田好带着蔡明月继续向山顶攀登而去。

面对连绵不断的群山，蔡明月两只手抓着自己的胸口，热泪在她脸颊上刷刷流淌着。田好，我最亲爱的人，我得以重生，该感激你，还是感激大山和菊花啊？此刻，臆想的恐惧消失了，与往常不一样，即可进入一种超越世俗的状态中——

2

田好已经从华龙卫健委调到了中医药大学，彻底继承了父亲的事业。他在走进父亲实验室之前，又去了盘山。世界大了，什么花都开，什么鸟都有。现在盘山菊花中药园的"美美姬墩"长势喜人。他的声响惊飞了中药园里的鸟，还有红嘴乌鸦冲到天空。

没答应父亲之前，父亲从来不让田好进入他的实验室。所以，父亲的实验室对于他来说是很神秘的。今天走进来，神秘感转换为神圣感了。实验室有个套间，有床可以休息。父亲的衣架没动，依然挂着父亲血染的白大褂。田好久久凝视着白大褂，心中波涛翻滚。这是父亲精神的象征了。他倦了，就往床上一躺静静入睡，醒来就继续研究。几乎不分白天黑夜，他对夜晚有了重新理解。夜越黑的时候，钟表嘀嗒声越神秘，他的灵感越强烈。但是，田好也有自己的苦恼，这苦恼首先发自一个青年人自立意识的巨大觉醒。他突然发现，自己在机关浪费了几年的生命，巴结领导，与同事周旋喝酒应酬，忙得脚打后脑勺儿。几次都喝吐了，醒酒之后十分后悔，我这是图的什么啊？如今应酬少了，心里宁静了。

田好开始为这孤独和寂寞而苦恼，慢慢地，他就适应了，孤独中会是思想活跃的时刻。他现在的苦恼变了。其实，后疫情时代，社会上所有规则都变了，官场模式变了，经商模式变了，科研模式也变了，全社会呼唤科技创新，他读了《任正非传》，心中佩服这个神奇的老头。他要踩着父亲的肩膀去中医创新，创新又何其难？他新的苦恼就这样产生了。如果他吃父亲的老本，他田好怎么面对父亲的灵魂？

他自从走进父亲的实验室之后，邀请父亲在华龙中医界的老朋友老前辈包括冯世昌一起反复探讨研究过无数次"美美姬墩"的药用价值，最终研制成功一种菊花清肺丸，被称作"美美姬墩菊花清肺丸"。新药里面的中药组成是在原来"菊花清肺"处方中药基础上，新加了"美美姬墩"、枇杷叶、百部、蛤蚧等中药，使得新药在治疗肺病疾患上又上了一个新的台阶。这种中药最先在蔡明月的身上得到了很好的验证。

田好把新药"美美姬墩菊花清肺丸"的审批手续上报给了自己曾经的单位华龙市卫健委，却遇到了一件非常棘手的事，有一个叫费士通的人也上报过同样名称的中药丸，并且中药名称以及药物组成都差不多。因为这两种药高度相似，所以审批上不能通过。

严酷的现实横亘在眼前。得到这个不好的消息，田好立即放下手中的工作到了卫健委，曾经的同事把他递交的申报材料还给他说："田好，对不起了，因为你的新药组成有利用他人成果之嫌疑，先退给你重新组合新药。"

田好一下子就急了，气愤地怒喊着："我的新药怎么可能是利用他人成果，这是我父亲多年研究的中药，你们又不是不知道，我父亲的地位学识，一个堂堂中医药大学教授，国家抗击疫情专家组成员，为新冠肺炎做了那么大的贡献。他在寻找'美美姬墩'时献出了宝贵的生命，怎么会成了别人的劳动成果？你们不能这样是非不分，应该是别人盗取了我们的劳动成果才对，你们快把另一个人的申报材料给我看一下。"

同事把另一个人的材料递给了田好。

田好仔细地把材料看了一遍，见材料里的中药组成大部分和父亲的"菊花清肺"一样，于是他什么都明白了，是上次冯大兴盗取了那个笔记本后把笔记本里的内容卖给了别人。

"冯大兴这个混账王八蛋，当初我就不应该放过他。"田好狠狠地骂了一声。

"田好，费士通申请的中药生产审批已经通过一周了，如果你确实有证据他是盗用了你家的秘方，得抓紧时间想办法制止他们生产。"

曾经的同事提醒他说。

"这是犯罪，拿别人的中药研究成果他们去赚钱，我这就去找冯世昌去。"田好一时从这种怒气中不能自拔。

正在这时，有电话打过来了，田好一看，居然是冯世昌的电话。

"田好，我有急事要告诉你，你快点到我的家里来一趟。"冯世昌说得很慌张。

田好现在正被冯家气得肝疼，于是他冲电话大吼了一声："你冯家小子干的好事，撬了我家的保险柜，盗了我家的中药秘方还卖给了别人，竟然还审批通过了。"

"我就是为这事，你快过来，咱们一块商量看怎么办。"冯世昌也着急地说。田好立即向冯世昌家赶去。

冯世昌之所以知道了这件事，是因为他今天到了监狱去看儿子冯大兴。自那天田好来看过他和聊过之后，他已经大彻大悟，所以他极想把自己的想法传递给儿子，想让这一只迷途的羊羔早点浪子回头。

"大兴啊，现在你知不知道你走错路了？"

一开始冯世昌还想着耐心地劝慰儿子，因为看到消瘦的儿子他很心疼。他就这么一个独生子，虽然现在为他倾尽了家产，可毕竟是他生命的延续，还在血脉相连。

"你没听说过上梁不正下梁歪这个道理吗？"冯大兴居然冷笑一声说了这么一句开篇。

可能监狱生活让他憋屈，憋屈得心灵都变得扭曲了。冯世昌还是压制着自己，继续劝慰着："我承认，我做得不正了，可我现在已经迷途知返，我希望你——我的儿子，也像你的父亲一样迷途知返可以吗？"

"知返个屁，我出去后的第一件事就是把田好整死，我非整死他不可！"冯大兴凶神恶煞地喝道。

冯世昌被吓出了一身冷汗。

"不管你正不正，你总是给我生命的人，我承认我连累了你，可我也想着报答你来着。你去找赵玫玫，她手里有一笔很大的款项，我已经给她说过了，这笔款项，我们三个人分，也不小，你能分到二百万，够你这辈子吃喝的。我这也算报答你了吧，去吧，去找赵玫玫拿钱吧。"冯大兴冷笑一声，转身走了。

"哪儿来的钱？"冯世昌大声问。

"盗田家的。"冯大兴又冷笑一声，头也没回。

因为英子把丢失的笔记本和田瑶的遗物又要了回来，田润章没有追究任何人的责任，田家以为事情已经闹到这种地步，冯大兴不敢再胡闹了，真是没想到却是放虎归山助纣为虐了。而这件事冯世昌在去监狱之前根本就一无所知，他回到家里就急忙给田好打了这个电话。

田好到的时候，冯世昌正焦急地在屋里踱来踱去，一副焦灼不安的样子。

"我一点都不知道那个逆子偷了你家的秘方！"冯世昌为自己洗白着。

"冯叔叔，我相信你。"田好无奈地说。

"到底怎么回事？我今天去监狱探视那个逆子，他竟然要分我二百万，说是盗了你家的东西卖的钱。"冯世昌很着急。

冯世昌能把自己儿子要分他肮脏钱的事情说出来，那说明他是真正地醒悟了。相信了他的立场，田好才把事情的来龙去脉详详细细地跟冯世昌说了一遍。

"当时我爸觉得是家丑不想外扬，也觉得对方是你们冯家人，就没有追究这件事，没想到就惹下了这事。"田好说。

"生下了这么一个孽种，我真是愧对你们田家啊，我一定想办法把这件事处理好，否则我活着臊得慌！"冯世昌长叹一口气。

3

田好思考了很久，跟冯家斗争需要智慧。将计就计吧，他跟别人打问到了赵玫玫的联系方式，冯世昌主动联系了她，说是他儿子让联系她，赵玫玫在电话里对冯世昌非常地尊重，还一口一个冯伯伯，并和冯世昌约了地方见面谈分钱的事情。

冯世昌是见过赵玫玫的，他开药店的时候，赵玫玫经常和儿子一起到药店办这事那事，冯世昌对浓妆艳抹的她特别地反感，这次相见印象还是那么差，因为她一点也没有改变自己的形象。

赵玫玫和冯世昌约定的地方是一个非常偏僻的市郊，田好开着车把冯世昌送到那里走了一个多小时。谈钱的事要走这么远这么偏僻，那说明这钱来得不正当，一定见不得光，冯世昌想从赵玫玫的口中套出真话，只有套出真话才能采取下一步的行动。

原来那是一个药厂，很小的一个厂区，门口挂着的一个小小的白色木牌上写着——华龙禅心制药。厂区不大也不新，像是什么工厂改造过的。为了不打草惊蛇，田好并没有跟冯世昌一起前去，而是把车停在了一个离厂区很远的地方，他让冯世昌一有情况就给他打电话。

冯世昌给赵玫玫打电话说他到了，赵玫玫说让他找门岗，门岗会带着他去办公室。他到了门岗，一报姓名门岗就知道了，把他带了过去。果真是一个废弃的工厂经过改造利用的，连办公室都很简陋，在一座二层楼上。赵玫玫已经在二层等着他了，还热情地跟他打招呼：
"冯伯伯，我在这儿。"

冯世昌没有搭话，从楼梯走了上去，赵玫玫特别殷勤地招待着他。

"冯伯伯，你喝茶。"她倒了杯茶放在了冯世昌跟前的茶几上，冯世昌看着她鲜红的指甲，感觉很不舒服。

"这是谁的药厂？"冯世昌问。

"这是我一个朋友的，也是租别人的厂房，一年租费三百多万，以前也是一个药厂，路子不对销路不好就倒闭了，现在制造中药，销路还可以。"赵玫玫并没有太隐瞒这里的事，她心里把冯世昌当家人。

"和你手里的钱有关系吗？"冯世昌直接问。

赵玫玫的脸一下子就红了，"嗯，是有点关系，但他们生产不违法，他们什么手续也不缺，生产的也是正规手续审批通过的药。"

"哦。"冯世昌只说了一个字，在想该用怎样的方式在赵玫玫身上突破重点。

"冯叔叔，一会儿再谈正题，现在我想问你一句话，你可别生气啊。"赵玫玫羞答答地说。

"说吧，我不会生你的气。"冯世昌喝了一口茶，大大方方地说。

"你支持我和大兴的关系吗？"

冯世昌怎么也没想到赵玫玫问的居然是这样一件事。"婚姻大事是他自己的事，他那么大个人了，我不管，只是他已经在坐牢了，出来也得等好几年，你也不小了吧，千万别为等他耽误了自己。"冯世昌说这话的目的一是心里反对，二也是真心话。

"我不怕等，我特别爱他，只是他老想着那个蔡明月，不过现在蔡明月已经结婚了，还得了病，他应该再没有想法了，所以，我觉得我们还是能成的，我有信心。"赵玫玫脸红扑扑地说。

"那好，你自己做主吧，这件事我不干预。现在我想问钱的事儿，你们怎么得到的这笔钱，一共得到多少？要给我分多少？"冯世昌装出只对钱感兴趣的姿态。

赵玫玫笑着很直接地说："这笔钱来得说正当也正当，说不正当也不正当，反正'菊花清肺'也应该有你们冯家的份儿，田家不仁不义，大兴就以牙还牙了，利用英子拿了田家的核心秘密，然后卖给了这里的厂长，卖了六百万。"

果然和田好说的一个样子，这让冯世昌更佩服田家父子的为人，他想一定要为田家讨个公道。

"钱你先留着吧，我花不着，你可以等着大兴出来你们用，现在我想参观一下药厂，你看可以吗？"冯世昌问。

"当然可以了，冯伯伯，你是华龙的中药先辈，你来参观是他们的荣幸呢，我这就叫费厂长过来，让他陪你一同去。"赵玫玫一时高兴得欢跳起来，电话也没打，而是直接跑去找费士通了。

不一会儿，费士通就被赵玫玫带了过来，一个小个子胖男人，身材不好，面孔倒还不那么难看。

"你好冯前辈，你的到来我的小厂可是蓬荜增辉啊，欢迎你来指导，现在我正生产的是你们冯家从传家宝中研制出来的'美美姬墩菊花清肺丸'，每天的订单源源不断，看来真是畅销，这得多感谢你老的奉献。请吧，咱们现在就去参观吧。"看来费士通是个能说会道的人。

冯世昌被带着参观了整个制药间，设备是简单，但也看不出任何违规，并且成品看起来还挺正规。田润章拿着一盒包装好的"美美姬墩菊花清肺丸"举到眼前望了又望，眼眶禁不住红了。

费士通认为是冯老先生看到自己研制的药激动的，所以他赶紧安慰他："冯前辈，你不要难过，我只是买了这个药方的专利权而已，它还是你研制的成果，荣耀永远属于你。"

"不，它不属于我，它属于田润章教授，这是他用生命换回来的成果啊，你们却把他的成果给糟蹋亵渎了，这是造孽啊！"冯世昌已经不自控了，他长叹一声，甩掉那一盒成品药，大步流星往出走。

听到这句话，赵玫玫吓得大气不敢出一声，而费士通不知怎么回事，看着冯世昌那么生气地甩了他的药，顿感这事情肯定出了问题，他紧张地追了出去，赵玫玫也紧随其后。

"冯前辈，你不要生气，你到我办公室去坐一下，咱们好好沟通一下。"费士通害怕地说。

毕竟这不是一件小事情，光转让费他就花了六百万，再加上别的投资，好几千万投进去了，根本不能停下来，自己只是一个小药厂，这次的活儿是他干得最大的一个活儿，他一停下来自己就要完蛋。

"好，我一定得跟你坐坐的，走，我们好好谈谈。"冯世昌说。

4

费士通和冯世昌到办公室沟通的时候，赵玫玫却跑掉了，她原以为冯家老爷子已经默认了这个事实，是来跟她分钱的，没想到会出了他为田家叫屈的"事故"，她觉得事情严重了，但是冯大兴在监狱，她现在已经没有可商量的人了。她顿时觉得自己也要完了，她不知所措，跑到外面去了。她想转移那六百万，因为那是她和冯大兴的将来……

那张转让合同摆在了冯世昌的面前，还有一张父子之间的委托协议，那是冯大兴模仿冯世昌笔迹签的。看着眼前的合同和协议，冯世昌浑身都在颤抖，"我从没有和冯大兴签过这样的狗屁协议，这药方根本就是我那逆子盗取的田家的成果，我要求你们马上停止生产，你出的专利费我会还给你，否则的话，你会负法律责任。"冯世昌义正词严地说。

费士通一下子就吓瘫了："别别别，冯前辈，咱们再商量一下，你看还有什么办法可以弥补不？要不，我赔偿田家几百万的损失费也成，千万不能停，现在已经有好多订单了，再说，我已经投资了几千万，这对我来说不是闹着玩儿的，是要命的事情，冯前辈你高抬贵手拉我一把，我下辈子做牛做马来报答你的恩情。"他声泪俱下。

"欠别人的总是要还的。"冯世昌叹气道。

"可我是受骗者啊，我跟你儿子冯大兴签的合同是有效的，我根本就不知道那药方是他偷的，不知者无罪，你们冯家犯下的错不能由我来承担啊！"费士通说得很在理。

"我不管你和冯大兴签了什么，总之你的这个项目必须停工，这属于田家，不属于我们冯家，也不属于你费家，这次我必须为田老兄讨个公道，我冯世昌对不住他多半生了，如今他去了，我再也不能做对不住他的事了。"冯世昌说着就往外走。

"我们法庭上见。"费士通在冯世昌的背后说。

"那就法庭上见吧。"冯世昌头也没回。

出来看不到赵玫玫，冯世昌就知道她已经跑了，他马上跟田好打电话，田好到了门口来接他。

"怎么样冯叔叔？"冯世昌上了车，田好焦急地问。

冯世昌无奈地说："看来这件事非得走法律程序不可了，先用手段阻止他们继续生产吧，先通过你们卫健委去制止，如果他们不听，那就只有通过警方处理，最后再走司法程序。"

这件事到底不是一件小事情，因为关系到逝去的田润章教授，卫健委特别重视，当即以涉及违规命令禅心药厂停止生产"美美姬墩菊花清肺丸"，费士通当然不服，他一纸诉状告上了法庭，告冯大兴的欺骗行为，要求冯大兴对他的损失进行全额赔偿。

冯大兴已经在监狱了，赔偿他已经没有能力，只能罪加一等，又延续了三年。子债父还吧，冯世昌已经卖了药房，他的手里也只有田家给的那五十万存款和两套房产。他一并都交了出去。

冯世昌老人被田好接到了父亲的实验室住。

赵玫玫想跑是跑不掉了，她与冯大兴同流合污，不但被索回了六百万，还把自己送进了监狱，虽然只有一年的刑期，可是毕竟是毁掉了一个人一生的名誉，何况她是一个女子。但是赵玫玫对冯大兴依然痴情，走进监狱的那一刻，她竟然还笑着喊了一声："大兴，怕你孤独寂寞，我来陪你走一段。"

问世间情为何物，直教人生死相许。爱上一个人，就像是吸毒，像是个没有灵魂的木偶，没了自己。大概此时的赵玫玫就是如此吧。

这个事情处理妥当后，"美美姬墩菊花清肺丸"的审批得到了顺利通过，由华龙制药厂正在做着准备，马上就开始批量生产了。

田润章没有白白牺牲，他用生命研制的"美美姬墩菊花清肺丸"，对华龙的中医药事业做出的巨大贡献中又增添了浓墨重彩的一笔。

田好没有为眼前的成功而沾沾自喜，他就当前的疫情形势，部分新冠肺炎患者在治愈后的后遗症问题和冯世昌做了进一步的研究，期望在这项研究领域中有重大突破。

"美美姬墩菊花清肺丸"的出品，临床试验只能放在明月身上。弄不好，会有没顶的危险。田好不知道明月答应不答应，不知道冷婕答应不答应。明月感动地说："我愿意，我相信田好。"冷婕看着女儿的表情，无言以对。田好的试验，取得了进展，他在实验室得出完整结论。这是喜讯，他高兴到了不与人分享就装不下的程度，他想到的第一个分享者，不是自己的科研团队，而是蔡明月。这药真的神奇，对蔡明月的病起到极好的治疗作用，她现在的状态已经和常人无异了。明月眼亮了，像两只灯笼。她的装束和脸蛋儿一样艳丽，脸上闪耀着晶莹的光泽。这算不算一个奇迹呢？还有什么比这更幸福的呢？

时光真是如梭，不知不觉又到了 2021 年的冬天。

这是一个不寻常的冬天。田好和明月期盼着疫情彻底过去，理想是浪漫的，现实是骨感的。这个愿望还是没有实现。全国疫情散发，抗击疫情的形势越来越复杂了，不断传来本土病例，红色地区增加着。眼下对付的主要是变异病毒"德尔塔"。田好作为中医专家，经常出席各种视频会议，提出中医对"德尔塔"变异毒株的防治手段。一边工作，一边他自己的事情也有很大进展，经过了一场漫长的法律之争，总算有了眉目。

田好已经好久没有和蔡明月一起出去走一走了。

华龙下雪了，大雪纷飞，寒风刺骨。鸟冻得掠过天空，发出凄楚的哀鸣。零零散散的雪花飘到半夜，在霓虹灯下像细碎的银箔，闪闪发亮。雪后的早晨，星星不肯退去，晨曦姗姗来迟。冬日的太阳似乎拉近了与人的距离，显得格外清晰，格外耀眼。田好带着明月吃了华龙嘎巴菜。吃饭的时候，田好问："明月，你知道今天我带你去哪里玩儿吗？你猜猜。"

蔡明月说："去清河解放桥看雪吧？"田好摇头。明月仰脸想了想说："莲年青年画店？"田好还是摇了摇头。

蔡明月眨着眼睛，脖子直了半响，说猜不出来了。

田好嘿嘿笑了说："再猜，我只给你三次机会。"

蔡明月毫不犹豫地说："是华龙之眼。这次对吧？"

田好笑道："是啊，我们的华龙之眼。"田好拉起了她的胳膊，出门上了汽车，去了华龙之眼景区。

蔡明月知道田好喜欢"华龙之眼"，为什么没有第一次猜到呢？她深深地自责着。华龙之眼是横跨清河的建筑，连接着河北区与红桥区，跨河大桥和摩天轮，兼具交通和观光的双重功能。登上高高的摩天轮，能够望见方圆四十公里以内的所有景观。到了"华龙之眼"，汽车在雪白整洁的河岸停下，地面浮着一层薄雪，鸟儿们在雪地上蹦蹦跳跳，在这儿总能听见一声声清脆的鸟鸣。

他们小心翼翼地朝着摩天轮走去。

摩天轮已经缓缓转动了。转动的时候，昨晚的雪一片一片地飘落下来。

冷风袭来，使田好感到格外阴凉，他担心蔡明月感冒，下意识地掖了一下她的羊绒围巾。明月从没有过如此甜蜜，她挽着田好的胳膊，把头靠在田好的臂膀上，幸福陶醉的样子。

"田好，我的身体已经好了，咱们要个孩子吧，带孩子上摩天轮上玩儿。"蔡明月柔情似水地说。

"好啊，我希望你至少给我生三个，最好有男孩儿，还有女孩儿。"田好故作深沉地说。

"贪心！"蔡明月掐了一下田好的胳膊。然后小两口都开心地笑起来。

这时，冷婕打来电话。

"明月，今晚咱们家大团聚，你爸爸说来，蔡猛说回家，还约了金小兰，我看就差你和田好了，你们回不回？"

蔡明月嗔怪着撒着娇说："妈，你幸福晕了吧，还问我回不回？那一定是回啊，我不回能算大团聚吗？"

冷婕在电话那头开心地笑起来，蔡明月从没听过母亲这么爽朗的笑声。

5

前面有车，后面有辙。人间有法律和规矩。冯家人不断触碰人生底线，只有自食其果了。冯世昌再一次到莲年青监狱里看冯大兴，罪加一等的冯大兴现在已经完全没有了上一次的神气，沉郁而绝望。冯大兴看到自己的父亲，不敢直视老人。父亲头上的白发越来越稀了，满口牙齿都脱落了，显然超过了他的实际年龄。无情漫长的时光，在老人脸上刻下一道道残忍可怕的印痕，无法挽回。

冯大兴低头，闷闷地不说一句话。

"儿子，别再做一只迷途的羊羔了，你在监狱反思自己吧，求得重生。"冯世昌像是祈求着他说。

看到儿子不说话，冯世昌哀叹着说："大兴啊，通过这段时间的经历，我终于醒悟，天堂和地狱只有一墙之隔，就看你迈哪只脚啦。现在我已经弄明白了，人得换位思考，还是以德为先。田家不欠咱们冯家的，而是咱们冯家欠田家的，我已经被你搞得落魄到连个家都没有的地步了，田家还是收留了我，田好还把我当个长辈敬着，田家的格局之大注定要成功，你的鼠目寸光注定要失败。儿子啊，老父已经醒悟了，你怎么还是执迷不悟呢？"

冯大兴抬头望了父亲一眼，脸上现出极度的迷惑。父亲的话，如腾云驾雾，半点不懂。

"大兴啊，疼儿莫如父母。相信爹的一句话吧，苦海无边，回头是岸！"

冯大兴眼睛湿润了，茫然地瞅着父亲。

冯世昌声音哽咽地说："唉，子不教父之过。爹也要检讨，从小宠惯你，结果害了你。厚德载物，不是随口说说的，做事先做人啊！以前我不喜欢赵玫玫，觉得她是一个轻浮的女子，从这一次的事情看来，她虽轻浮却值得尊敬，到进监狱她都还对你那么痴情，流着泪让我告诉你，无论此生是穷是富，她都跟定了你，吃糠咽菜她也不怕。是的，她没什么文化，可她却懂得爱的价值比财富更重要。所以，你可以认为你的父亲一文不值，但是赵玫玫对你的爱却价值连城，希望你珍惜。"

冯大兴脑袋一震，终于开始感到难过。

冯世昌还想说什么，忽然站起来，无奈地摆了摆手，没有说就走了，头也没回。

冯大兴大喊一声："爹，你别走！"

冯大兴像个孩子似的哭了。

冯世昌听见儿子一喊，身体哆嗦了一下，依旧没有回头，走了。冯大兴抬头看着父亲佝偻的背影，第一次感到心酸。

父亲走后，接下来的日子，冯大兴开始思考人生，思考父亲的话，思考自己为什么总是失败。

"天堂和地狱真是只有一墙之隔吗？"他无数次地想这个问题。

很多次，冯大兴站在院中望着天空，而后又看高墙电网把监狱内外分成的两个世界，感叹墙内和墙外是同一片天空下的不同境况。真正体会到了从天使堕落成魔鬼有时只是一念之差，从天堂坠入地狱也仅仅一步之遥。有一天，他终于忏悔地对自己说："拥有自由时，自由像空气唾手可得。失去自由时，自由比黄金还珍贵。"

原来，天堂和地狱如此之远，又如此之近。冯大兴想。

冯大兴大彻大悟，他在内心给自己举行了一个隆重的葬礼。他仰望苍天说："再醒来的时候便是重生。"

这一天，田好去华龙莲年青监狱看他，他欣然地接受了他的探视，并且消除了敌意，这让田好有些安慰，但是，冯大兴瘦得厉害，双腮瘪瘪的，像一棵老树。冯大兴以前见到田好时，脸上的表情都是凶恶的、拒绝的，今天的表情却是拘谨的，似乎有一些腼腆。

"我来看看你，主要是告诉你，你父亲我会好好照顾，你放心吧。我还想告诉你一个好消息，不久你们家的'莲年青中药房'就会在华龙重振雄风。"田好说。

前一句冯大兴没当回事，后一句让他顿时迷惑不解，"你别逗我了，现在我们冯家已经败得一塌糊涂，能活着就不错了，'重振雄风'的词用得太不合适。不过田好，你赢了，我输了，我现在承认我输了，我输得心服口服，我种下的恶果我自己已经吃下，以后我们两不相欠了。"他冷笑一声。

"你相信我，中医文化精髓是和、是共荣。我现在已经开始跑'莲年青中药房'的手续了，这一次'美美姬墩菊花清肺丸'的问世，我和你父亲都有股份，钱已经不是问题，就等着后续的手续办理了。"田好认真地说。

冯大兴痛惜地摇了摇头："在监狱不谈钱。你不用拿这种方式安慰我，我现在什么都想通了。"

"不是骗你，我田好从来不骗人。大兴，好好地在里面改造，我等你出来跟我一起干。相信咱们田冯两家齐心合力，华龙的中医药事业会蒸蒸日上，我们一同造福我们的祖国。"田好向上举了一下拳头。

"你真的不计前嫌？"冯大兴迷离地问。

"我们两家都是中医世家，过去两家恩怨就让它过去吧。我只是对你有个要求，中医救过你的命，我劝你相信中医，用中医拯救自己的灵魂，以后不要再做出格的事了。"

冯大兴愣了愣，头皮一阵发麻。中医不仅治病，还拯救灵魂，好新鲜的提法。难道自己吃苦，就忌妒别人的幸福吗？

田好用诚挚的目光瞧了他一眼，顿时又说："不仅你需要拯救，我也需要拯救。这是一个人人需要救赎的年代。过去我也误解了中医，直到父亲离开了，我才慢慢醒悟过来，我好后悔当初没有听父亲的话，让父亲遗憾而终。"

冯大兴瘦狗拉硬屎强挺着说："田好，你胜了，我败了，你是在以一个胜利者的姿态可怜我、怜悯我吗？用不着。"

田好叹息说："你还是误解我，不是我胜了，是你错了。"

冯大兴仰天一声叹："是的，我错了，也不是错，是应该有的罪与罚——"

田好说："你想通了，人就得救了。"

冯大兴的脸色变得阴郁而苍老，抱住脑袋呜呜地哭了，"我有罪，我要赎罪啊！"

田好说："你这样想，我很欣慰，我和明月会常来看望你。"

冯大兴感动地说："祝你和明月幸福。"

田好说："我替明月谢谢你。我走了。"

田好从监狱出来，天已经黑透了，他看见蔡明月在监狱门口的车里等他。

田好把冯大兴的变化说给了明月。明月眼圈红了，没有说话，抬头望着天空里的星星。这个冤家啊，绑架之夜，那揪心的细节，如今想起来还是十分折磨人的。人生最为严峻的时刻也许过去了，也许还没有到来。田好拥着明月，也仰起了头，大空在他眼里没有什么，他只能听到她沉重的呼吸声。是啊，黑夜总会有月亮或星星亮起来。凡是黑夜里亮起来的东西，除了月亮和星星，还有一束远方的光，古老而年轻的光芒，把人类的灵魂照亮。由于中医文化的滋养，田好的灵魂也随之升华了。

田好抱着蔡明月站在洒满月光的窗前喃喃地说："明月，谢谢你亲爱的，我终于找到了我自己。"

明月呆愣了，"你不能感谢我，应该——"

田好微微一笑："感谢你的爱，不对吗？"

"对，也不对。你和田老救了我的命，我该感谢你们。其实啊，你不属于你自己，属于父亲，属于中医，属于国家，属于菊花的神话，属于那个远大的理想……"蔡明月附和着丈夫也呢喃地说。

回家的路上，田好在汽车里播放着歌曲《最美的青春》，歌声在他和蔡明月的耳边回响，这是赞美青春和生命的歌。月亮越升越高，窗外的世界亮堂得如白昼一般。白天是明亮的，其实，有了信仰，夜晚也会充满光明，人生就是由无数个平凡的日夜组成的。明月在田好的怀里睡着了，脸上闪烁着幽光。

田好遥遥听到几声召唤。这是什么声音？很多时候，人生都在平淡无奇中度过，但是，人的一辈子有那么一两个辉煌瞬间就足够了，为此，他还有很长的夜路要走——